KB118493

다섯번째 산

O MONTE CINCO
by Paulo Coelho

Copyright ⓒ Paulo Coelho, 1996
Korean Translation Copyright ⓒ MUNHAKDONGNE Publishing Corp., 2022
All rights reserved.
http://paulocoelhoblog.com

This Korean edition was published by arrangements with
Sant Jordi Asociados Agencia Literaria S.L.U., Barcelona, Spain
www.santjordi-asociados.com

다섯번째 산

파울로 코엘료 장편소설
오진영 옮김

PAULO
COELHO

O MONTE CINCO

문학동네

일러두기

1. 주석은 모두 옮긴이주다.
2. 본문 중 고딕체는 원서에서 이탤릭체나 대문자로 강조한 부분이다.
3. 성서의 인용은 한국천주교주교회의 『성경』에 준거했고, 인지명은 국립국어연구원 표준국어대사전을 준용했다.

오, 원죄 없이 잉태되신 마리아여,
당신께 의지하는 우리를 위해 빌어주소서.
아멘.

빛의 전사 A. M.과 마우루 살리스에게 바칩니다.

작가의 말

　나의 책 『연금술사』에서 가장 중심적인 메시지는 멜기세덱왕이 양치기 소년 산티아고에게 하는 말, "자네가 무언가를 간절히 원할 때 온 우주는 자네의 소망이 실현되도록 도와준다네"라는 문장에 담겨 있다.

　나는 이 말을 진심으로 믿는다. 하지만 저마다 운명을 따라 살아가다보면 우리의 이해 능력을 한참 뛰어넘는 여러 일들을 겪기 마련이다. 이런 일들은 결국 우리를 '자아의 신화'에 이르는 길로 인도하거나, 스스로 운명을 실현하는 데 필요한 교훈을 우리에게 가르쳐주기 위해 나타나는 것이다. 이 말이 무슨 이야기인지는 내가 겪은 일화 하나를 소개함으로써 보다 명료하게 설명할 수 있을 것 같다.

1979년 8월 12일 잠자리에 들 때 나에게는 한 가지 확신이 있었다. 서른 살에 불과한 내가 음반 제작자로서 경력의 정점에 이르렀다는 것이었다. 나는 CBS 음반회사의 브라질 지사장이었고, 조만간 미국으로 가서 음반회사 최고경영진을 만나 면담하기로 제안받은 상태였고, 그들은 내가 이 분야에서 원하는 모든 것을 이룰 수 있는 기회를 제공할 것이 분명했다. 물론 작가가 되고 싶다는 나의 가장 큰 꿈은 접어둔 상태였지만 그게 대수인가. 현실의 삶은 상상하던 것과 많이 달랐고, 브라질에서 문학으로 먹고살 길은 요원했다.

그날 밤, 나는 내 꿈을 포기하기로 결심했다. 사람은 상황에 적응하고 기회를 붙잡아야 하는 법이다. 만일 마음 깊은 곳에서 불만의 소리가 들려온다면, 원할 때 언제든 노랫말을 쓰고 가끔은 신문 칼럼 등을 쓰면서 잠재울 수 있을 터였다. 게다가 나는 당시 내 인생이 이미 다른 방향으로 접어들었다고 확신했고, 하고 있는 일에 만족했다. 다국적 음악 산업의 찬란한 미래가 나를 기다리고 있었기 때문이다.

그런데 다음날 아침 일어났을 때 사장에게서 전화가 걸려왔고, 나는 이렇다 할 설명도 없이 해고 통보를 받았다. 그후 이 년 동안 백방으로 문을 두드려봤지만 그 업계에서 두 번 다시 자리를 얻지 못했다.

『다섯번째 산』 집필을 마쳤을 때 나는 이 일화를 떠올렸고, 그 외에도 살아오는 동안 피할 수 없는 일이 닥쳤던 다른 경우들을 떠올렸다. 이번엔 틀림없이 상황의 주도권을 쥐었다고 여길 때마다 무슨 일인가가 벌어졌고 나는 바닥으로 내던져졌다. 나는 스스로에게 물었다. 이유가 뭐지? 언제나 결승선 가까이에 이르기만 할 뿐 결코 도달하지는 못하는 저주에라도 걸린 걸까? 신은 너무나 가혹해서 내가 지평선 저 끝의 야자수를 바라만 보다가 사막에서 갈증으로 죽어가게 하려는 걸까?

그런 건 아니라고, 마침내 이해하기까지 많은 시간이 걸렸다. 살아가다보면 우리가 각자 '자아의 신화'에 이르는 진정한 길로 돌아가게 하는 일들이 생겨난다. 우리가 삶에서 배운 모든 것을 활용할 수 있도록 또다른 일들도 일어난다. 그리고 마침내 어떤 일들은 우리에게 교훈을 준다.

나의 책 『순례자』에서 나는 그런 교훈들이 반드시 아픔과 고통을 수반하지는 않으며, 수련과 집중만으로도 교훈을 얻기에 충분하다는 걸 보여주려 했다. 물론 그런 깨달음은 내 삶에 소중한 축복이 되어주었지만, 내가 겪어내야 했던 어떤 고난의 순간들은 그 모든 수련과 집중에도 불구하고 여전히 납득할 수 없는 부분으로 남았다.

그런 사례 중 하나가 바로 위에 언급한 일화다. 나는 실력 있는 전문가였고, 내가 가진 역량을 최대로 발휘하기 위해 최선을 다했고, 지금 다시 생각해봐도 나에게는 훌륭한 아이디어들이 있었다. 하지만 피할 수 없는 일들은 내가 가장 안정적이고 확실한 위치에 있다고 느끼던 바로 그 순간에 일어났다. 이런 경험이 나 혼자만의 것이라고 생각하지 않는다. 세상 모든 사람은 피할 수 없는 일의 영향을 받는다. 어떤 이들은 극복했고 어떤 이들은 포기했다. 하지만 우리 모두는 비극의 날개가 우리 인생을 스쳐 지나가는 경험을 한 적 있다.

이유가 뭘까? 이 물음에 대한 답을 찾기 위해 나는 엘리야를 따라 아크바르의 시간 속으로 떠났다.

파울로 코엘료

차례

작가의 말
009

프롤로그
017

1부
019

2부
095

에필로그
325

그리고 계속 이르셨다. "내가 진실로 너희에게 말한다. 어떠한 예언자도 자기 고향에서는 환영을 받지 못한다.

내가 참으로 너희에게 말한다. 삼 년 육 개월 동안 하늘이 닫혀 온 땅에 큰 기근이 들었던 엘리야 때에, 이스라엘에 과부가 많이 있었다.

그러나 엘리야는 그들 가운데 아무에게도 파견되지 않고, 시돈 지방 사렙타의 과부에게만 파견되었다."

「누가복음」 4장 24~26절

프롤로그

기원전 870년 초, 이스라엘인들은 레바논이라고 부르던, 페니키아라 알려진 국가는 거의 삼백 년간 지속되어온 평화를 누리고 있었다. 페니키아인들은 자신들의 성취에 충분히 자부심을 가질 만하였으니, 그들에게 강력한 정치적 위세는 없었지만, 끊임없는 전쟁으로 황폐해진 세상에서 살아남을 유일한 생존 방식으로 중개무역을 뛰어나게 발달시켰기 때문이었다. 특히 기원전 1000년경 이스라엘의 솔로몬왕과 맺은 동맹 덕분에 무역선을 개량하고 무역 범위를 확장할 수 있었다. 그때부터 페니키아는 쉼없이 성장을 거듭했다.

페니키아의 뱃사람들은 일찍이 스페인과 대서양 같은 먼 지역까지 나아갔다. 공인된 사실은 아니지만 페니키아인들이 브라질 북동부와 남부에 그들의 문자를 새긴 각석을 남겼다는 학설도 있다. 그들의 무역품은 유리, 삼나무, 무기, 철, 상아였다. 시돈과 티레, 비블로스 같은 큰 도시 주민들은 숫자에 강하고 천문 관측과 포도주 제조에 능했으며 그리스인들이 알파벳이라고 부르던 문자 체계를 거의 이백 년째 써오고 있었다.

기원전 870년 초, 어느 먼 도시 니네베에서 전쟁을 도모하는 회의가 열렸다. 이 회의에서 아시리아의 장군들은 지중해 연안 국들을 정복할 군대를 파견하기로 결의했다. 그중에서 페니키아가 첫번째 침략 대상이었다.

한편 기원전 870년 초, 이스라엘 길르앗의 어느 마구간에서는 두 남자가 수 시간 안에 다가올 죽음을 기다리며 숨어 있었다.

1부

"제가 섬기던 주님께서 저를 적들의 손에 버리셨습니다." 엘리야가 말했다.

"하느님은 하느님일 뿐일세." 레위 사람이 대답했다. "그분은 모세에게 당신이 선인지 악인지 말하지 않았다네. 그분은 다만 '나는 곧 나다'라고 하셨지. 그러니까 그분은 태양 아래 있는 모든 것이고, 집을 부수는 번개인 동시에 그 집을 다시 짓는 인간의 손이라네."

그들에게는 대화만이 두려움을 쫓을 유일한 방법이었다. 당장이라도 병사들이 마구간에 들이닥쳐 숨어 있는 두 사람을 찾아내고, 페니키아의 신 바알을 섬길 것인지 아니면 처형당할 것인지 둘 중 하나를 택하라고 할지 몰랐다. 병사들은 집집마다 뒤져 예언자들을 찾아내어 개종시키거나 처형하고 있었다.

어쩌면 이 레위 사람은 개종을 하고 목숨을 부지할지도 몰랐다. 하지만 엘리야에게는 선택의 여지가 없었다. 모든 것이 바로 엘리야 때문에 벌어진 일이었고 이세벨*은 무슨 일이 있어도 그를 죽이기를 원했다.

"주님의 천사가 제게 와서, 이스라엘이 바알을 계속 섬기는 한 비가 오지 않으리라 아합왕에게 경고하라고 시켰어요." 엘리야는 마치 천사의 말에 복종했던 걸 용서해달라는 투로 말했다. "그런데 하느님의 처사가 너무 늦어지고 있어요. 가뭄의 영향이 미치기 시작할 즈음이면 이세벨 왕비가 주님을 섬기는 이들을 모두 죽여버린 후일 겁니다."

레위 사람은 아무 말도 하지 않았다. 그는 바알 신앙으로 개종해야 할지 아니면 주의 이름으로 죽어야 할지 고민하고 있었다.

"하느님은 대체 누구란 말입니까?" 엘리야가 말을 계속했다. "병사의 칼을 휘둘러 우리 민족의 신앙을 저버리지 않은 이들을 쓰러뜨리는 분이 바로 하느님인가요? 이방인 왕비를 이 나라 왕실에 앉혀서 우리 세대에 이 모든 불행이 일어나게 한 분인가요? 신실한 교도들과 무고한 자들과 모세의 율법을 따르는 이들을

---

* 이스라엘 아합왕의 아내로 백성들에게 바알 숭배를 명했다.

죽이는 분인가요?"

레위 사람은 마음을 정했다. 죽는 편을 택하기로 했다. 그러자 그는 웃음을 터뜨렸는데, 더이상 죽음이 두렵지 않아서였다. 그는 곁에 있는 젊은 예언자를 돌아보며 그를 진정시키려 했다.

"하느님의 결정에 의심이 든다니 그분에게 물어보시게나. 나는 내 운명을 받아들이기로 했네."

"주님은 우리가 이렇게 무자비하게 학살당하길 원하실 리 없어요." 엘리야가 굽히지 않고 말했다.

"하느님은 전능하시다네. 그분께서 스스로 우리가 선이라고 부르는 일만 행하려 하셨다면 우리가 그분을 전지전능하신 분이라고 부를 수 없었겠지. 그렇다면 그분은 우주의 일부만 다스릴 뿐이고, 그분이 하시는 일을 지켜보고 평가하는 더 막강한 존재가 있는 셈일 테니까. 만일 그분보다 더 막강한 존재가 있다면 나는 그 존재를 섬기겠네."

"하느님이 전능하시다면 왜 그분은 당신을 사랑하는 자들의 고통을 덜어주시지 않는 거지요? 왜 그분은 우리를 구해주시지 않고 반대로 우리의 적들에게 힘과 영광을 주시는 걸까요?"

"모르겠네." 레위 사람이 대답했다. "하지만 이유는 있고, 나는 곧 그 이유를 알게 되기를 바라네."

"당신은 이 질문의 대답을 모르시는군요."

"그렇네."

두 사람은 침묵에 잠겼다. 엘리야는 식은땀을 흘렸다.

"자네는 두려워하는군. 하지만 나는 이미 내 운명을 받아들였
네." 레위 사람이 말했다. "나는 밖으로 나가서 이 고뇌를 끝낼
생각이야. 바깥에서 비명소리가 들려올 때마다 내 차례가 오면
어떠할지 상상하느라 고통스럽네. 우리가 여기 갇힌 이래 나는
이미 수백 번 죽었어. 내 목숨은 하나밖에 없는데도 말이지. 어
차피 목이 잘릴 운명이라면 되도록 빨리 끝나기를 바라네."

그의 말이 옳았다. 엘리야도 똑같이 그 비명소리를 들었고, 그
건 이미 견딜 수 있는 한계를 넘는 고통이었다.

"저도 같이 가겠어요. 몇 시간 더 살겠다고 버티는 것도 이제
지쳤습니다."

그는 자리에서 일어나 마구간의 문을 열었고, 햇살이 들어와
숨어 있던 두 사람을 비췄다.

* * *

레위 사람이 엘리야의 팔을 붙잡았고 함께 걸어가기 시작했
다. 몇 차례 비명소리만 들려오지 않았다면 여느 곳과 다름없는
도시의 보통날 같았으리라. 햇볕은 그다지 뜨겁지 않고 먼바다

에서 바람이 불어와 기온이 적당했으며, 길에는 흙먼지가 자욱하고 진흙과 짚으로 지은 집들이 있었다.

"우리 영혼은 죽음의 공포에 사로잡혔는데 날은 참 아름답군." 레위 사람이 말했다. "내 마음은 하느님과 세상 안에서 평화로운데 날씨는 지독히 나쁘고 사막의 바람이 내 눈을 먼지로 뒤덮어 한 치 앞도 보기 힘들었던 적이 많았지. 하느님의 계획이 언제나 우리의 상태나 우리가 느끼는 것과 일치하지는 않는다는 얘기야. 하지만 단언하건대 그분은 이 모든 것에 그분의 뜻을 담아두셨네."

"당신의 신앙이 감탄스럽습니다."

레위 사람은 생각에 잠긴 듯 하늘을 올려다봤다. 이윽고 그가 고개를 돌려 엘리야에게 말했다.

"감탄하지 말게. 너무 믿지도 말고. 난 나 자신과 내기를 건 걸세. 나는 하느님이 존재한다는 쪽에 걸었지."

"당신은 예언자시잖아요." 엘리야가 반박했다. "당신 역시 하늘의 목소리를 들었고, 이 세상 너머에 다른 세상이 있다는 걸 알고 계시죠."

"그건 나의 상상의 산물일 수도 있어."

"당신은 신의 계시를 보셨잖아요." 동료의 말에 불안해지기 시작한 엘리야는 재차 확인하려들었다.

"그건 나의 상상일 뿐일 수도 있어." 레위 사람이 되풀이했다. "사실 나한테 확실한 한 가지는 내가 건 내기뿐이야. 나는 모든 것이 지극히 높으신 분의 뜻으로 이루어진다고 생각했네."

* * *

거리는 적막했다. 사람들은 집안에 틀어박힌 채 아합왕의 병사들이 들이닥쳐 이방인 왕비의 명령에 따라 이스라엘의 예언자들을 처형할 때까지 숨죽여 기다리고 있었다. 레위 사람 옆에서 걸어가던 엘리야는 집집마다 사람들이 문과 창문 뒤에서 지켜보며 현재 발생한 사태에 대해 그를 원망하고 있는 것 같다고 느꼈다.

'나는 예언자가 되게 해달라고 한 적 없어. 어쩌면 이 모든 게 내 상상의 산물인지도 몰라.' 엘리야는 오래전 생각했었다.

하지만 목공소에서 그 일이 일어난 후로는 그렇지 않다는 것을 알게 됐다.

* * *

어린 시절부터 엘리야는 하늘의 목소리를 들었고 천사와 대화했다. 결국 그는 부모님 손에 이끌려 이스라엘의 사제를 찾아갔고, 사제는 그에게 많은 질문을 던진 끝에 엘리야가 나비, 즉 예언자라고, '하느님의 말씀으로 고양된 사람들'이라는 뜻인 '성령을 받은 사람'이라고 알려주었다.*

사제는 엘리야와 오랜 시간 대화를 나눈 후, 그의 부모님에게 앞으로 아이가 하는 이야기를 모두 진지하게 받아들여야 한다고 말했다.

사제를 만나고 돌아오는 길에 부모님은 엘리야에게, 앞으로 그가 보거나 들은 것에 대해 아무에게도 말하면 안 된다고 충고했다. 예언자가 된다는 것은 통치 권력에 연계될 수도 있음을 의미했고, 이는 언제나 위험한 일이었다.

하지만 엘리야는 한 번도 사제나 왕이 흥미 있어할 만한 내용은 들은 적 없었다. 그는 자신의 수호천사와만 대화했고 자신의 삶에 대한 조언을 들었을 뿐이었다. 이따금 알 수 없는 환영들이 보이기도 했다. 먼 곳의 바다, 낯선 이들이 살고 있는 산, 날개와 눈이 달린 바퀴 등이었다. 그런 환영이 사라지면 그는 부모님이 충고한 대로 가능한 한 빨리 그 환영들을 잊으려고 노력했다.

---

* '끓어오르다' '알리다' '선언하다' 등에 어원을 둔 히브리어 '나비'는 즉 하느님의 말씀으로 끓어오르고 고양되어 말씀을 전해야 하는 사람이라는 의미다.

그런 노력 덕분인지 목소리와 환영은 갈수록 뜸해졌다. 그의 부모님은 기뻐했고, 더이상 그 일을 언급하지 않았다. 그가 혼자 힘으로 살아갈 나이가 되자 부모님은 그에게 작은 목공소를 차릴 자금을 빌려주었다.

* * *

때때로 그는 길르앗 거리를 지나가는 다른 예언자들을 존경어린 시선으로 바라보았다. 그들은 털옷을 입고 가죽띠를 두르고서, 주님이 자신들에게 '선택받은 백성'을 이끌라 하셨다고 말했다. 엘리야는 아무리 봐도 그건 자신의 길이 아니라고 확신했다. 그는 아픈 걸 무척 두려워했기에, '하느님의 말씀으로 고양된 사람들'이 흔히 행하듯 춤을 추거나 자기학대를 통해 무아지경에 빠지는 건 절대 할 수 없을 것 같았기 때문이다. 수줍음도 많은 편이어서, 무아지경 상태에서 생긴 상처를 자랑스럽게 내보이며 길르앗 거리를 활보할 수도 없을 것 같았다.

엘리야는 자신이 보통 사람이라고 생각했다. 남들처럼 옷을 입고, 남들과 똑같은 두려움과 유혹을 느끼며 자기 영혼만 괴롭히며 살아가는 보통 사람이라고. 그가 목공일을 열심히 해나가면서 그에게 들려오던 목소리도 완전히 멈추었다. 어른들과 노동자들에게는 목소리를 들을 시간이 없기 때문이었다. 부모님은 아들의 모습에 만족했고 삶은 조화롭고 평화롭게 흘러갔다.

그가 어린 시절에 사제와 나눴던 대화는 그저 아련한 기억이 되어갔다. 엘리야는 전능하신 하느님이 당신의 뜻을 이루기 위해 인간에게 말을 걸어야 한다는 게 믿기지 않았다. 어린 시절에 있었던 일은 아무런 할일이 없었던 어린아이의 환상일 뿐이었다고 생각했다. 그의 고향 길르앗에는 미친 사람 취급을 당하는 사람들이 있었다. 그들은 조리 있게 말할 줄 몰랐고 주님의 말씀과 정신병자의 헛소리를 구분할 능력이 없었다. 또 그들은 길거리를 전전하며 세상의 종말에 대해 떠들고 남에게 구걸하며 살았다. 하지만 사제들 가운데 그 누구도 그들을 '하느님의 말씀으로 고양된 사람'으로 여기지 않았다.

그러다 엘리야는 사제들 역시 자기들이 하는 말을 확실히 알지 못한다는 결론을 내렸다. '하느님의 말씀으로 고양된 사람들'이 생겨난 건 형제들끼리 서로 싸우고 끊임없이 새로운 통치 권력이 들어서는 등 나라가 나아가야 할 길을 잃었기 때문이었다. 예언자든 광인이든 다를 바 없이 마찬가지였다.

* * *

  왕이 시돈의 공주 이세벨과 혼인한다는 소식을 들었을 때 엘
리야는 별 관심을 두지 않았다. 이스라엘의 다른 왕들도 그런 식
으로 혼인을 했었고, 그 결과 레바논과의 무역량이 점차 증가하
고 지역의 평화가 지속되었다. 엘리야는 이웃나라 사람들이 존
재하지도 않는 신들을 믿든, 그들이 동물과 산을 숭배하는 이단
적 종교 관습을 따르든 개의치 않았다. 그들은 정직한 무역 상대
였고, 그에게는 그 사실이 가장 중요했다.
  엘리야는 그들에게서 계속 삼나무를 사들이고 자신의 목공소
에서 만든 물건을 팔았다. 그들은 다소 거만하고 남다른 피부색
을 이유로 스스로 '페니키아인'이라 불리고 싶어했지만, 그 레바
논 상인들 중 누구도 이스라엘 땅의 혼란을 틈타 이익을 남기려
들지 않았다. 그들은 언제나 물건에 정당한 가격을 지불했고, 이
스라엘 내에서 끊임없이 발생하는 분쟁이나 정치적 문제들에 대
해 언급하는 일이 없었다.

* * *

  왕비의 자리에 오르자 이세벨은 아합왕에게 이스라엘이 섬기

던 하느님 대신 레바논의 신들을 섬기게 해달라고 요청했다.

전에도 그런 일이 있었다. 엘리야는 그 요청을 받아들인 아합 왕에게 분노했지만 여전히 이스라엘의 하느님을 섬겼고 모세의 율법을 지켰다. '이 상황은 금방 지나갈 거야. 이세벨이 아합을 구워삶기는 했지만 백성들 마음을 바꿀 수는 없을 테니까.' 엘리야는 이렇게 생각했다.

그러나 이세벨은 다른 여자들과 달랐다. 그녀는 바알신이 자신을 세상에 데려온 이유가 다른 민족들과 나라들을 개종시키기 위해서라고 굳게 믿었다. 영리하고도 끈질기게 그녀는 주님을 등지고 새로운 신들을 받아들이는 자들에게 보상을 주기 시작했다. 아합은 사마리아에 바알 신전을 세우라 명령했고 신전 안에 제단을 만들었다. 사람들이 그곳에 성지순례를 가기 시작했고, 레바논의 신 숭배사상은 방방곡곡으로 퍼져나갔다.

'금방 지나갈 거야. 한 세대 정도 지속될지 몰라도 머지않아 지나갈 거야.' 엘리야는 여전히 이렇게 생각했다.

그런데 그가 상상도 못했던 일이 벌어졌다. 어느 오후 목공소에서 탁자 하나를 완성했을 무렵 갑자기 주위가 어두워지더니 수천 개의 작은 불빛들이 그를 둘러싸고 반짝이기 시작했다. 엘리야는 전에 한 번도 경험해본 적 없는 두통을 느끼고 자리에 앉으려 했지만 꼼짝도 할 수 없었다.

그건 상상 속 일이 아니었다.

'난 이제 죽는구나.' 그는 순간 생각했다. '이제 우리가 죽고 나면 하느님께서 보내시는 곳에 가보겠구나. 천공의 한가운데에.'

불빛 중 하나가 강렬해지더니 갑자기 사방에서 동시에 울려대는 듯한 소리가 들려왔다.

"너는 아합에게 가서 이렇게 알려라. '내가 섬기는, 살아 계신 하느님을 두고 맹세하건대 내가 다시 입을 열기 전에는 앞으로 몇 해 동안 이 땅에 이슬도 비도 내리지 않을 것이다.'"

잠시 후 모든 것이 평상시로 돌아왔다. 목공소도 오후의 햇빛도 거리에서 아이들이 노는 소리도 모두 그대로였다.

* * *

그날 밤 엘리야는 잠을 이루지 못했다. 몇 해 만에 처음으로 어린 시절에 경험했던 감각이 되살아난 것이다. 그런데 그의 수호천사가 아니라 그보다 훨씬 크고 막강한 '무엇'으로부터 들려온 말이었다. 엘리야는 그 명령을 따르지 않으면 그의 생업에 저주가 내릴지도 모른다는 생각에 두려웠다.

다음날 아침 그는 목소리가 지시한 대로 따르기로 결심했다. 따지고 보면 그와는 상관없는 메시지를 전달하기만 하면 되는 일이었다. 이 사명을 다하고 나면 그 목소리가 또다시 찾아와 그를 괴롭히는 일은 없을 터였다.

아합왕을 알현하는 건 어렵지 않았다. 몇 세대 전 사무엘왕이 다스리던 시절부터 예언자들은 상업과 정치에 큰 영향력을 행사해왔다. 그들은 결혼을 하고 자녀를 둘 수 있었으나 항상 주님의

뜻대로 처신해야 했고, 또 통치자들이 바른길에서 벗어나지 않
도록 인도해야 했다. 예로부터 이 '하느님의 말씀으로 고양된 사
람들' 덕분에 많은 전투에서 승리했고, 통치자가 바른길에서 벗
어날 때면 언제나 예언자들이 그를 다시 주님의 길로 이끌었기
에 이스라엘이 건재할 수 있었다는 믿음이 있었다.

아합왕을 알현하는 자리에서 엘리야는 페니키아 신들을 향한
숭배를 멈추지 않으면 끔찍한 가뭄이 닥칠 것이라고 말했다.

왕은 그의 말에 큰 관심을 보이지 않았지만 아합왕 곁에 있던
이세벨은 엘리야의 말을 주의깊게 듣더니 그 메시지에 대해 몇
가지 질문을 하기 시작했다. 엘리야는 그녀에게 그가 본 환영과
두통, 그리고 천사의 말이 들려올 때 시간이 멈추었던 일에 대해
말했다. 자신에게 일어났던 일들을 이야기하는 동안 그는 모두
의 입에 오르내리는 왕비를 가까이서 관찰할 수 있었다. 그녀는
그때까지 그가 만나본 가장 아름다운 여인이었다. 완벽한 몸매
에 길고 검은 머리가 허리까지 닿았다. 가무잡잡한 얼굴의 그녀
는 빛나는 녹색 눈으로 엘리야의 눈을 뚫어져라 바라보았다. 그
로서는 그 눈빛의 의미를 알 수 없었고, 그의 말이 장차 어떤 파
장을 불러일으킬지도 짐작하지 못했다.

그는 이제 자신에게 주어진 사명을 다했으니 목공소로 돌아가
일을 계속할 수 있으리라 생각하며 왕궁을 떠났다. 돌아오는 길

에 그는 스물세 살 청년의 열정에 사로잡혀 이세벨에게 강렬한 욕망을 느꼈다. 그리고 훗날 짙은 피부에 수수께끼 같은 녹색 눈을 가진 아름다운 레바논 여인을 만나게 해달라고 하느님께 기도했다.

* * *

목공소로 돌아온 엘리야는 해가 지기 전까지 일을 마저 하고 밤이 되어 편안히 잠자리에 들었다. 다음날, 동이 트기도 전에 레위 사람이 그를 깨웠다. 이세벨이 왕을 설득해 예언자들이 이스라엘의 번영과 확장에 위협이 될 거라고 믿게 만들었다고 했다. 아합왕은 병사들에게 하느님께 받은 신성한 사명을 저버리겠다고 맹세하지 않는 예언자들을 모두 처형하라는 명령을 내렸다.

단, 엘리야에게는 선택의 여지가 주어지지 않았다. 그는 무조건 처형할 대상이었다.

엘리야와 레위 사람이 길르앗의 남쪽에 있는 마구간에서 숨어 지낸 이틀 동안 사백오십 명의 나비가 처형당했다. 하지만 자신의 몸에 상처를 내고 거리를 돌아다니면서 이 세상이 곧 부패와 불신으로 인해 멸망할 거라고 외치던 예언자들은 대부분 새로운 신앙으로 개종했다.

* * *

생각에 잠겨 있던 엘리야는 날카로운 소리와 그뒤로 이어진 비명소리에 퍼뜩 정신을 차렸다. 그리고 깜짝 놀라 옆 사람에게 물었다.

"무슨 일이죠?"

하지만 아무 대답이 없었다. 레위 사람이 바닥에 거꾸러졌고, 그의 가슴에 화살이 꽂혀 있었다.

그의 눈앞에서 병사가 활시위에 화살을 새로 메기고 있었다. 엘리야는 주위를 둘러보았다. 거리의 문과 창문은 굳게 닫혔고 하늘에는 태양이 눈부셨으며, 말로는 수없이 들었으나 한 번도 본 적은 없는 바다에서 바람이 불어오고 있었다. 달아날까 생각했지만 다음 모퉁이에 이르기도 전에 잡힐 것이 뻔했다.

'어차피 죽을 목숨이라면 도망치다 죽진 않겠어.' 그는 생각했다.

병사가 다시 활을 겨누었다. 놀랍게도 아무 감정이 느껴지지 않았다. 두려움도 살고 싶다는 본능적인 마음도. 마치 이 모든 것이 이미 오래전부터 정해져 있었고 그와 병사 두 사람은 직접 쓰지 않은 각본대로 움직일 뿐이라는 생각이 들었다. 그는 어린 시절이, 길르앗의 아침과 낮이, 목공소에서 하다 만 작업이 떠올랐다. 그가 절대 예언자가 되기를 원하지 않던 부모님 생각이 났다. 이세벨의 눈과 아합왕의 미소도 생각났다.

여자와 한 번도 사랑해보지 못하고 스물세 살에 죽을 짓을 했으니 얼마나 어리석은가 생각했다.

병사가 활시위를 놓았고 화살은 바람을 가르며 엘리야의 오른쪽 귀 옆을 휙 스쳐지나가 뒤쪽 흙바닥에 꽂혔다.

병사는 다시 한번 화살을 시위에 메기고 그를 겨냥했다. 그런데 이번에는 활을 쏘는 대신 엘리야의 눈을 뚫어져라 바라보았다.

"나는 아합왕의 군대에서 최고의 궁수요." 병사가 말했다. "지난 칠 년 동안 한 번도 표적을 빗맞힌 적이 없었지."

엘리야는 쓰러진 레위 사람을 돌아보았다.

"그 화살은 당신에게 쏜 것이었소." 병사는 활시위를 계속 켕긴 채 손을 떨고 있었다. "반드시 죽여야 하는 예언자는 엘리야 한 사람뿐이었고 다른 이들에겐 바알 신앙을 선택할 기회가 있었소."

"그렇다면 당신의 일을 마치시지요."

엘리야는 자신의 침착함이 스스로도 놀라웠다. 마구간에서 이틀 밤을 보내는 동안 죽음에 대해 수없이 상상했는데 공연히 괴로워했다는 걸 알게 됐다. 이제 순식간에 모든 것이 끝날 터였다.

"그럴 수가 없소." 병사가 말했다. 그는 여전히 손을 떨었고 매순간 조준점이 달라지고 있었다. "가시오. 내 앞에서 사라지시오. 아무래도 하느님이 내 화살을 빗나가게 하시는 것 같소. 당신을 죽인다면 그분이 내게 벌을 내리실 거요."

그 순간, 아직 살 수 있는 기회가 있다는 걸 깨닫자 죽음에 대한 공포가 다시 고개를 들었다. 드디어 바다를 보고, 여인을 만나 결혼하고, 자식을 얻고, 끝내지 못한 목공 작업을 완성할 기회가 그에게 아직 남아 있는 것이었다.

"당신이 해야 할 일을 당장 여기서 끝내세요." 엘리야가 말했다. "나는 지금 평온합니다. 하지만 당신이 시간을 더 끈다면 나는 내가 잃어버릴 것들 때문에 괴로울 겁니다."

병사는 주위를 둘러보며 지켜보는 이가 있는지 살폈다. 그러더니 활을 내리고 화살을 다시 넣고는 모퉁이를 돌아 사라져버렸다.

엘리야는 다리가 후들거리기 시작했다. 그 어느 때보다 강렬한 공포에 사로잡혔다. 당장 도망쳐 길르앗을 떠나야 했고, 활을 들고 그의 심장에 화살을 겨누는 병사와는 두 번 다시 마주치지 말아야 했다. 그는 자신의 운명을 스스로 선택한 적 없었고, 아합왕을 찾아간 건 자신이 왕을 만나 조언해주었노라고 이웃들에게 자랑하기 위해서가 아니었다. 예언자들이 학살당한 것은 그의 탓이 아니었다. 그날 오후 시간이 멈추고 목공소가 점점이 반짝이는 불빛으로 가득찬 어두운 구멍으로 변하는 걸 목격한 것도 그의 탓이 아니었다.

조금 전 병사가 그랬던 것처럼 그는 주위를 살펴보았다. 거리는 텅 비어 있었다. 그는 레위 사람의 목숨을 구할 수 있을지 확인해볼까 생각했지만 곧 두려움이 밀려왔고, 누군가 나타나기 전에 서둘러 몸을 피했다.

사람들의 발길이 오래전 끊긴 길을 따라 몸을 숨기고 한참을 걸어간 끝에 엘리야는 크릿 시냇가에 이르렀다. 자신의 비굴함이 부끄러웠지만 한편으론 살아 있어서 기뻤다.

　시냇가의 물을 조금 마시고 나서 앉았더니 그제야 자신이 처한 상황이 실감되었다. 당장 다음날이면 먹을 게 필요할 텐데 사막에 식량이 있을 리 만무했다.

　그는 목공소를 떠올렸다. 목공일을 오랫동안 해왔으나 모두 버리고 떠나야 했다. 이웃들 가운데 친구라 할 만한 이들도 있었으나 그들에게 의지할 순 없었다. 그의 도주 소식이 온 도시에 퍼졌을 테고, 참된 신앙을 가진 이들을 순교당하게 해놓고 정작 자신은 도망쳐버렸으니 모두가 그를 증오할 터였다.

그가 지금까지 이뤄온 모든 것이 무너져내린 이유는 단지 주님의 뜻을 실현하기 위해 선택받은 사람이기 때문이었다. 내일 그리고 이후 며칠 동안, 또 몇 주나 몇 달 후에도 레바논의 상인들이 찾아와 그의 목공소 문을 두드리면 사람들은 그들에게 말할 것이다. 그 집 주인은 무고한 예언자들을 죽게 내버려두고 도망쳐버렸다고. 어쩌면 거기에 덧붙여 그가 하늘과 땅을 지켜준 신들을 파괴하려 했다고 말할지도 몰랐다. 그 소문은 삽시간에 퍼져 이내 이스라엘 국경을 넘어설 테고, 이제 그는 레바논 여자들처럼 아름다운 여인과 결혼할 생각은 영영 접어야 할지도 몰랐다.

* * *

"배가 있다."

그렇다, 배라는 게 있었다. 보통 범죄자들, 전쟁 포로들, 도망자들까지 뱃사람으로 받아주었는데, 배는 군대보다 더 위험하기 때문이었다. 전쟁통의 병사에겐 달아나 목숨을 부지할 기회가 언제든 있지만, 바다는 괴물들이 사는 미지의 장소였고 일단 비극이 닥치면 아무도 살아남지 못해 무슨 일이 있었는지 전해질 수조차 없었다.

배가 있기는 했으나 전부 페니키아 상인들이 운용하고 있었다. 엘리야는 범죄자도 포로도 도망자도 아니었지만 바알신을 거스르는 목소리를 높였던 자였다. 뱃사람들은 바알신과 그 밖의 신들이 날씨를 다스린다고 믿었으므로 그의 정체가 발각되는 날에는 죽임을 당해 바다에 던져질 터였다.

그러니 바다로 갈 수는 없었다. 북쪽엔 레바논이 있으니 갈 수 없었다. 동쪽으로 갈 수도 없었다. 그곳에서는 이스라엘 민족들이 두 세대 전부터 전쟁을 벌이고 있었다.

* * *

엘리야는 자신에게 활을 겨누던 병사 앞에서 경험했던 평온을 떠올렸다. 대체 죽음이란 무엇인가? 죽음은 그저 한순간일 뿐이었다. 고통을 느낀다 한들 곧 지나갈 것이고, 그러고 나면 만군의 주님이 품어주실 것이다.

그는 땅에 누워 한참 동안 하늘을 바라봤다. 레위 사람이 그랬듯이 자기 자신과 내기를 걸어보기로 했다. 하느님의 존재에 대해서는 의심의 여지가 없었으므로 그분의 존재에 대한 내기는 아니었다. 그는 자기 삶의 이유에 대해 내기를 걸었다.

그는 산과 들을 바라보았다. 주님의 천사가 예고해준 대로라면 이제 곧 긴 가뭄으로 땅이 황폐해지겠지만, 여러 해 동안 비가 풍족하게 내린 덕분에 아직은 푸르고 청량했다. 그는 크릿 시내도 보았다. 머지않아 냇물은 흐름을 멈출 것이다. 그는 뜨겁고 겸허한 마음으로 세상에 작별인사를 했고, 최후의 시간이 오면 주님이 그를 거두어주시기를 기도했다.

그는 자신의 존재이유가 무엇일까 생각했으나 답을 찾지 못했다.

어디로 가야 하는지 생각했으나 포위되어 있음을 깨달았다.

죽음의 공포가 되살아난다 할지라도 그는 다음날 돌아가서 투항할 작정이었다.

아직 몇 시간 더 살 수 있다는 사실을 위안 삼으려 해봤으나 소용없었다. 인간은 살아가는 수많은 나날 동안 대부분 스스로는 아무런 결정도 내리지 못한다는 사실을 깨달은 참이었다.

다음날 잠에서 깬 엘리야는 다시 크릿 시내를 바라봤다. 이튿날이나 일 년 후면 이 물줄기는 가는 모래와 둥근 조약돌만 있는 길로 변해버릴 것이다. 이곳에 오래 산 주민들은 그곳을 여전히 크릿이라고 부를 것이며*, 어쩌면 지나가다 길을 묻는 이들에게 "이 근처를 흐르는 강 옆에 있다"고 일러줄지도 모른다. 여행자들은 목적지에 도착해 가는 모래와 둥근 돌들을 보고 '예전에는 이 땅에 강이 흘렀다지' 하고 반추할 것이다. 하지만 강을 이루는 가장 중요하고 유일한 요소인 흐르는 물은 더이상 없으므로 그들의 갈증을 달래주지 못할 것이다.

---

* 히브리어 '크릿'에는 '자름' '분리' 외에 '계곡'이란 의미도 있다.

시냇물이나 식물처럼 영혼에도 일종의 비가 필요한데, 바로 희망, 믿음, 살아가는 이유 같은 것들이다. 영혼에 이 비가 내리지 않는다면 몸은 살아 있어도 영혼은 시들어버릴 것이고, 사람들은 "한때 이 육체 안에 사람이 살았었다"고 말할 뿐이리라.

그런데 지금은 이런 생각에 잠겨 있을 때가 아니었다. 엘리야는 마구간에서 나오기 직전에 레위 사람과 나누었던 대화를 다시 떠올렸다. 단 한 사람의 목숨으로 충분했다면 왜 그 많은 죽음이 필요했을까? 이제 그가 해야 할 일은 이세벨의 병사들을 기다리는 것뿐이었다. 길르앗에서 도망쳐 갈 곳은 많지 않았으므로 분명 병사들이 곧 들이닥칠 것이었다. 죄인들은 항상 사막으로 도망쳤다가 며칠 안에 시체로 발견되거나, 크릿 시내로 도망쳤다가 금세 붙잡혔다.

그러니 병사들이 곧 들이닥칠 터였다. 그리고 엘리야는 그들을 기꺼이 맞을 생각이었다.

* * *

그는 옆쪽에 흐르는 맑은 시냇물을 조금 마셨다. 그리고 얼굴을 씻고 나서 추적자들을 기다리며 머물 그늘을 찾았다. 인간은 정해진 운명에 맞서 싸울 수 없다. 그는 이미 한차례 저항했고 실패했다.

일찍이 사제가 그를 예언자라고 인정했음에도 그는 목수가 되기로 마음먹었다. 그러나 주님이 그를 그가 가야 할 길로 다시 인도하신 것이다.

이 땅 위의 인간들을 위해 하느님이 제각각 설계해둔 삶을 거부한 자가 엘리야 한 사람은 아니었다. 아름다운 목소리를 가진 친구가 있었는데, 그 친구의 부모님은 가족의 명예를 떨어뜨리는 직업이라는 이유로 그가 가수가 되길 바라지 않았다. 어린 시절 알던 한 여자아이는 누구보다 춤을 잘 췄지만 그녀의 가족들은 춤을 추지 못하게 했다. 무용수가 되면 왕이 궁으로 불러들일 텐데 그 왕조가 얼마나 갈지 아무도 모른다는 이유 때문이었다. 게다가 왕궁 안 사람들은 사악하고 적대적이라 그녀가 좋은 결혼을 할 기회는 영영 사라져버릴 거라 생각했기 때문이었다.

'인간은 자신의 운명을 저버리기 위해 태어났다.' 신은 인간의 마음속에 실현 불가능한 과제만을 떠안겼다.

'왜일까?'

전통이 유지되어야 하기 때문인지도 몰랐다.

하지만 그건 옳은 답이 아니었다. '레바논 백성들이 우리보다 앞선 건 그들이 항해의 전통을 따르지 않았기 때문이야. 모두들 비슷비슷한 배를 탈 때 그들은 뭔가 다른 배를 만들기로 했지.

그로 인해 많은 이들이 바다에서 목숨을 잃었으나 그들의 배는 점점 발달했고, 오늘날에는 그들이 세계의 무역을 지배하고 있어. 그들은 새 시대에 적응하기 위해 비싼 값을 치렀으나 그럴만한 가치가 있었음이 증명된 거야.'

인간이 자신의 운명을 저버리는 건 어쩌면 하느님이 가까이 있지 않기 때문인지도 모른다. 하느님은 사람들의 마음속에 모든 것이 가능하던 시절의 꿈을 심어놓고는 다른 일을 보러 떠나버렸다. 세상은 변했고 인생은 더욱 어려워졌으나 주님은 인간의 꿈을 변화시키러 돌아오지 않았다.

하느님은 멀리 있었다. 하지만 그분이 여전히 예언자들에게 천사를 보내 말씀을 전한다면 아직 이곳에 이룰 일이 남아 있기 때문일 것이다. 그렇다면 정답은 대체 무엇일까?

'아마도 우리 부모님들이 실수를 했고 우리가 같은 실수를 저지를까봐 두려워서일 거야. 아니면 그들이 한 번도 실수를 한 적이 없어서 우리에게 문제가 생겼을 때 어떻게 도와야 할지 몰라서일 수도 있고.'

그는 정답에 가까워지는 느낌이었다.

시냇물이 가까이에서 흐르고 까마귀들은 하늘에서 원을 그리며 날고 식물들은 불모의 모래땅에서 살아보려고 기를 쓰고 있었다. 그들이 각각 자기 조상이 하는 말에 귀기울인다면 어떤 말이 들려올까?

"시냇물아, 사막이 곧 너를 고갈시킬 터이니 햇빛 아래 너의 맑은 물이 반짝일 더 나은 장소를 찾아라." 물의 신이 있다면 이렇게 말할 것이다. "까마귀들아, 바위와 모래 틈보다는 숲속에 양식이 훨씬 풍부하다." 새들의 신은 이렇게 말할 것이다. "식물들아, 세상에는 비옥하고 촉촉한 땅이 많으니 더 먼 곳에 씨를 퍼뜨려라. 그러면 너희가 더욱 아름답게 자랄 것이다." 꽃들의 신은 이렇게 말할 것이다.

그런데 크릿 시내와 식물들과 까마귀들은 다른 강들과 새들과 꽃들이라면 떠났을 곳에서 살아갈 용기가 있었다. 그때 까마귀 한 마리가 근처에 내려앉았다.

엘리야는 그 까마귀를 응시했다.

"나는 지금 깨달음을 얻고 있어." 새에게 말했다. "하지만 나는 곧 죽을 운명이니 그 교훈은 아무 쓸모가 없겠지."

"너는 모든 것이 얼마나 단순한지 알게 된 거야." 까마귀가 대답하는 것만 같았다. "용기를 갖는 것만으로 충분해."

엘리야는 새의 입 모양에 사람의 말을 꿰맞추고 있는 자신이 우스웠다. 그것은 언젠가 빵 만드는 여인에게 배운 재밌는 놀이였고 그는 계속하기로 했다. 스스로 질문을 던지고 마치 지혜로운 현자인 양 스스로 대답하는 놀이였다.

하지만 까마귀는 날아가버렸다. 엘리야는 여전히 이세벨의 병사들이 들이닥치길 기다렸다. 그저 죽음을 맞이하면 그만이기 때문이었다.

* * *

아무 일 없이 하루가 지나갔다. 그들이 바알신의 가장 큰 적이 아직 살아 있다는 걸 잊기라도 한 걸까? 이세벨은 그가 있는 곳을 알 텐데 왜 추격해오지 않는 걸까?

"그녀의 눈에서 알아봤듯이 그 여자는 영리하기 때문이지." 그는 혼잣말을 했다. "내가 그들 손에 죽는다면 나는 주님의 순교자가 될 테니까. 하지만 사람들에게 내가 도망자라고 알려지면 나는 기껏해야 자신의 말을 스스로 믿지 못한 겁쟁이가 될 뿐이고."

그렇다, 그것이 왕비의 전략이었다.

* * *

밤이 완전히 내려앉기 얼마 전, 까마귀 한 마리가—아까 그 까마귀일까?—그날 아침에도 앉았던 그 나뭇가지에 날아와 앉왔다. 까마귀는 부리에 작은 고기 한 점을 물고 있다가 무심하게 떨어뜨렸다.

엘리야에게는 기적이었다. 그는 나무 아래로 달려가 고깃조각을 집어먹었다. 어디서 난 것인지 몰랐고 알고 싶지도 않았다. 그에게 중요한 건 허기를 달래는 일이었다.

그런데 그가 갑자기 달려들었는데도 까마귀는 날아가지 않았다.

'이 새는 내가 여기서 굶어죽을 걸 알고 있구나.' 그는 생각했다. '나중에 더 푸짐한 식사를 하려고 먹잇감을 살찌우려는 거야.'

이세벨이 엘리야의 도피 이야기를 이용해 바알 신앙을 살찌우려는 것과 마찬가지였다.

얼마 동안 인간과 새는 우두커니 서로를 관찰했다. 엘리야는 그날 아침에 하던 놀이를 떠올렸다.

"너랑 얘기하고 싶구나, 까마귀야. 오늘 아침 나는, 영혼에는 영혼을 살찌울 양식이 필요하다고 생각했지. 내 영혼이 아직 굶어죽지 않은 건 아직 할말이 남았기 때문일 거야."

새는 여전히 미동도 하지 않았다.

"그리고 내 영혼이 아직 할말이 있다면 나는 그 말을 들어야 해. 아무도 나와 말할 사람이 없으니까." 엘리야가 말을 이어갔다.

엘리야는 상상력을 발휘해 스스로 까마귀가 되었다.

50

"하느님은 너에게 무엇을 바라시지?" 그는 마치 자신이 까마귀인 양 자문했다.

"그분은 내가 예언자가 되길 원하셔."

"그건 사제들이 했던 말이지. 하지만 주님이 원하시는 건 그게 아닐 수도 있어."

"아니, 맞아. 그게 그분이 원하시는 일이야. 천사가 내 목공소에 나타나서 아합왕에게 가서 이야기를 전하라 했거든. 내가 어린 시절에 듣던 그 목소리들은……"

"누구나 어린 시절에는 목소리를 들어." 까마귀가 말을 잘랐다.

"하지만 누구나 다 천사를 보지는 않지." 엘리야가 받아쳤다.

이번에는 까마귀가 아무 대답도 하지 않았다. 잠시 후 새가, 아니 사막의 뜨거운 태양과 고독에 정신이 아득해진 그의 내면의 목소리가 침묵을 깨뜨렸다.

"빵 만드는 그 여인 기억나?" 그는 스스로에게 물었다.

엘리야는 기억을 떠올렸다. 그 여인은 쟁반 몇 개를 만들어달라며 그를 찾아왔었다. 엘리야가 쟁반을 만드는 동안 그녀는 엘리야가 하는 일이 신의 존재를 표현하는 방식이라는 이야기를 했었다.

"당신이 쟁반 만드는 모습을 보니 당신도 나와 같은 느낌을 받는다는 걸 알 수 있네요." 그녀가 말을 이었다. "일하는 동안 당신 입가에서 미소가 떠나지 않아요."

여인은 인간이 두 종류로 나뉜다고 말했다. 자기가 하는 일을 즐거워하는 사람과 불평하는 사람. 후자는 아담이 하느님에게 저주받은 사실만을 유일한 진실로 여긴다. "땅은 너 때문에 저주를 받으리라. 너는 사는 동안 줄곧 죽도록 고생해야 먹고살리라." 그들은 일할 때에는 즐거움을 모르고, 쉬어야 하는 축일에는 권태로워한다. 주님의 말씀을 자신들의 쓸모없는 삶을 변명하는 구실로 이용하고, 그분이 모세에게 하신 이 말씀을 잊고 산다. "주 너희 하느님께서 너희에게 상속 재산으로 차지하라고 주시는 땅에서 너희에게 복을 내리실 것이다."

"그래, 그 여인이 기억나. 그녀의 말이 옳았어. 나는 목공소에서 일하는 걸 좋아했었지." 엘리야는 책상 하나를 만들고 의자 하나에 장식을 새길 때마다 삶을 이해하고 사랑하게 됐었다는 걸 이제야 깨달았다. "그녀는 나에게 내가 만든 물건들에게 말을 걸어보라고 했어. 그리고 탁자와 의자의 대답에 놀랄 거라고 했지. 내가 탁자와 의자를 만들며 내 영혼의 가장 숭고한 부분을 쏟아넣었으니 이번에는 내가 지혜를 얻게 될 거라고."

"목수가 되지 않았다면 너는 너의 영혼을 네 내면이 아닌 다른 곳에 쏟을 줄도, 상상 속 까마귀가 되어 자신에게 말을 걸 줄도

52

몰랐을 거야. 그리고 네 생각보다 네가 더 훌륭하고 현명한 사람이라는 것도 깨닫지 못했겠지. 바로 목공소 안에서 너는 세상 만물에 신성함이 깃들어 있다는 사실을 발견했으니까."

"그래서 난 내가 만든 탁자나 의자와 대화하는 상상을 좋아했었지. 그걸로 충분치 않았을까? 빵 만드는 여인의 말이 옳았어. 물건들과 얘기하다보면 전에는 한 번도 해본 적 없는 생각들이 떠오르곤 했으니까. 하지만 그런 방식으로 하느님을 섬길 수 있다는 걸 이해하기 시작했을 무렵 천사가 나타났고, 그 이후의 이야기는 모두가 아는 대로야."

"천사가 나타난 건 네가 준비되었기 때문이야." 까마귀가 대답했다.

"나는 솜씨 좋은 목수였어."

"그건 배움의 일부였어. 한 인간이 자신의 운명을 향해 나아가다보면 방향을 틀어야만 할 때가 종종 생기지. 또 때로는 그를 둘러싼 외부의 힘이 너무 강력해서 용기를 꺾고 항복해야 할 때도 있어. 그 모든 것이 배움의 일부야."

엘리야는 계속해서 자기 영혼이 하는 말에 유심히 귀기울였다.

"하지만 그 누구도 자신이 정말 원하는 것을 외면할 수는 없어. 때때로 세상과 타인이 자기보다 강하다는 생각이 들더라도 말이야. 비밀은 바로 이거야. 결코 포기하지 않는 것."

"예언자가 되는 생각은 한 번도 해본 적 없었는데." 엘리야가
말했다.

"생각해본 적 있었어. 생각해본 적 있지만 불가능하다고 여겼
던 거지. 아니면 위험한 일이라고 여겼거나. 아니면 생각도 못할
일이라고 믿었던 거지."

엘리야는 자리에서 일어났다.

"왜 나는 듣고 싶지 않은 이야기들을 스스로에게 하고 있는 걸
까?" 그리고 그는 울부짖었다.

새는 그 기세에 놀라 날아가버렸다.

* * *

까마귀는 다음날 아침 돌아왔다. 새는 항상 먹이를 구해 먹고
남은 것을 그에게 가져다주었으므로, 엘리야는 대화를 다시 이
어가기 전에 새를 살펴보았다.

둘 사이에 묘한 우정이 싹텄고 엘리야는 까마귀에게 배우기
시작했다. 그는 까마귀가 사막에서 어떻게 먹이를 구하는지 보
았고, 그대로 따라 하면 며칠 더 살아남을 수 있으리란 걸 알게
됐다. 까마귀가 원을 그리며 날면 근처에 먹잇감이 있다는 뜻이
었고, 그는 그곳으로 달려가 사냥을 시도했다. 처음에는 작은 짐

승들을 많이 놓쳤지만 차츰 요령이 생겨서 사냥감을 잡게 되었다. 나뭇가지를 창으로 썼고 함정을 파 잔가지와 모래로 가려놓았다. 사냥감이 함정에 빠져 잡히면 엘리야는 양식을 까마귀와 나누고, 일부는 다음 사냥에 쓸 미끼로 남겨놓았다.

하지만 그를 둘러싼 고독이 너무도 극심하게 옥죄어와서 그는 또다시 까마귀와의 대화를 상상했다.

"너는 누구인가?" 까마귀가 물었다.

"나는 평화를 찾아낸 인간이다." 엘리야가 대답했다. "나는 사막에서 양식을 구해 생존할 수 있고, 신이 창조한 세상의 무한한 아름다움을 경탄어린 눈으로 바라봐. 나는 내가 생각했던 것보다 훨씬 숭고한 영혼이 내 안에 있다는 걸 깨달았지."

엘리야와 까마귀는 달이 새로 뜨고 지는 동안 계속 함께 사냥했다. 그의 영혼이 슬픔으로 가득찬 어느 밤, 그는 또다시 같은 질문을 스스로에게 던졌다.

"너는 누구인가?"

"나는 모른다."

* * *

달이 한번 더 기울고 새로 솟았다. 엘리야는 자신의 육체가 더

건강해지고 정신이 맑아진 것 같다고 느꼈다. 그날 밤 엘리야는 늘 같은 나뭇가지에 앉아 있는 까마귀를 돌아보며 며칠 전 받은 질문에 대해 답했다.

"나는 예언자야. 일하다가 천사를 봤지. 세상 모두가 반대로 말할지라도 나는 내가 할 수 있는 일에 대해 의심할 수가 없어. 나는 왕이 가장 아끼는 이에게 맞섰다가 내 조국에서 학살이 일어나게 만들었어. 나는 예전에는 목공소에서 지냈고, 지금은 사막에서 살고 있어. 한 인간이 자신의 운명을 실현할 때까지 여러 단계를 거쳐야만 한다고 내 영혼이 나에게 말해주었기 때문이야."

"그래, 이제 너는 네가 누구인지 알게 됐군." 까마귀가 말했다.

그날 밤 엘리야는 사냥에서 돌아와 물을 마시러 갔다가 크릿 시내가 말라버린 걸 보았다. 하지만 너무 피곤해서 그대로 잠을 청했다.

한동안 보이지 않던 수호천사가 그의 꿈에 나타났다.

"주님의 천사가 네 영혼에게 말씀하셨다." 수호천사가 말했다. "그리고 너에게 이렇게 명령하셨다. '이곳을 떠나 동쪽으로 가, 요르단강 동쪽에 있는 크릿 시내에서 숨어 지내라. 물은 그 시내에서 마셔라. 그리고 내가 까마귀들에게 명령하여 거기에서 너에게 먹을 것을 주도록 하겠다.'"

"제 영혼이 그 말씀을 들었습니다." 엘리야가 꿈속에서 말했다.

"그렇다면 일어나거라. 주님의 천사가 나에게 물러가라 하시며 너와 직접 말하겠다 하신다."

엘리야는 깜짝 놀라 일어났다. 무슨 일이 일어난 걸까?

밤중인데도 주위는 환하게 밝았고, 주님의 천사가 나타났다.

"무엇이 너를 이곳에 데려왔느냐?" 천사가 물었다.

"당신이 저를 여기 데려왔습니다."

"아니다. 이세벨과 그의 병사들이 너를 도망치게 했다. 그 사실을 절대 잊지 말아라. 주 너의 하느님을 위해 복수하는 것이 네게 주어진 사명이기 때문이다."

"당신이 제 앞에 있고 당신의 목소리를 듣는 저는 예언자입니다." 엘리야가 말했다. "모두가 그렇듯이 저는 저의 길을 여러 번 바꾸었습니다. 하지만 이제 저는 사마리아로 가서 이세벨을 무찌를 준비가 되었습니다."

"그렇다면 너의 길을 찾아라. 하지만 다시 쌓아올리는 법을 배우기 전까지는 무너뜨릴 수도 없다. 네게 명령하노니, 일어나 시돈에 있는 사렙타로 가서 그곳에 머물러라. 내가 그곳에 있는 한 과부에게 명령하여 너에게 먹을 것을 주도록 해놓았다."

다음날 아침 엘리야는 작별인사를 하려고 까마귀를 찾았다.

하지만 그가 크릿 시냇가에 도착한 이래 처음으로 까마귀가 나타나지 않았다.

엘리야는 며칠 동안 계속 걸어서 그곳 주민들이 아크바르라고 부르는 도시, 사렙타가 있는 골짜기에 도착했다. 너무 지치고 힘이 다 빠졌을 무렵 검은 옷을 입고 땔감을 줍는 여인이 보였다. 골짜기에는 초목이 거의 없었고 여인이 모은 건 마른 잔가지들뿐이었다.

"당신은 누구시지요?" 엘리야가 물었다.

여인은 그가 하는 말을 못 알아듣는 기색으로 낯선 이를 쳐다봤다.

"물 좀 주세요." 엘리야가 말했다. "빵 한 조각도 부탁합니다."

여인은 나뭇가지들을 한쪽으로 밀어놓았으나 여전히 말이 없었다.

"겁내지 마세요." 엘리야가 계속 말했다. "나는 혼자이고 배가 고프고 목도 마릅니다. 그러니 누굴 해칠 힘도 없습니다."

"당신은 여기 사람이 아니군요." 마침내 여인이 입을 열었다. "말투를 들어보니 이스라엘왕국에서 오신 것 같군요. 내가 어떤 사람인지 안다면 나에게 아무것도 없다는 것도 알게 되실 거예요."

"주님께서 당신이 과부라고 알려주셨습니다. 그리고 나는 당신보다 더 가진 게 없어요. 지금 내게 먹을 것과 물을 주지 않는다면 나는 죽을 겁니다."

여인은 깜짝 놀랐다. 이 이방인이 어떻게 그녀에 대해 아는 걸까?

"여자한테 살려달라 구걸하는 남자는 부끄러운 줄 알아야 해요." 놀란 마음을 진정시키며 여인이 말했다.

"제발 내 부탁을 들어주세요." 엘리야는 기력이 다해가는 걸 느끼며 계속 매달렸다. "기운을 차리면 당신을 위해 일하겠습니다."

여인이 웃었다.

"조금 아까 당신이 한 말은 사실이에요. 나는 과부예요. 배를 타던 남편을 잃었지요. 나는 바다를 한 번도 본 적 없지만, 사막과 같다는 걸 알아요. 그곳에 도전하는 자들을 앗아가지요……"

그녀가 계속 말을 이었다. "하지만 당신이 그다음 한 말은 사실과 달라요. 바알신이 다섯번째 산 정상에 산다는 것만큼이나 분명한 건 나에겐 먹을 것이 없다는 거예요. 그저 단지 속에 밀가루 한 줌과 병 안에 기름 조금이 전부죠."

엘리야는 지평선이 기울어지는 것 같았고 자신이 쓰러지기 직전이라는 걸 직감했다. 그는 남은 힘을 간신히 끌어모아 마지막으로 애걸했다.

"당신이 꿈을 믿는지 모르겠고 나조차 내가 정말로 꿈을 믿는지 모르겠습니다. 하지만 주님께서 내가 여기에 와서 당신을 만날 거라고 말씀하셨어요. 그분은 그분의 지혜를 의심케 하신 적은 있습니다만 그분의 존재를 의심케 하신 적은 없습니다. 이스라엘의 하느님은 사렙타에서 만날 여인에게 이렇게 전하라고 말씀하셨어요. '주님께서 땅에 비를 다시 내리는 날까지, 밀가루 단지는 비지 않고 기름병은 마르지 않을 것이다.'"

어떻게 그런 기적이 일어날 수 있는지 설명하지 못한 채 엘리야는 의식을 잃었다.

여인은 자신의 발치에 쓰러진 남자를 내려다보았다. 그녀가 알기로 이스라엘의 신은 한낱 미신일 뿐이었다. 페니키아의 신들은 훨씬 더 영험하며 페니키아를 세상에서 손꼽히는 강대국으로 만들어주었다고 생각했다. 하지만 그녀는 이 상황이 마음에 들었다. 언제나 남들에게 구걸하며 살아왔는데 오늘 정말 오랜 만에 누군가가 그녀에게 도움을 청한 것이다. 알고 보면 자신보다 더 불행한 처지에 놓인 사람도 있다는 사실에 그녀는 스스로 더 강해지는 느낌이 들었다.

'누군가 내게 도움을 청한다는 건 나도 아직 세상에 쓸모가 있다는 의미겠지.' 그녀는 생각했다.

여인은 집으로 가서 빵 한 조각과 물을 가지고 돌아왔다. 그리고 무릎을 꿇고 앉아 이방인의 머리를 받치고 입술을 축여줬다. 몇 분 후 그가 의식을 되찾았다.

여인은 엘리야에게 빵을 건넸고 엘리야는 골짜기와 협곡, 고요히 하늘을 향해 솟아 있는 산들을 바라보며 말없이 빵을 받아먹었다. 골짜기에서 가장 두드러지는 사렙타의 붉은 성벽이 그의 눈에 들어왔다.

"나는 내 나라에서 쫓기고 있는 몸입니다. 당신 집에서 머물게 해주세요." 엘리야가 말했다.

"무슨 죄를 저질렀는데요?" 여인이 물었다.

"나는 주님의 예언자입니다. 이세벨이 페니키아의 신을 섬기지 않는 이들을 모두 죽이라고 명령했어요."

"당신은 몇 살이지요?"

"스물세 살입니다." 엘리야가 대답했다.

여인은 연민을 품고 눈앞의 젊은이를 바라보았다. 그는 머리가 길고 더러웠고, 실제보다 나이들어 보이고 싶은 듯 턱수염을 듬성듬성 기르고 있었다. 이렇게 딱해 보이는 남자가 세상에서 가장 힘있는 왕비와 어떻게 대적할 수 있을까?

"당신이 이세벨의 적이라면 나의 적이기도 해요. 그녀는 시돈의 공주이고, 당신의 왕과 결혼한 이유는 그 백성들이 진실한 신앙을 갖도록 개종시키기 위해서였다고 그녀를 아는 이들이 말합니다."

여인은 골짜기를 에워싼 봉우리 가운데 하나를 가리켰다.

"우리의 신들은 오래전부터 다섯번째 산에서 살아왔고 우리의 평화를 지켜주고 있어요. 반면 이스라엘은 전쟁과 고통 속에 살고 있죠. 어떻게 당신들은 여전히 그 유일신을 믿을 수 있죠? 이세벨이 그녀의 사명을 다하도록 기다린다면 당신 나라에도 평화가 찾아오는 걸 보게 될 거예요."

"나는 주님의 목소리를 들었습니다." 엘리야가 대답했다. "하지만 당신들은 다섯번째 산 정상에 올라가 거기 무엇이 있는지 본 적 없잖아요."

"저 산에 오르는 자는 하늘에서 내려오는 불에 맞아 죽임을 당해요. 신들은 침입자들을 싫어하니까요."

그녀는 말을 멈추었다. 전날 밤 꿈에 눈부시게 밝은 빛을 보았던 기억이 떠올랐다. 그 빛 한가운데서 이런 목소리가 들려왔다. "너를 찾아온 이방인을 영접하라."

"잘 곳이 없어요. 나를 당신 집에 묵게 해주세요." 엘리야가 계속 매달렸다.

"나는 가난하다고 말했잖아요. 나와 내 아들도 건사하기 힘들어요."

"주님께서 당신에게 나를 거둬주라고 명하셨습니다. 그분은 사랑하는 이들을 결코 저버리지 않습니다. 내 말대로 해주세요. 당신을 위해 일하겠어요. 나는 목수이고 삼나무를 다룰 줄 압니다. 내가 할 만한 일이 반드시 있을 겁니다. 그렇게 주님은 내 손을 이용해 당신이 하신 약속을 지키실 겁니다. '주님께서 땅에 비를 다시 내리는 날까지, 밀가루 단지는 비지 않고 기름병은 마르지 않을 것이다.'"

"그러고 싶어도 나에겐 당신을 먹여살릴 돈이 없어요."

"필요 없습니다. 주님께서 주실 겁니다."

여인은 전날 밤의 꿈 때문에 혼란스러워하며 이방인이 시돈 공주의 적이라는 걸 알면서도 그의 청을 들어주기로 했다.

이웃들은 이내 엘리야의 존재를 알아차렸다. 사람들은 과부가 낯선 남자를 집안에 끌어들였으며, 나라의 무역로를 확장하기 위해 힘쓰다가 목숨을 잃은 영웅인 남편의 명예를 더럽혔다고 쑥덕거렸다.

소문을 들은 과부는 사람들에게 자신의 집에 있는 이방인은 배고픔과 목마름에 지친 이스라엘 예언자라고 설명했다. 얼마 안 가, 이세벨을 피해 도망친 이스라엘 예언자가 도시에 숨어들었다는 소식이 파다하게 퍼졌다. 사람들이 대표단을 만들어 사제장을 찾아갔다.

"그 이방인을 내 앞에 데려오라." 사제장이 명령했다.

사람들은 사제장의 명령을 따랐다. 그날 오후 엘리야는 총독과 수비대장과 더불어 아크바르의 모든 일을 다스리는 사제장 앞으로 끌려갔다.

"여기 무엇을 하러 왔는가?" 사제장이 물었다. "자네가 우리 나라의 적이라는 걸 모르는가?"

"저는 여러 해 동안 레바논 사람들과 무역을 했고 레바논 백성들과 관습을 존중합니다. 제가 이곳에 온 건 이스라엘에서 핍박을 받았기 때문입니다."

"그 사연은 알고 있네." 사제장이 말했다. "한 여인 때문에 도망치게 된 것인가?"

"그 여인을 마주한 건 아주 짧은 시간이었지만 제 평생에 만나본 가장 아름다운 여인이었습니다. 하지만 그 여인의 심장은 바윗돌 같았고 그녀의 녹색 눈 속에는 제 조국을 무너뜨리려는 적개심이 숨어 있었습니다. 저는 도망친 게 아닙니다. 다시 돌아갈 적절한 시기를 기다리고 있을 뿐입니다."

사제장이 웃었다.

"돌아갈 시기를 기다리는 거라면 차라리 아크바르에서 남은 생애를 살 준비를 하는 게 나을 걸세. 우리는 자네 나라와 전쟁을 벌이고 있는 게 아니야. 우리가 원하는 건 온 세상에 진실한 신앙을 전파하는 것이지. 평화로운 수단을 통해서 말이야. 우리는 자네 나라 백성들이 가나안에 정착했을 때 저질렀던 참극을 반복하고 싶지 않다네."

"예언자들을 죽이는 게 평화로운 수단입니까?"

"괴물은 목을 베어야 완전히 없앨 수 있네. 몇 사람은 목숨을
잃겠지만 덕분에 종교전쟁을 영원히 피하게 되는 거지. 상인들
이 하는 이야기를 듣자 하니 이 모든 것은 엘리야라는 한 예언자
때문에 시작되었고, 그는 도망쳤다더군."

사제장은 엘리야를 유심히 쳐다보더니 말을 이었다.

"바로 자네처럼 생긴 사람이라던데."

"그게 바로 접니다." 엘리야가 대답했다.

"훌륭하군. 아크바르에 온 걸 환영하네. 이세벨에게 뭔가 받아
내야 할 일이 생기면 그때 그 대가로 자네 목을 내줘야겠네. 우
리에게 아주 큰 자산이 생겼군그래. 그때까지는 일자리를 구해
서 알아서 먹고살게. 여기는 예언자 노릇을 할 곳이 없으니까."

엘리야가 자리를 뜨려고 할 때 사제장이 다시 입을 열었다.

"시돈에서 온 한 젊은 여인이 자네의 유일신보다 강력한가보
군. 그녀는 바알신을 위한 제단을 세웠고 예전 사제들은 이제 그
신 앞에 무릎을 꿇었네."

"모든 것은 주님의 말씀대로 이루어질 것입니다." 예언자가 대
답했다. "우리 인생에는 고난의 시기가 있고 우리는 그걸 피할 수
없습니다. 하지만 고난이 닥쳐오는 건 이유가 있기 때문입니다."

"무슨 이유가 있지?"

"고난이 닥치기 전이나 고난을 겪는 동안에는 그 질문에 답할
수 없습니다. 우리는 고난을 극복하고 나서야 그것이 닥친 이유
를 알 수 있습니다."

* * *

엘리야가 떠나자 사제장은 아침에 그를 찾아왔던 주민 대표단
을 불러들였다.

"너무 걱정하지 마시오." 사제장이 말했다. "우리는 전통에 따
라 이방인들에게 피난처를 제공하는 겁니다. 더구나 그 사람은
여기서 우리 통제 아래 있으니 그의 행적을 지켜볼 수 있지요.
적을 알고 무찌르는 가장 좋은 방법은 적과 친구인 척하는 겁니
다. 적당한 때가 되면 그를 이세벨에게 넘기고 황금과 그 밖의
보상을 받게 될 거요. 그때까지는 그의 신념을 무너뜨릴 방법을
찾아봅시다. 지금 우리는 그의 육체를 망가뜨릴 방법밖에 알지
못하니까요."

사제장은 비록 엘리야가 유일신을 섬기고 이세벨의 적이 될
자이지만 그를 손님으로 대접해야 한다고 설파했다. 모두가 그
오랜 관습을 잘 알고 있었다. 그들은 멀리서 온 이에게 머물 곳

을 내어주지 않으면 자손들이 똑같은 수난을 겪게 된다고 믿었다. 아크바르 주민들 대부분은 거대한 무역선을 타고 각지에 흩어져 일하는 자손들을 두고 있었으므로 아무도 감히 그 관습에 반대하지 않았다.

게다가 예언자의 목을 내어주고 그 대가로 많은 황금을 얻을 날을 기다리는 것도 나쁘지 않았다.

* * *

그날 밤 엘리야는 과부와 그 아들과 함께 저녁을 먹었다. 이제이 이스라엘 예언자는 훗날 비싼 값에 거래될 수도 있는 귀한 재물이었으므로 몇몇 상인이 그들에게 일주일 치 충분한 음식을 보내왔다.

"이스라엘의 신이 약속을 지키는 것 같네요." 과부가 말했다. "남편이 세상을 떠난 후로 오늘처럼 식탁에 음식을 많이 차린 건 처음이에요."

엘리야는 조금씩 사렙타 생활에 적응해갔다. 이곳 주민들처럼 그도 이곳을 아크바르라고 부르기 시작했다. 총독과 수비대장과 사제장, 유리공예 장인들 등 지역에서 존경받는 인물들과도 만나게 됐다. 누가 여기 왜 왔느냐고 물어보면 사실대로 이야기했다. 이세벨이 이스라엘의 예언자들을 몰살하려 했기 때문이라고.

"당신은 조국을 배신했고 페니키아의 적이로군요." 사람들이 그에게 말했다. "하지만 상업으로 번영한 민족인 우리는 위험한 인물일수록 그의 목숨값이 비싸다는 걸 잘 알지요."

그렇게 몇 달이 지나갔다.

골짜기 초입에 아시리아 척후병들 몇 무리가 천막을 세웠고 한동안 머물 듯 보였다. 워낙 적은 인원이라 별로 위협이 되지는 않았지만, 그래도 수비대장은 총독에게 조치를 취해야 한다고 조언했다.

"우리한테 아무 해도 끼치지 않잖습니까." 총독이 말했다. "무역품을 운반할 최적의 경로를 찾으라는 명령을 받고 임무를 수행중인 이들일 겁니다. 그들이 우리 길을 지나기로 한다면 통행세를 낼 테고 그러면 우리는 더 부유해질 테지요. 뭐하러 저들을 자극한단 말입니까?"

그런데 과부의 아들이 아무 이유 없이 앓기 시작하면서 상황이 복잡해졌다. 이웃들은 이방인을 집에 들였기 때문이라고 수군거렸고, 과부는 엘리야에게 집을 떠나달라고 했다. 하지만 아직 주님의 부르심이 없었기에 엘리야는 떠나지 못했다. 그리고 이방인이 다섯번째 산 신들의 노여움을 몰고 왔다는 소문이 퍼지기 시작했다.

아시리아 척후병들이 주둔했을 때는 군대를 편성해 동요하는 사람들을 안심시킬 수 있었다. 하지만 과부의 아들이 앓아눕자 사람들은 엘리야의 존재에 불안해했고, 이제 총독이 그들을 진정시키기엔 역부족이었다.

* * *

주민 대표단이 총독을 만나러 와 제안했다.

"우리가 성곽 바깥쪽에 그 이스라엘 사람이 살 집을 지어줄 수 있습니다. 그러면 이방인을 받아주는 관습을 지키면서 신의 노여움도 피할 수 있을 겁니다. 신들은 그 사람이 여기 머무르는 걸 달가워하지 않고 있어요."

"그자를 그대로 놔둡시다." 총독이 대답했다. "이스라엘과 정치적인 문제를 일으키고 싶지 않습니다."

"무슨 말씀입니까?" 거주민들이 물었다. "이세벨은 유일신을 섬기는 예언자들을 찾아내 모조리 죽이려 하고 있어요."

"우리의 공주는 용감하고 다섯번째 산의 신들에 대한 믿음이 신실한 분입니다. 그런데 지금 아무리 권력이 강하다 해도 공주는 이스라엘인이 아니지요. 당장 내일이라도 권력을 잃을 수 있고 그러면 우리는 이웃나라에게 증오의 대상이 될 겁니다. 그때 우리가 그들의 예언자를 잘 대접했다는 걸 보여주면 그들도 우리에게 우호적으로 나올 겁니다."

거주민 대표단은 불만스러운 심정으로 돌아갔다. 엘리야의 목숨을 내놓고 언젠가 황금과 보상을 받을 수 있을 거라던 사제장의 말과는 달랐기 때문이다. 하지만 총독의 말이 틀렸다고 해도 그들은 아무것도 할 수 없었다. 관습에 따라 통치자의 의견을 존중해야만 했다.

한편 저멀리 골짜기 한가운데 자리잡은 아시리아 척후병들의 천막이 점점 늘어나기 시작했다.

수비대장은 이를 염려했지만 사제장도 총독도 그의 의견을 지지해주지 않았다. 그는 휘하의 병사들에게 지속적으로 전투 훈련을 시켰지만, 전투 경험이 있는 병사가 한 명도 없다는 걸 잘 알고 있었다. 심지어 그들의 선조들도 마찬가지였다. 아크바르가 전쟁을 겪은 건 먼 옛날이었고, 이들의 군사 전략은 새로운 무기와 기술을 보유한 이웃 도시의 군대에 비해 한참 뒤떨어졌다.

"아크바르는 언제나 협상으로 평화를 지켰습니다." 총독이 말했다. "이번에도 침략당하는 일은 없을 겁니다. 이웃 도시들끼리 싸우게 놔둡시다. 우리에겐 그들의 무기보다 훨씬 강력한 돈이 있잖습니까. 이웃 도시들끼리 서로 무너뜨리고 난 뒤 그들의 도시로 들어가서 우리 상품을 파는 겁니다."

총독은 아시리아 척후대 주둔에 동요하는 주민들을 안심시킬 수 있었다. 하지만 이스라엘 사람이 아크바르에 신들의 저주를 불러왔다는 소문이 여전히 떠돌고 있었다. 엘리야는 점점 심각한 골칫거리가 되어갔다.

* * *

어느 날 오후 과부의 아들은 상태가 위중해졌다. 아이는 일어서지도, 병문안 온 사람을 알아보지도 못했다. 해가 저물 무렵 엘리야와 과부는 아이의 침대 옆에 무릎을 꿇고 앉았다.

"전능하신 주님, 병사가 쏜 화살을 빗나가게 하시어 저를 이곳으로 이끄신 주님, 이 아이를 살려주소서. 아이는 아무 잘못이 없습니다. 아이는 저의 죄와 부모의 죄로부터 결백하오니, 주여, 부디 이 아이를 살려주소서."

아이는 거의 움직임이 없었다. 입술이 창백하고 눈빛이 순식간에 흐려졌다.

"당신의 유일신에게 기도해주세요." 여인이 부탁했다. "자식의 영혼이 떠나는 순간은 어미만 알 수 있으니까요."

엘리야는 그녀의 손을 잡고, 그녀는 혼자가 아니며 전능하신 주님이 그의 기도를 들어주실 거라고 말하고 싶었다. 그는 예언 자였고, 크릿 시냇가에서 그 사실을 인정했으며 이제 천사들이 그의 옆에 있었다.

"더는 눈물도 나오지 않아요." 여인이 말을 이었다. "당신의 하느님이 자비를 베풀지 않는다면, 반드시 한 목숨을 데려가야 겠다면, 차라리 나를 데려가고 내 아들은 아크바르의 골짜기와 거리를 거닐 수 있게 해달라고 빌어주세요."

엘리야는 기도에 집중하려고 온 힘을 기울였지만 여인의 비통함이 너무도 강렬해서 방을 가득 채울 뿐만 아니라 벽과 문을 통해 사방으로 퍼져나가는 것 같았다.

그는 아이의 몸을 만져봤다. 체온이 며칠 전만큼 높지 않았는데 이는 나쁜 징후였다.

* * *

그날 아침 사제장이 집에 와서 지난 이 주 동안 해온 대로 약초를 찧어 아이의 얼굴과 가슴에 발라주었다. 며칠 전에는 아크바르의 여인들이 대대로 전해내려오며 수차례 효능을 보였던 약을 가져왔다. 여인들은 매일 오후 다섯번째 산 아래 모여서 아이의 영혼이 육체를 떠나지 않게 해달라고 빌며 제물을 바쳤다.

아크바르를 지나다 주민들의 모습을 보고 감동받은 어느 이집트 상인은 아이의 음식에 섞어 먹이라며 값비싼 붉은 가루를 아무 대가 없이 내어주었다. 전설에 따르면 그 가루를 제조하는 비법은 이집트 의사들이 신들에게 직접 전수받은 것이라 했다.

그러는 동안 엘리야는 계속 기도를 올렸다.

하지만 아무 소용이, 정말 아무 소용이 없었다.

* * *

"나는 그들이 왜 당신을 여기 머물게 놔뒀는지 알아요." 며칠째 뜬눈으로 밤을 새운 탓에 낮게 가라앉은 목소리로 여인이 말했다. "당신 목에 보상금이 걸려 있으니 언젠가는 사람들이 황금을 얻기 위해 당신을 이스라엘에 보내버릴 거예요. 당신이 내 아들을 살려준다면, 바알신과 다섯번째 산의 신들에게 맹세하건대, 당신이 절대 붙잡히지 않게 해줄게요. 나는 요즘 사람들은 모르는 옛날 길을 알아요. 당신이 들키지 않고 아크바르에서 도망칠 수 있도록 그 길을 알려주겠어요."

엘리야는 아무 말도 하지 않았다.

"당신의 유일신에게 기도해주세요." 여인이 다시 청했다. "만일 그분이 내 아들을 살려주면 바알신을 저버리고 그분을 섬기겠어요. 당신의 주님에게 당신이 곤경에 처했을 때 내가 머물 곳을 내주었다고 말씀드려줘요. 내가 그분의 말씀대로 행했다고요."

엘리야는 다시 한번 기도했고 온 힘을 모아 간청했다. 그 순간, 아이가 몸을 움직였다.

"여기서 나갈래요." 아이가 가냘픈 목소리로 말했다.

여인의 눈이 기쁨으로 빛나며 눈물이 흘렀다.

"이리 온, 내 아들아. 네가 원하는 곳으로 가서 하고 싶은 걸 하려무나."

엘리야가 안아 일으키려 했지만 아이는 그의 손을 밀어냈다.

"혼자 일어날래요."

아이는 천천히 일어나 방밖으로 향했다. 그리고 몇 걸음 떼더니 벼락이라도 맞은 듯이 바닥에 쓰러졌다.

엘리야와 과부가 달려갔다. 아이는 죽어 있었다.

두 사람은 한동안 아무 말도 못했다. 그러다 여인이 갑자기 미친듯이 울부짖기 시작했다.

"망할 놈의 신들, 내 아들을 데려간 망할 놈의 신들! 내 집에 불행을 몰고 온 망할 놈의 인간! 하나뿐인 내 아들! 하늘의 뜻을 따랐는데, 이방인에게 친절을 베풀었는데, 결국 내 아들이 죽었어!"

이웃들이 과부의 통곡 소리를 듣고 몰려와서 바닥에 쓰러진 그녀의 아들을 보았다. 여인은 자기 옆에 서 있는 이스라엘 예언자의 가슴을 주먹으로 치면서 계속 소리질렀다. 엘리야는 어떻게 해야 할지 갈피를 잡지 못했고 자신을 방어하지도 않았다. 이웃집 여자들이 과부를 진정시키는 동안 남자들은 엘리야의 팔을 붙잡고 총독에게 데려갔다.

"이자는 은혜를 원수로 갚았습니다. 과부의 집에 주술을 걸었고 그 집 아들이 결국 죽었단 말입니다. 우리는 신들의 저주를 받은 자에게 피난처를 제공한 겁니다."

엘리야는 눈물을 흘리며 속으로 말했다. '주 저의 하느님, 어찌하여 당신은 저에게 친절을 베푼 과부에게까지 재앙을 내리시나요? 과부의 아들을 데려가신 이유는 저에게 맡기신 사명을 제가 다하지 못했기 때문일 테니 제가 죽어야 합니다.'

* * *

그날 저녁, 총독과 사제장 주재로 아크바르 평의회가 소집되었다. 엘리야는 그 자리에 불려나왔다.

"너는 사랑을 증오로 갚았다. 그러므로 나는 너에게 사형을 내린다." 총독이 말했다.

"너의 목숨에 황금 한 자루가 걸려 있다 해도 다섯번째 산의 신들을 분노하게 해선 안 된다." 사제장도 부언했다. "신들의 분노를 사면 세상의 황금을 모두 쏟아부어도 이 도시에 평화를 되돌릴 수 없을 것이기 때문이다."

엘리야는 고개를 숙였다. 주님이 그를 버리셨으니 이제 그는 견딜 수 있는 모든 고통을 받아 마땅했다.

"다섯번째 산으로 올라가라." 사제장이 말했다. "가서 네가 모욕한 신들께 용서를 빌어라. 신들께서 하늘의 불을 내리시어 너를 죽일 것이다. 만일 그렇게 하지 않으신다면 우리의 손으로 정의를 실현하라는 뜻이니, 네가 산에서 내려오길 기다렸다가 내일 아침 의식에 따라 처형하겠다."

엘리야는 종교적 처형 방식에 대해 잘 알고 있었다. 가슴에서 심장을 도려내고 목을 치는 것이었다. 예로부터 심장이 없는 인간은 천국에 갈 수 없다고 믿어왔다.

"주님, 왜 저를 선택하셨나이까?" 엘리야는 그 주변의 사람들이 주님이 그를 선택하신 사실을 모른다는 걸 알면서도 큰 소리로 외쳤다. "제겐 당신께서 명한 일을 실행할 능력이 없다는 걸 모르시겠습니까?"

아무런 대답도 들리지 않았다.

이스라엘 예언자를 다섯번째 산으로 끌고 가는 수비대 뒤로 아크바르 주민들이 행렬을 지어 따라왔다. 사람들은 욕설을 퍼붓고 돌을 던졌다. 병사들은 군중의 분노를 잠재우느라 진땀을 흘렸다. 일행은 반시간쯤 걸어가 성산 아래 도착했다.

사람들이 헌금과 제물과 탄원과 기도를 바치는, 돌로 만든 제단 앞에 멈추었다. 모두가 그곳에 살던 거인들 이야기를 알고 있었고 금지된 장소에 감히 들어갔다가 하늘의 불을 맞아 죽은 사람들을 기억하고 있었다. 밤중에 골짜기를 지나가던 여행자들이 저 높은 곳에서 들려오는 남신들과 여신들의 웃음소리를 들었노라 증언하기도 했다.

설령 그 이야기가 사실인지 아무도 확신하지 못하더라도 감히 신들에게 도전할 엄두를 낼 사람은 없었다.

"가라." 병사 하나가 엘리야를 창끝으로 밀며 말했다. "아이를 죽인 자는 가장 끔찍한 벌을 받아 마땅하다."

* * *

엘리야는 금지된 땅에 발을 딛고 산비탈을 오르기 시작했다. 아크바르 주민들의 외침 소리가 더이상 들리지 않을 때까지 한참을 계속 걸어올라가다 바윗돌에 앉아 울음을 터뜨렸다. 목공소에서 어둠 속 반짝이는 불빛들을 보았던 그날 저녁 이후로 자신이 다른 이들에게 불행만 안겼다는 생각이 들었기 때문이다.

주님의 말씀을 전하던 이들이 무수히 목숨을 잃었고 페니키아 신들을 섬기는 세력은 전보다 훨씬 강력해졌다. 크릿 시냇가에서 첫날 밤을 보내며 엘리야는 하느님이 다른 많은 이들에게 그랬듯이 자신을 순교자로 삼았다고 생각했다.

그런데 반대로 주님은 불길한 징조의 새인 까마귀를 보내 크릿 시내가 마를 때까지 그에게 양식을 주셨다. 왜 비둘기나 천사가 아니고 까마귀였을까? 혹시 그 모든 것은 자신의 두려움을 감추려던, 혹은 머리에 햇볕을 너무 많이 쬔 자의 정신착란이었을 뿐일까? 엘리야는 이제 아무것도 확신할 수 없었다. 혹시 악마가 하수인을 찾아냈고 그 하수인이 바로 엘리야 자신인지도 몰랐다. 어째서 하느님은 엘리야를 이스라엘로 돌려보내 당신의 백성에게 그토록 나쁜 짓을 한 왕비를 무너뜨리게 하지 않으시고 아크바르로 보내셨던 걸까?

그는 스스로 비겁하다는 생각이 들었지만 그래도 명령에 따랐다. 낯설고 친절한 그들에게, 전혀 다른 그들의 문화에 적응하려 노력했었다. 그리하여 자신의 운명을 실현하고 있다는 생각이 들 무렵 과부의 아들이 죽어버렸다.

'왜 나에게 이런 일이?'

* * *

그는 자리에서 일어나 좀더 산길을 걸어올라 산 정상을 덮은 안개 속으로 들어갔다. 자신을 쫓는 사람들 시야에서 벗어난 걸 기회 삼아 도망칠 수도 있었지만 그래봐야 무슨 소용이겠는가? 이제 도망치는 데 지쳤고 세상 어디에도 그가 머물 곳은 없을 터였다. 당장 여기서 도망치더라도 그에게 내려진 저주는 그가 어딜 가더라도 따라와 새로운 비극을 일으킬 것이다. 어디를 가든 죽음의 그림자가 그를 따라다닐 것이다. 심장이 가슴에서 뽑히고 머리가 잘리는 처형을 당하는 편이 차라리 나았다.

그는 다시 안개 속에 앉았다. 산 아래에 있는 사람들이 그가 정상까지 올라갔다고 생각하도록 잠시 거기서 기다릴 생각이었다. 그런 다음 다시 아크바르로 돌아가서 처형자들에게 투항할 생각이었다.

"하늘의 불." 엘리야는 그 불을 하느님이 보내셨다고 믿지 않았지만, 일찍이 많은 이들이 그 불로 인해 죽임을 당했다. 달이 뜨지 않는 밤에 그 불빛이 창공을 가로질러 갑자기 나타났다가 마찬가지로 갑자기 사라졌다. 어쩌면 사람들을 불태워버렸는지도 몰랐다. 어쩌면 고통 없이 순식간에 죽였는지도 몰랐다.

* * *

밤이 깊었고 안개는 옅어졌다. 저멀리 아래쪽에 골짜기와 아크바르의 불빛과 아시리아 병사들이 그들의 진영에 피운 모닥불이 보였다. 개 짖는 소리와 군가 소리가 들려왔다.

"준비됐어." 엘리야가 스스로에게 말했다. "나는 내가 예언자임을 인정했고 할 수 있는 최선을 다했어. 하지만 실패했으니, 이제 하느님에게는 나 말고 다른 이가 필요해."

그 순간 불빛 하나가 엘리야 앞에 내려왔다.

"하늘의 불이다!"

불빛은 그의 앞에 머물렀다. 이윽고 목소리가 들려왔다.

"나는 주님의 천사다."

엘리야는 무릎을 꿇고 납작 엎드렸다.

"저는 전에도 천사님을 만났고 당신의 말씀에 복종했습니다." 엘리야가 대답했다. "그 결과 제가 가는 곳마다 불행만 퍼뜨리고 말았습니다."

천사는 아랑곳하지 않고 말했다.

"너는 그 도시로 돌아가서 아이를 다시 살려달라고 세 번 간청해라. 주님께서 세번째에 너의 청을 들어주실 것이다."

"제가 왜 그래야 하나요?"

"하느님의 위대함을 위해서다."

"그런 일이 이루어진다 해도 이미 저는 스스로를 의심했습니다. 저는 이제 그 사명을 이어갈 자격이 없어요." 엘리야가 대답했다.

"누구나 자기 사명을 의심하고 때로는 포기할 수도 있다. 그러나 절대 해선 안 되는 단 하나는 사명을 잊는 것이다. 스스로를 의심하지 않는 자는 자격이 없다. 자신의 능력을 맹신하고 자만에 빠지는 죄를 지을 것이기 때문이다. 결정을 내리지 못하고 망설이는 자에게 신의 가호가 있을 것이다."

"바로 조금 전까지도 저는 당신이 정말 하느님의 전령인지 의심했는데요."

"가라. 가서 내가 말한 대로 행하라."

* * *

한참이 지나 엘리야는 산에서 내려와 제단으로 향했다. 수비대는 거기 남아 그를 기다리고 있었지만 다른 사람들은 아크바르로 돌아간 후였다.

"나는 죽을 준비가 되었습니다." 그가 말했다. "다섯번째 산의 신들에게 용서를 구했더니, 나를 거두어주었던 과부에게 다시 찾아가서 내 영혼이 육체를 떠나기 전에 불쌍히 여겨달라고 청하라 신들이 명하셨습니다."

병사들은 엘리야를 사제장에게 데려가 그의 요구를 전했다.

"네가 원하는 대로 해주겠다." 사제장이 엘리야에게 말했다. "신들에게 용서를 구했으니 과부에게도 용서를 구해야 마땅하다. 네가 도망치지 못하도록 병사 넷이 따라갈 것이다. 하지만 네게 관대한 처분을 내려달라고 청원하도록 과부를 설득할 수 있으리라 기대하지는 마라. 내일 날이 밝는 대로 광장에서 너를 처형할 것이다."

사제장은 엘리야가 산 정상에서 무엇을 봤는지 물어보고 싶었다. 하지만 병사들 앞에서 그가 당황스러운 대답을 내놓을 수도 있으므로 아무것도 묻지 않기로 했다. 그는 엘리야가 공개적으로 용서를 구하도록 한 건 잘한 일이었다고 생각했다. 이로써 아무도 다섯번째 산 신들의 권능을 의심하지 않을 테니까.

엘리야와 병사들은 지난 몇 달 동안 그가 머물던 초라하고 비좁은 거리로 들어섰다. 관습에 따라 과부의 집 문과 창문은 활짝 열려 있었다. 죽은 아들의 영혼이 신의 곁으로 갈 수 있게 하기 위해서였다. 죽은 아이의 몸이 작은 방 한가운데 뉘어 있었고 이웃들이 밤새 그 곁을 지켰다.

다시 돌아온 엘리야를 보고 이웃 주민들은 기겁했다.

"저놈을 끌어내요!" 주민들이 수비대에게 외쳤다. "저놈이 이미 저지른 죄만으론 부족한가? 얼마나 추잡한 놈이면 다섯번째 산의 신들도 저놈의 피로 손을 더럽히길 거부했겠나!"

"우리가 죽여주마!" 한 남자가 소리쳤다. "처형식을 기다릴 것도 없이 우리가 당장 처리하겠다!"

엘리야는 자신을 손으로 떠밀고 때리고 움켜잡는 사람들을 뿌리치고 한구석에서 울고 있는 과부에게 다가갔다.

"내가 당신 아들을 살려낼 수 있습니다. 아이를 만질 수 있게 해주세요." 엘리야가 말했다. "잠깐이면 됩니다."

과부는 고개를 들지도 않았다.

"제발 부탁입니다." 엘리야가 매달렸다. "이승에서 당신이 나에게 해주는 마지막 일일 테지만 당신에게 은혜를 갚을 기회를 주세요."

남자들이 달려들어 그를 끌어내려 했다. 하지만 엘리야는 온 힘으로 맞서면서 죽은 아이를 만질 수 있게 해달라고 애원했다.

그는 젊은 혈기로 완강하게 버텼지만 결국 문가로 밀려나고 말았다. "주님의 천사여, 어디 계십니까?" 엘리야가 하늘을 향해 외쳤다.

그 순간 모두가 동작을 멈췄다. 과부가 자리에서 일어나더니 엘리야에게 다가왔다. 그리고 그의 손을 붙잡고 아들의 시신이 있는 곳으로 데려가 덮여 있던 이불을 들췄다.

"이 아이는 나의 혈육입니다." 과부가 말했다. "만일 당신이 하려는 일을 이루지 못하면 그 피가 당신 혈육의 머리 위로 쏟아질 겁니다."

엘리야가 아이에게 가까이 다가섰다.

"잠깐만요." 과부가 말했다. "그전에 당신의 하느님에게 내 저주가 이루어지게 해달라고 빌어요."

엘리야의 심장이 터질 듯이 쿵쾅거렸다. 하지만 그는 천사의 말을 믿었다.

"제가 말한 대로 이루지 못하면 이 아이의 피가 제 부모와 형제와 그들의 아이들 머리 위로 쏟아지게 하소서."

그러고 나서 엘리야는 모든 의심과 죄책감과 두려움을 무릅쓰고 여인의 품에서 아이를 받아 안고 자신이 머무르는 옥상 방으로 올라가서, 자기 잠자리에 누였다.

그리고 주님께 부르짖었다. "주 저의 하느님, 당신께서는 제가 머물고 있는 이 집 과부에게까지 재앙을 내리시어 그 아들을 죽이셨습니까?"

그리고 그는 아이 위로 자기 몸을 세 번 펼친 다음 주님께 다시 부르짖었다. "주 저의 하느님, 이 아이 안으로 목숨이 돌아오게 해주소서."

잠시 동안 아무 일도 일어나지 않았다. 엘리야는 길르앗에서 자신에게 활을 겨눈 병사 앞에 서 있던 순간을 또다시 떠올렸다. 그는 한 인간의 운명은 대체로 그가 믿는 것이나 두려워하는 것과는 상관이 없음을 일찍이 깨달았다. 그날 그 순간 그랬던 것처럼 그는 마음이 고요해지고 확신이 들었다. 어떤 결과로 이어지든지 이 모든 일이 벌어진 데는 이유가 있음을 알게 됐기 때문이었다. 다섯번째 산 정상에서 만난 천사는 그 이유를 "하느님의 위대함"이라고 했었다. 엘리야는 창조주가 왜 당신의 영광을 드러내기 위해 인간을 필요로 했는지 언젠가는 이해하게 되길 바랐다.

바로 그때 아이가 눈을 떴다.

"엄마는 어디 있어요?" 아이가 물었다.

"아래서 너를 기다리고 계신단다." 엘리야가 미소 지으며 대답했다.

"이상한 꿈을 꿨어요. 아크바르에서 가장 빠른 말보다 더 빠른 속도로 검은 터널을 지나가는 꿈을요. 어떤 남자를 보았는데, 한번도 본 적 없는 아빠란 걸 알 수 있었어요. 그리고 영원히 살고 싶어질 만큼 아주 아름다운 장소에 도착했는데, 착하고 용감해 보이는 낯선 남자가 나더러 돌아가야 한다고 상냥하게 말했어요. 꿈속에 더 있고 싶었지만 아저씨가 나를 깨웠고요."

아이는 슬퍼 보였다. 그가 들어갈 뻔했던 장소가 아주 아름다운 곳이었던 듯했다.

"날 혼자 남겨두지 말아요. 내가 안전할 수 있었던 곳에서 돌아오게 만든 건 아저씨니까요."

"내려가자." 엘리야가 말했다. "네 엄마가 널 보고 싶어하신다."

아이는 일어서려 했지만 움직일 힘이 없었다. 엘리야는 아이를 품에 안고 계단을 내려왔다.

* * *

아래층에 있던 사람들은 너무 놀라 입을 다물지 못했다.

"왜 이렇게 사람들이 모여 있어요?" 아이가 물었다.

엘리야가 대답하기 전에 과부가 아들을 끌어안고 눈물 흘리며 입을 맞추었다.

"엄마, 무슨 일이에요? 왜 이렇게 슬퍼해요?"

"슬퍼서 그런 게 아니란다, 아들아." 과부가 눈물을 닦으며 말했다. "이렇게 기쁜 날은 없었어."

그 말을 하면서 과부는 무릎을 꿇고 외치기 시작했다.

"이제 당신이 신께서 보내신 사람인 걸 알았습니다! 당신의 말에 담긴 주님의 진실을요!"

엘리야는 그녀를 안고 일어나라고 말했다.

"이 사람을 풀어주세요!" 과부가 병사들에게 말했다. "내 집에 드리운 악을 이 사람이 물리쳤어요!"

그 자리에 모여 있던 사람들은 눈앞의 광경을 믿을 수 없었다. 그림 그리는 일을 하는 스무 살 난 여인이 과부 옆에 함께 무릎을 꿇었다. 그리고 한 사람씩 차례차례 모두 그들처럼 무릎을 꿇었다. 엘리야를 끌고 왔던 병사들까지도.

"모두 일어나세요." 엘리야가 말했다. "그리고 주님을 찬양하세요. 나는 그분의 종 가운데서도 가장 미숙한 이에 불과합니다."

하지만 모두 무릎을 꿇은 채 고개를 숙이고 있었다.

"당신은 다섯번째 산의 신들과 대화했어요." 그중 누군가가 말했다. "그리고 이제 기적을 행할 수 있게 되었군요."

"거기에 신들은 없었습니다." 엘리야가 대답했다. "나는 주님의 천사를 만났고 천사가 지시한 대로 한 겁니다."

"당신은 바알신과 그 밖의 다른 신들을 만났어요." 또다른 사람이 말했다.

엘리야는 자기 앞에 무릎을 꿇은 사람들을 헤치고 밖으로 나왔다. 천사가 그에게 지시한 일을 제대로 해내지 못하기라도 한 듯 그의 가슴은 여전히 뛰고 있었다. '죽은 이를 살려낸들 무슨 소용이 있나? 그 힘이 어디서 왔는지 아무도 믿지 못하는데.' 천사는 그에게 주님의 이름을 세 번 외치라고만 했을 뿐 모인 사람들에게 그 기적을 어떻게 설명할지는 일러주지 않았다. '혹시 옛 예언자들처럼 나도 내 능력을 과시하고 싶었던 걸까?' 그는 자문했다.

그 순간 어릴 적부터 이야기를 나누던 수호천사의 목소리가 들려왔다.

"너는 오늘 주님의 천사와 함께 있었다."

"그렇습니다." 엘리야가 대답했다. "하지만 주님의 천사는 인간과 대화하지 않습니다. 하느님의 명을 전달할 뿐이지요."

"너의 능력을 발휘하여라." 수호천사가 말했다.

엘리야는 그 말이 무슨 뜻인지 이해할 수 없었다. "저에게는 주님이 허락하신 능력만 있을 뿐입니다." 그가 대답했다.

"누구나 그러하다. 하지만 모두 다 주님의 능력을 갖고 있으면서도 쓰지 않는다."

천사는 이렇게 덧붙였다.

"이제부터 네가 떠나온 땅으로 돌아가는 날까지 너는 아무런 기적도 행하지 못할 것이다."

"그게 언제입니까?"

"주님께서는 이스라엘을 재건하기 위해 너를 필요로 하신다. 이스라엘을 재건할 방법을 배우고 나면 너는 고국땅을 다시 밟게 될 것이다."

그리고 그는 더이상 아무 말도 하지 않았다.

2부

사제장은 떠오르는 태양에 기도를 올렸고, 폭풍의 신과 짐승들의 신들에게도 어리석은 자들을 굽어살펴달라고 기도했다. 그날 아침 그는 엘리야가 과부의 아들을 죽은 자들의 땅에서 다시 데려왔다는 소식을 들은 참이었다.

도시 전체가 두려움과 흥분에 휩싸였다. 모두가 그 이스라엘 사람이 다섯번째 산의 신들에게서 능력을 얻었다고 믿었고, 그러니 이제 그를 처형하기는 훨씬 곤란한 상황이었다. '하지만 적당한 때가 올 것이다.' 사제장은 생각했다.

그를 없애버릴 기회는 신들이 마련해줄 것이다. 하지만 신들이 분노하는 이유는 따로 있었고, 골짜기에 와 있는 아시리아 군대가 바로 그 징후였다. 수백 년간 지속돼온 평화가 왜 종말을 맞을 지경에 이르렀을까? 그는 그 물음의 답을 알고 있었다. 비블로스에서 문자를 발명했기 때문이다. 페니키아는 누구나 익힐 수 있는 문자를 만들어냈다. 그 문자를 사용할 생각이 없던 이들까지도 쉽게 터득할 수 있었다. 누구든 금방 배울 수 있었으니 이는 곧 기존 문명의 종말을 의미했다.

사제장은 인간이 만들어낸 모든 무기 중에서 가장 끔찍하면서도 강력한 무기가 언어라는 걸 알고 있었다. 칼과 창은 핏자국을 남기고 화살은 멀리서도 눈에 띄었다. 독은 미리 검출해서 피할 수 있었다.

하지만 언어는 흔적을 남기지 않고 파괴했다. 종교의식이 널리 알려지게 된다면 많은 이들이 우주를 변화시키려고 이를 사용할 것이고 신들은 혼란스러워할 것이다. 그때까지는 사제 계층만이 조상들로부터 입에서 입으로 전해져온 정보를 알고 있었고 그들은 그 내용을 비밀에 부치기로 맹세했다. 구술을 통해서가 아니라면 이집트인들이 세상에 전파한 문자를 해석하기 위해 수년간 연구해야 했다. 학자와 사제 등 깊이 학습한 자들만이 이렇게 지식을 주고받을 수 있었다.

다른 민족들에게도 그들의 역사를 기록할 기본적인 체계가 있었지만 그 체계가 워낙 복잡한 탓에 사용 지역 밖에서는 아무도 배우려들지 않았다. 하지만 비블로스에서 발명된 문자의 영향력은 엄청났다. 어느 언어를 쓰든 상관없이 어느 곳에서나 사용될 수 있었다. 보통 자기들 나라에서 생겨난 게 아니면 배척하던 그리스인들마저 비블로스 문자를 무역 활동에서 널리 사용하고 있었다. 새로운 것을 취해 활용하는 일에 특별한 재능이 있는 이들답게 그리스인들은 이 문자들을 그리스 이름인 알파벳이라고 부르고 있었다.

몇 세기에 걸쳐 지켜져온 문명의 비밀이 대명천지에 드러날 위기였다. 그에 비하면 이집트인들이 관습적으로 해오던 대로 엘리야가 죽음의 강 저편에서 누군가를 데려오며 저지른 신성모독은 아무것도 아니었다.

'우리가 벌을 받는 이유는 성스러운 것을 지켜내지 못했기 때문이다.' 사제장은 생각했다. '아시리아인들이 우리 대문 바로 앞에 있고, 그들은 곧 골짜기를 가로지르며 우리 조상들이 이룩한 문명을 파괴할 것이다.'

그리고 그들은 문자 체계를 말살할 것이다. 적들이 나타난 건 우연한 일이 아님을 사제장은 알고 있었다.

이제 그 대가를 치러야 했다. 신들은 아무도 이것이 그들의 의도라는 걸 알아채지 못하도록 모든 걸 철저히 계획했다. 군대보다는 무역에 더 치중하는 총독을 권좌에 올려놓았고, 아시리아인들의 탐욕을 부추겼으며, 비가 점점 뜸해지게 만들었고, 도시를 분열시킬 불신자를 불러들였다. 곧 최후의 결전이 벌어질 것이었다.

* * *

아크바르는 여전히 건재하겠지만 비블로스 문자의 위협은 지구상에서 영원히 사라지리라. 사제장은 수백 년 전 이방인 순례자들이 하늘의 계시가 내려온 곳으로 와서 도시를 건설하며 세워둔 돌을 조심스럽게 닦으며 '무척 아름답구나' 하고 생각했다. 그 돌들은 신들의 표상이었다. 단단하고 오래도록 변하지 않고 어떤 조건에서도 존재하며 왜 거기 있는지 설명할 필요가 없었다. 전해내려오는 이야기에 따르면 세계의 중심이 되는 하나의 돌이 있다고 했고, 그는 어린 시절부터 그 돌이 있는 곳을 찾아가려고 생각했었다. 바로 그해까지도 그 꿈을 키워왔었다. 하지만 골짜기 깊은 곳에 와 있는 아시리아인들을 보자 그는 그 꿈이 결코 이루어지지 않으리라는 걸 깨달았다.

'상관없어. 신을 모독한 대가로 우리 세대에서 희생을 치르게 된 거야. 인간 역사에는 피할 수 없는 일들이 있어왔고 우리는 그대로 받아들여야 한다.'

사제장은 신들의 뜻에 복종하기로 다짐했다. 전쟁을 막으려

하지 않을 생각이었다.

'종말의 날이 다가오는 건지도 모른다. 시간이 갈수록 커지는 위기 앞에서 이제 다른 길은 없다.'

사제장은 지팡이를 찾아들고 그 작은 사원을 나섰다. 아크바르 수비대장과 만날 약속이 돼 있었다.

사제장이 남쪽 성벽 가까이 이르렀을 때 엘리야가 그에게 다가왔다.

"주님께서 그 아이를 죽은 이들 가운데서 데려오셨습니다." 엘리야가 말했다. "아크바르 사람들은 제 능력을 믿게 됐습니다."

"그 아이는 죽은 게 아니었을 거야." 사제장이 대답했다. "그런 일은 전에도 있었네. 심장이 잠깐 멈추었다가 다시 뛰기 시작한 거지. 지금은 온 도시에 이야기가 파다하겠지만, 내일이면 사람들은 신들이 가까이 있다는 걸 기억하고 신들의 말씀을 들을 수 있을 것이다. 그러면 그들은 다시 잠잠해질 것이다. 나는 가봐야 해. 아시리아인들이 전투를 준비하고 있네."

"드릴 말씀이 있습니다. 어젯밤 기적이 일어난 후 저는 마음을 진정시키려고 성벽 밖으로 자러 나갔습니다. 그런데 다섯번째 산에서 보았던 천사가 다시 나타나 제게 말했습니다. 아크바르가 전쟁으로 인해 멸망할 거라고요."

"도시는 멸망하지 않을 걸세." 사제장이 말했다. "도시는 몇번이고 되풀이해 다시 세워질 거야. 신들은 그들이 도시를 세운 장소를 알고 있고 그 도시들을 필요로 하기 때문이지."

그때 총독이 수하들을 거느리고 다가와 물었다. "무슨 이야기를 하고 있는가?"

"여러분이 평화를 위해 힘써야 한다는 이야기를 하고 있었습니다." 엘리야가 대답했다.

"두렵다면 네가 있던 곳으로 돌아가라." 사제장이 차갑게 말했다.

"이세벨과 너희 왕은 달아난 예언자들을 죽이려고 벼르고 있지." 총독이 말을 받았다. "하지만 나에게 말해보아라. 하늘의 불에 타죽지 않고 어떻게 다섯번째 산에 오를 수 있었는지 알고 싶다."

사제장은 반드시 이 대화를 끊어야겠다고 생각했다. 총독은 아시리아인들과 협상할 의향이 있고 그 일에 엘리야를 이용하고 싶은 듯했다.

"이자의 말에 귀기울이지 마세요." 사제장이 말했다. "어제 나에게 판결받으러 왔을 때 겁에 질려 우는 걸 봤습니다."

"제가 눈물을 흘린 건 제가 당신들에게 해악을 끼쳤다는 생각 때문이었습니다. 제가 두려워하는 건 주 하느님과 저 자신뿐입니다. 저는 이스라엘에서 도망치지 않았고, 주님이 허락하신다면 언제든 그곳으로 돌아갈 겁니다. 이스라엘의 아름다운 왕비를 무너뜨릴 거고, 이스라엘의 신앙은 이번에도 위협을 이겨낼 겁니다."

"이세벨의 매력에 대항하려면 마음이 상당히 굳세야 할 것이다." 사제장이 빈정대는 투로 말했다. "하지만 이세벨이 무너진다 해도 우리는 더 아름다운 여인을 보내면 그만이야. 이세벨을 보내기 훨씬 이전부터 그래왔듯이."

사제장의 말은 사실이었다. 이백 년 전, 이스라엘의 가장 지혜로운 통치자였던 솔로몬왕이 시돈 공주의 유혹에 넘어갔었다. 시돈의 공주는 왕에게 아슈타르테 여신을 기리는 제단을 지어달라고 했고, 솔로몬은 그녀의 말을 들어주었다. 그러자 신성모독에 분노한 주님이 이웃나라 군대를 일으켜 솔로몬은 왕좌를 잃을 뻔했다.

'그와 똑같은 일이 이세벨의 남편 아합왕에게도 일어날 거야.' 엘리야는 생각했다. 주님은 때가 되면 그가 의무를 다하도록 데려가실 것이다. 그런데 앞에 있는 이 사람들을 설득해봐야 무슨 소용이 있겠는가? 그들은 전날 저녁 과부의 집에서 무릎을 꿇고 다섯번째 산의 신들을 찬양하던 자들과 다를 게 없었다. 관습에 젖은 그들은 결코 생각을 바꾸지 않을 터였다.

"유감스럽게도 우리는 관습에 따라 손님을 대접해야 한다." 엘리야가 평화에 대해 한 말은 벌써 잊은 듯이 총독이 말했다. "그것만 아니라면 이세벨이 예언자들을 없애버리는 일을 도울 수 있을 텐데 말이지."

"제 목숨을 살려두는 건 그 이유 때문은 아니지요. 당신은 제 몸값이 비싼 걸 알고 있고, 이세벨에게 직접 저를 죽이는 즐거움을 주려는 겁니다. 하지만 어제 사람들은 저에게 기적을 일으키는 힘이 있다는 걸 알게 됐어요. 그들은 제가 다섯번째 산 정상에서 신들을 만났다고 생각합니다. 신들의 뜻을 거스르는 건 상관없다고 생각하실지도 모르지만, 아마 당신들도 백성들을 자극하고 싶진 않을 겁니다."

총독과 사제장은 엘리야를 무시하고 성벽 쪽으로 걸어갔다. 그때 사제장은 기회가 되면 즉시 엘리야를 죽여버리겠다고 다짐했다. 종전까지는 값나가는 볼모였던 그가 이제는 위협적인 존재가 된 것이다.

* * *

멀어져가는 그들을 보며 엘리야는 절망했다. 주님을 위해 무엇을 할 수 있단 말인가? 그는 광장 한복판에서 소리치기 시작했다.

"아크바르의 백성들이여! 지난밤 나는 다섯번째 산에 올라가 신들과 이야기했습니다. 그리고 그곳에서 돌아와 죽은 자들의 땅에서 아이를 데려올 수 있었습니다!"

엘리야의 주위로 사람들이 몰려들었다. 그 이야기는 이미 온 도시에 알려져 있었다. 총독과 사제장은 가던 길을 멈추고 무슨 일이 벌어질지 보러 왔다. 엘리야는 다섯번째 산의 신들이 그들보다 더 우월한 신을 섬기는 걸 보았다는 이야기를 하고 있었다.

"저놈을 죽여버려야겠습니다." 사제장이 말했다.

"그랬다간 백성들이 들고일어날 겁니다." 이방인이 하는 얘기에 관심을 보이던 총독이 대답했다. "그가 실수를 저지를 때까지 기다리는 편이 낫습니다."

"내가 산에서 내려오기 전, 신들은 나에게 총독을 도와 아시리아군의 위협을 막아내라고 하셨습니다!" 엘리야는 말을 이었다. "나는 총독이 명예로운 분이며 내 이야기를 듣고 싶어하신다는 걸 압니다. 그런데 전쟁으로 이익을 꾀하려는 자들이 내가 그분을 만나지 못하게 막고 있습니다."

"이 이스라엘인은 거룩한 사람이오." 한 노인이 총독에게 말했다. "다섯번째 산에 올랐다가 하늘의 불에 타죽지 않은 사람이 없었는데 이 청년은 해냈소. 그리고 죽은 자를 살렸지."

"시돈과 티레를 비롯해 페니키아의 다른 도시들은 모두 역사상 평화를 누려왔소." 다른 노인이 말했다. "우리는 이보다 더 큰 위기도 모두 극복했다오."

병자와 불구자 몇 명이 군중을 헤치고 다가와 엘리야의 옷자락을 만지며 병을 고쳐달라고 부탁했다.

"총독에게 충언하기 전에 병자들부터 고쳐보게." 사제장이 말했다. "이들을 낫게 한다면 다섯번째 산의 신들이 자네와 함께하신다는 걸 믿겠네."

엘리야는 전날 밤 천사가 한 말을 떠올렸다. 그에게 주어진 건 보통 사람의 능력뿐이었다.

"병자들이 도와달라 애원하고 있네." 사제장이 집요하게 물고 늘어졌다. "우리는 기다리고 있고."

"그보다 먼저 전쟁을 어찌 피할지부터 의논합시다. 안 그러면 환자들이 더 많이 생겨날 겁니다."

총독이 그들의 대화를 끊었다.

"엘리야는 우리와 갈 겁니다. 그는 신의 계시를 받았습니다."

총독은 다섯번째 산에 신들이 있다고 믿지 않았지만, 아시리아와 평화를 유지하는 것이 유일한 해결책이라고 백성들을 설득해줄 조력자가 필요했다.

　수비대장을 만나러 가는 길에 사제장이 엘리야에게 말했다. "자네가 한 말을 자네 스스로도 믿지 않을 텐데."

　"전 평화가 유일한 해결책이라고 믿습니다. 하지만 다섯번째 산 정상에 신들이 산다고 믿진 않아요. 전 거기 갔다 왔습니다."

　"그래 거기서 무얼 보았나?"

　"주님의 천사를 보았지요. 저는 전에도 여러 장소에서 그 천사를 만났습니다." 엘리야가 대답했다. "그리고 신은 단 한 분뿐입니다."

　사제장이 웃었다.

　"그러니까 자네는 폭풍우를 내리시는 신이 밀을 자라게도 하신다고 생각하나, 완전히 다른 일인데도?"

　"저 앞에 다섯번째 산이 보이십니까?" 엘리야가 물었다. "같은 산이라도 어느 각도에서 보느냐에 따라 모습은 달라지지요. 하느님이 창조한 모든 것이 그러합니다. 모두 같은 하느님의 수많은 모습인 겁니다."

일행은 성벽 가장 높은 곳에 올랐다. 그곳에서는 멀리 적들의 진지가 보였다. 사막의 골짜기 사이로 흰색 천막들이 눈에 띄었다.

얼마 전 골짜기 초입에 아시리아군이 나타났다는 사실이 보초병들에 의해 처음 알려졌을 때, 첩자들은 그들이 정찰 임무를 띠고 온 거라고 했다. 수비대장은 아시리아 병사들을 잡아다 노예로 팔자고 제안했었다. 하지만 총독은 다른 조치를 취하기로 했다. 아무것도 안 하는 것이었다. 아시리아인들과 좋은 관계를 유지해두면 나중에 아크바르의 유리 제품을 내다팔 새로운 시장이 될 수도 있다는 계산 때문이었다. 그리고 아시리아군이 거기서 전쟁을 준비하고 있다 하더라도, 작은 도시는 늘 승리자의 편에 선다는 걸 그들도 알고 있을 테고, 이 경우 아시리아 장군들이 원하는 건 무력 충돌 없이 아크바르를 통과해 티레와 시돈처럼 금은보화와 지식이 풍부한 도시로 가는 것이기 때문이었다.

아시리아 척후병들은 골짜기 초입에 천막을 쳤고 지원병이 점점 늘어났다. 사제장은 그 이유를 이렇게 설명했다. 아크바르에는 우물이 하나 있는데, 사막에서 며칠을 걸어야 나오는 하나뿐인 우물이었다. 아시리아군이 티레나 시돈을 치려든다면 그들에게는 병사들의 갈증을 해소해줄 그 우물이 필요했다.

처음 한 달이 지날 때까지만 해도 아크바르는 아시리아군을 충분히 몰아낼 수 있었다. 두 달째까지도 그들을 어렵지 않게 무찌르고 그들이 영예롭게 퇴각하도록 교섭할 수 있었다.

전투가 벌어지길 기다렸으나 적은 공격해오지 않았다. 다섯 달이 다 지날 때까지도 아크바르는 전투에서 승리할 만큼 전력이 충분했다. '아시리아군은 물이 부족할 테니 곧 공격해올 것이다.' 총독은 생각했다. 그는 수비대장에게 방어 전략을 세우고 기습 공격에 대비해 병사들을 꾸준히 훈련시키라고 명령했다.

하지만 그가 온 마음으로 바라던 건 평화 유지뿐이었다.

* * *

반년이 지났지만 아시리아 군대는 여전히 움직이지 않았다. 처음 몇 주 동안 아크바르에 점점 고조되던 긴장감은 완전히 가라앉았다. 사람들은 일상을 이어갔다. 농부는 들로 나갔고 장인들은 포도주와 유리와 비누를 만들었고 상인들은 평소처럼 물건을 사고팔았다. 아크바르가 적을 공격하지 않았으니 이제 곧 협상을 통해 위기를 벗어나리라 기대했다. 모두들 총독은 신들의 선택을 받은 자이며 따라서 항상 가장 좋은 해답을 알고 있다고 생각했다.

엘리야가 아크바르에 왔을 때 총독은 이 이방인이 저주를 몰고 왔다는 소문을 퍼뜨렸다. 그렇게 하면 전쟁의 위협을 감당하기 힘들어질 때 그 이방인 때문에 재앙이 닥쳤다고 탓할 수 있으리라는 계산이었다. 아크바르 주민들은 이스라엘인이 죽으면 모든 것이 제자리로 돌아갈 거라고 믿을 터였다. 그때 총독은 아시리아인들의 철수를 요구하기에는 너무 늦었다고 설명하면서 엘리야를 죽이라고 명령하고, 백성들에게는 평화야말로 가장 바람직한 해결책이라고 설명할 계획이었다. 총독의 예상으로는 평화 유지를 원하는 상인들이 그의 결정에 다른 사람들도 동의하도록 지지해줄 것 같았다.

그 몇 달 동안 총독은 적들을 당장 공격해야 한다고 주장하는 사제장과 수비대장에 맞서며 버텨왔다. 하지만 다섯번째 산의 신들은 결코 그를 버린 적이 없었다. 그리고 지난밤 엘리야가 죽은 자를 살리는 기적을 일으켰으니 이제 엘리야를 살려두는 편이 처형하는 것보다 훨씬 유리해진 것이다.

* * *

"왜 저 이방인이 총독님과 있는 겁니까?" 수비대장이 물었다.

"그는 신들로부터 깨우침을 얻은 자요." 총독이 대답했다. "우리가 가장 좋은 해결책을 찾도록 도와줄 겁니다."

총독은 서둘러 화제를 바꿨다.

"오늘 보니 아시리아군 천막이 더 늘어난 것 같군요."

"내일이면 더 늘어날 겁니다." 수비대장이 말했다. "저들이 일개 척후대 규모였을 때 공격했더라면 진작 물러갔을 겁니다."

"잘못 알고 있군요. 저들 중 누군가가 도망쳤을 거고 복수하러 다시 몰려왔을 겁니다."

"추수를 늦추면 썩은 작물을 얻게 되지요." 수비대장은 물러서지 않았다. "문제 해결을 늦추면 문제는 더 커져버립니다."

총독은 이 땅에서 거의 삼백 년째 유지되고 있는 평화야말로 페니키아인들의 가장 큰 자랑이라고 설명했다. 이 같은 번영의 시대의 막을 내려버리면 후손들이 그에 대해 어떻게 평가하겠는가?

"아시리아인들과 협상할 대표단을 보내십시오." 엘리야가 말했다. "훌륭한 전사는 적을 친구로 만드는 사람입니다."

"우리는 그들이 뭘 원하는지 정확히 모른다. 그들이 아크바르를 정복하려는 것인지조차 확실하지 않다. 그런데 어떻게 협상을 하겠는가?"

"위협의 징후가 있습니다. 군대는 자기 고장에서 먼 곳까지 와서 군사 훈련을 하며 공연히 시간을 낭비하지 않습니다."

아시리아 병사 수는 날마다 늘어갔고 총독은 그 병사들한테 물이 얼마나 필요할지 헤아려보았다. 얼마 안 가 아크바르는 적군 앞에서 무방비 상태가 될 것 같았다.

"적군을 당장 공격할 수 있겠습니까?" 사제장이 수비대장에게 물었다.

"할 수 있습니다. 아군을 꽤 잃겠지만 도시는 안전할 겁니다. 하지만 빨리 결정해야 합니다."

"총독님, 그래서는 안 됩니다. 다섯번째 산의 신들이 제게 말하길 평화로운 해결책을 강구할 시간이 아직 있다고 했습니다." 엘리야가 말했다.

총독은 사제장과 엘리야 사이에서 대화를 다 듣고도 결정을 유예했다. 그에게는 시돈과 티레를 지배하는 자가 페니키아인이든, 가나안인이든, 아시리아인이든 아무 상관 없었다. 중요한 건 계속해서 무역을 할 수 있는가였다.

"공격해야 합니다." 사제장이 주장했다.

"하루만 더 기다려봅시다." 총독이 말했다. "일이 잘 풀릴 수도 있어요."

그에게는 아시리아군의 위협에 대처할 최선의 방책을 세우는 게 시급했다. 총독은 성벽에서 내려와 궁으로 향하며 엘리야에게 따라오라고 했다.

엘리야는 궁으로 향하는 길에 주위 사람들을 관찰했다. 양치기들은 양을 몰고 산으로 가고, 농부들은 가족들을 먹일 양식을 메마른 땅에서 조금이라도 구해보려고 들로 나가고 있었다. 병사들은 창을 들고 훈련했고, 조금 전 도착한 상인들은 광장에 물건을 늘어놓았다. 놀랍게도 아시리아인들은 골짜기를 끝에서 끝으로 가로지르는 도로를 차단하지 않았고, 그래서 상인들은 여전히 도시에 통행세를 물고 무역품을 유통하고 있었다.

"이미 군대가 막강한 규모를 갖췄는데 왜 저들은 도로를 차단하지 않을까요?" 엘리야가 물었다.

"아시리아에는 시돈과 티레의 항구를 통해 들어오는 물품들이 필요하다." 총독이 대답했다. "상인들이 곤란에 빠지면 물자 공급이 끊겨버릴 테니까. 그러면 군사적 패배보다 더 큰 불행을 초래할 수도 있지. 그걸 노리면 분명 전쟁을 피할 길이 있을 것이다."

"맞습니다." 엘리야가 말을 보탰다. "그들에게 물이 필요하다면 우리가 팔 수 있습니다."

총독은 아무 말도 하지 않았다. 하지만 그는 전쟁을 원하는 자들에게 대항할 무기로 엘리야를 이용할 수 있다는 걸 알고 있었다. 사제장이 아시리아인들을 공격해야 한다고 계속 고집한다면 엘리야야말로 유일하게 거기 맞설 수 있는 인물이었다. 총독은 엘리야에게 같이 걸으면서 이야기를 나누자고 제안했다.

사제장은 성벽 위에 남아 적들을 지켜보고 있었다.

"침략자들을 저지하기 위해 신들은 무얼 할 수 있을까요?" 수비대장이 옆에서 물었다.

"나는 그동안 다섯번째 산에 제물을 바쳐왔습니다. 우리에게 더 용감한 지도자를 보내달라고 기도해왔고요."

"우리도 이세벨처럼 예언자들을 해치웠어야 했어요. 어제만 해도 처형당했어야 할 그 이스라엘인을 이제 총독이 평화 유지 선전에 이용하고 있군요."

수비대장은 산을 바라봤다.

"우리는 엘리야를 암살할 수 있습니다. 병사들을 시켜 총독을 자리에서 끌어내릴 수도 있고요."

116

"내가 엘리야 암살을 명령하지요." 사제장이 대답했다. "하지만 총독은 건드릴 수 없어요. 그의 집안은 몇 대째 권력을 지켜왔습니다. 오래전 그의 할아버지가 총독이었고, 신들에게서 받은 권력을 그의 아버지에게 물려주었고, 또 그의 아버지는 그에게 물려주었지요."

"왜 우리는 전통을 지키느라 더 유능한 인물을 지도자로 세우지 못하는 거죠?"

"전통은 세상의 질서를 유지하기 위해 존재합니다. 우리가 질서를 어지럽히면 세상이 끝날 겁니다."

사제장은 주위를 둘러보았다. 하늘과 땅, 산과 골짜기, 그 모든 것이 각각 주어진 운명을 따르고 있었다. 때로는 땅이 흔들렸고, 때로는 지금처럼 가뭄이 오래 지속됐다. 하지만 별들은 늘 그 자리에 있었고, 태양은 사람들 머리 위로 추락하지 않았다. 이 모든 건 인간이 대홍수 이래로 천지창조의 질서를 바꾸는 것은 불가능하단 걸 배웠기 때문이었다.

먼 옛날에는 다섯번째 산만 존재했다. 인간과 신은 함께 살았고 대화하고 웃으면서 천국의 정원을 같이 거닐었다. 하지만 인간이 죄를 저지르자 신들은 인간들을 내쫓았다. 인간들을 보낼 곳이 없었으므로 신들은 다섯번째 산 주위에 이 세상을 창조했다. 그곳에 인간들을 살게 했고, 인간들을 지켜보았으며, 인간들이 다섯번째 산에 머무는 이들보다 훨씬 열등한 세상에서 살고 있다는 걸 항상 잊지 않도록 했다.

하지만 신들은 인간이 돌아올 수 있는 문을 열어두었다. 인간이 바른길을 잘 따르면 언젠가는 산 정상으로 돌아갈 수 있었다. 그리고 인간들이 이 진리를 잊지 않도록 신들은 사제들과 총독들에게 늘 그것을 상기시키는 임무를 맡겼다.

어느 민족이든 하나같이 신의 선택을 받은 가문이 권좌에서 멀어지면 불행한 일이 벌어진다고 믿었다. 이 가문들이 왜 선택받았는지는 아무도 기억하지 못했으나 그들이 신성 가문과 관계가 있다는 사실은 모두가 알고 있었다. 아크바르는 몇백 년 동안 이어져왔으며 지금 총독의 조상들이 계속 다스려왔다. 여러 번 침략당하고 압제자들과 야만인들의 지배를 받기도 했으나 시간이 흐르면서 침략자들은 떠나거나 축출당했다. 그러고 나면 오래된 질서가 다시 자리잡고 사람들은 익숙했던 삶으로 돌아가곤 했다.

사제들의 의무는 이 질서를 지키는 것이었다. 세상에는 정해진 운명이 있고, 법률로 다스려졌다. 신의 존재를 이해하려 하던 시대는 이미 지났고, 지금은 신들을 공경하고 신들이 원하는 일을 실천하는 시대였다. 신들은 변덕스러웠고 쉽사리 진노했다.

추수 감사 예배를 드리지 않는다면 땅은 작물을 내지 않을 것이었다. 몇 차례 제물을 바치지 않고 넘어간다면 치명적인 질병이 도시에 창궐할 것이었다. 날씨의 신이 한번 더 노하면 곡물과 인간의 생육을 멈추게 할 수도 있었다.

"다섯번째 산을 보세요." 사제장이 수비대장에게 말했다. "산 정상에서 신들은 골짜기를 다스리고 우리를 보호합니다. 신들에게는 아크바르를 위한 영구한 계획이 있어요. 이방인은 죽임을 당하거나 자기 땅으로 돌아갈 겁니다. 총독도 언젠가는 사라질 것이며 그의 아들은 아버지보다 현명하겠지요. 지금 우리의 삶은 그저 흘러갈 뿐입니다."

"우리에겐 새로운 지도자가 필요해요." 수비대장이 말했다. "지금의 총독 손에 계속 맡겨졌다간 다 같이 멸망하고 말 겁니다."

사제장은 비블로스 문자가 야기하는 위협에 종지부를 찍기 위해 신들이 원하는 것이 바로 이것임을 알고 있었다. 하지만 아무 말도 하지 않았다. 그는 통치자들이 스스로 원하든 원하지 않든 결국 우주의 운명을 따르게 된다는 사실을 다시 한번 확인하며 흡족해했다.

엘리야는 총독과 도시를 거닐며 평화 유지 계획에 대해 설명했고, 총독은 그를 보좌관으로 임명했다. 광장에 들어서자 또다른 병자들이 그에게 다가왔지만 엘리야는 그들에게 다섯번째 산의 신들이 더이상 아픈 이들을 치유하지 못하게 했다고 설명했다. 해가 저물 무렵 과부의 집으로 돌아왔을 때 아이는 집 앞 골목에서 놀고 있었다. 엘리야는 자신이 기적을 행하시는 주님의 도구로 쓰였다는 사실에 감사했다.

과부는 저녁을 함께 먹으려고 기다리고 있었다. 놀랍게도 식탁에는 포도주 한 병이 놓여 있었다.

"사람들이 당신에게 감사 선물을 가져왔어요." 그녀가 말했다. "그리고 나는 당신을 부당하게 대했던 일에 대해 용서를 구하고 싶어요."

"부당하다니요?" 엘리야가 놀라며 물었다. "모든 것이 하느님 계획의 일부라는 걸 아직 모르겠어요?"

과부는 미소 지었고 눈이 빛났다. 엘리야는 처음으로 그녀의 아름다움을 알아보았다. 그보다 적어도 열 살은 많은 그녀에게 그 순간 강렬한 호감을 느꼈다. 그는 이런 감정이 낯설었고 그래서 두려웠다. 이세벨의 눈동자와, 아합의 궁전에서 나오며 레바논 여인과 결혼하게 해달라고 빌었던 일이 떠올랐다.

"비록 내 삶은 보잘것없었지만 그래도 아들이 있었어요. 아들의 이야기는 길이 기억될 거예요. 그 아이는 죽은 자들의 땅에서 돌아왔으니까요." 여인이 말했다.

"당신의 삶은 보잘것없지 않아요. 내가 주님의 명을 받아 아크바르로 왔을 때 당신이 나를 거두어주었습니다. 아들의 이야기가 먼 훗날 기억된다면 분명 당신의 이야기도 기억될 겁니다."

여인이 잔 두 개에 포도주를 따랐다. 그들은 저물어버린 해와 하늘의 별들을 위해 건배했다.

"당신은 하느님의 계시를 따라 먼 곳에서 왔어요. 나는 그분을 몰랐지만 이제는 나의 주님이 되셨지요. 내 아들 역시 아주 먼 땅에서 돌아왔고, 자기 손자들에게 아름다운 이야기를 들려주게 될 거예요. 사제들은 그의 이야기를 모아 미래의 후손들에게 전하겠지요."

사람들이 도시의 과거, 그들이 정복한 땅, 고대의 신들, 피 흘려 영토를 지킨 전사들에 대해 알게 되는 건 사제들의 기억을 통해서였다. 지금은 과거를 기록하는 새로운 방식이 생겼지만 아크바르의 주민들은 여전히 사제의 기억만 신뢰했다. 글이야 누구든 원하는 대로 쓸 수 있겠지만 일어나지 않은 일을 기억해낼 사람은 없을 테니까.

"내게 무슨 전해줄 이야기가 있을까요?" 엘리야가 금세 잔을 비우자 과부가 다시 채워주며 물었다. "나는 이세벨처럼 권력이 있지도 않고 아름답지도 않아요. 내 인생은 평범해요. 어릴 적 부모님이 정해준 사람과 결혼했고, 어른이 되자 집안일을 했고, 축일에는 예배에 참석했고, 남편은 항상 다른 일로 바빴어요. 그가 살아 있을 때, 우리는 중요한 일에 대해 대화를 해본 적이 한 번도 없었어요. 그 사람은 자기 일에 몰두하고 나는 집안일을 돌보면서 그렇게 우리 인생의 가장 좋았던 날들을 보냈어요.

남편이 죽자 나에게는 가난과 아이 양육만 남겨졌어요. 아들이 어른이 되면 바다를 건너 떠날 테고 나에겐 아무도 안 남겠지요. 분노하거나 원망하지 않아요. 다만 내 인생의 비루함이 사무칠 뿐입니다."

엘리야는 스스로 또 한번 잔을 채웠다. 그의 심장이 그에게 경고를 보내기 시작했다. 그는 이 여인과 함께하는 것이 좋았다. 사랑은 그의 심장에 화살을 겨누던 아합왕의 병사를 마주할 때보다 더 두려운 경험일 수 있었다. 가슴에 화살을 맞으면 그는 죽을 것이고, 이후 나머지는 신이 알아서 하실 일이었다. 하지만 사랑이 그의 가슴을 파고든다면 이후로 벌어지는 일은 모두 엘리야 자신의 힘으로 헤쳐나가야 할 터였다.

'살아오면서 얼마나 간절히 사랑을 원했던가.' 엘리야는 생각했다. 이제 그 사랑이 그의 눈앞에 있었다. 의심할 여지 없이 눈앞에 와 있었으니 그 감정으로부터 도망치지만 않으면 됐다. 하지만 그에게는 가능한 한 빨리 그 감정을 잊어야 한다는 생각뿐이었다.

그는 크릿 시냇가로 피난했다가 아크바르에 도착한 그날이 다시 기억에 떠올랐다. 당시 너무나 지치고 갈증에 허덕이고 있었기에 기절했다 깨어나던 순간 그의 입술 사이로 물을 흘려넣어주던 여인의 모습 말고는 아무것도 기억나지 않았다. 그때 그녀의 얼굴이 아주 가까이 있었고 그는 일생 동안 어떤 여자도 그토록 가까이 마주해본 적이 없었다. 그녀의 눈동자는 이세벨처럼 녹색이지만 눈빛은 달랐다. 그녀의 눈빛에는 삼나무가, 그리고 그가 종종 꿈꿨지만 한 번도 본 적은 없는 바다가 비치는 것 같았고, 가능한 일인지 모르겠지만 그녀의 영혼이 비치는 듯했다.

'이 마음을 이 여인에게 너무나 말해주고 싶은데.' 엘리야는 생각했다. '하지만 말로 어떻게 전해야 할지 모르겠어. 신의 사랑에 대해 말하는 편이 훨씬 쉽겠어.'

엘리야는 술을 또 한 모금 마셨다. 여인은 자신이 한 말 중 뭔가가 그를 불편하게 만들었다고 생각하고 화제를 바꿨다.

"다섯번째 산에 올라가셨나요?" 여인이 물었다.

엘리야는 고개를 끄덕였다.

그녀는 그가 산 정상에서 무엇을 보았고, 어떻게 하늘의 불을 피했는지 궁금했다. 하지만 그는 그 이야기를 하고 싶어하지 않는 것 같았다.

'당신은 예언자잖아요.' 여인은 생각했다. '내 생각을 읽어줘요.'

이 이스라엘인이 그녀의 삶에 나타난 이후 모든 것이 변했다. 이제 가난마저도 견딜 만했다. 이 이방인 덕분에 지금까지 알지 못했던 사랑이라는 감정을 알았기 때문이었다. 그녀는 아들이 병에 걸렸을 때, 이웃들의 비난을 무릅쓰고 이 남자를 집에 계속 머물게 했다.

그에게 하늘 아래 주님보다 더 중요한 건 없다는 것을 그녀는 알고 있었다. 이 사랑은 이룰 수 없는 꿈이라는 것도 잘 알았다. 그는 이세벨을 무너뜨리려 당장이라도 떠나버릴 수 있고 다시 돌아와 그간의 이야기를 들려줄 일은 결코 없을 것이다.

그렇다 해도 그녀는 그를 계속 사랑할 것이었다. 살면서 처음으로 진정한 자유를 알게 됐기 때문이었다. 그가 결코 눈치채지 못하더라도 그녀는 그를 사랑할 것이었다. 그를 그리워하고 하루종일 그를 생각하고 그가 저녁을 먹으러 오길 기다리고. 사람들의 중상모략에 휩쓸린 그를 걱정하는 일에 그의 허락은 필요치 않았다.

남들이 하는 말에 휘둘리지 않고 오직 자신의 마음에 귀기울이는 일, 그것이 바로 자유였다. 그녀는 이방인을 집에 들이는 일로 친구와 이웃들과 맞섰다. 이제 자기 자신과 싸울 필요는 없었다.

엘리야는 포도주를 조금 더 마신 뒤 인사를 하고 자기 방으로 갔다. 그녀는 밖으로 나와 집 앞에서 놀고 있는 아들을 보며 흐뭇해했고, 잠깐 산책을 나서기로 했다.

그녀는 자유로웠다. 사랑이 그녀를 자유롭게 만들어준 것이다.

방으로 돌아온 엘리야는 한참 동안 벽만 응시하고 있었다. 그러다 결국 그의 천사를 부르기로 했다.

"제 영혼이 위험에 처했습니다." 그가 말했다.

천사는 아무 말 하지 않았다. 엘리야는 이 대화를 이어가야 할지 잠시 망설였지만 되돌리기엔 이미 늦었다. 아무 용건 없이 천사를 불러선 안 됐다.

"그 여인과 같이 있을 때면 마음이 편하지 않습니다."

"그 반대겠지." 천사가 대답했다. "그리고 그 사실이 너를 괴롭히는 것이다. 금방이라도 그녀와 사랑에 빠질 것 같아서."

엘리야는 천사가 그의 영혼을 들여다보고 있어서 부끄러웠다.

"사랑은 위험한 것입니다." 엘리야가 말했다.

"무척 위험하지." 천사가 말했다. "그래서 뭐?"

그러더니 천사는 갑자기 사라져버렸다.

천사는 엘리야의 괴로움이 당연하다고 여겼다. 그렇다, 사실 엘리야는 사랑이 어떤 것인지 잘 알고 있었다. 그는 이스라엘의 왕이 시돈의 공주 이세벨에게 마음을 빼앗겨 주님을 저버리는 걸 지켜보았다. 솔로몬왕이 이방인 여자 때문에 왕좌를 잃은 역사도 있었다. 다윗왕은 가장 친한 친구의 아내에게 반해서 친구를 죽음으로 내몰았다. 삼손은 데릴라 때문에 감옥에 갇혔고 블레셋 사람들 손에 눈알이 뽑혔다.

어떻게 사랑을 모르겠는가? 역사는 비극적인 사례들로 가득했다. 그가 성경 내용을 몰랐다 하더라도 기다림과 슬픔으로 기나긴 밤을 보낸 친구와 친구의 친구 이야기가 얼마든지 있었다. 이스라엘에 그의 아내가 있었다면 주님의 명을 받았어도 고향을 떠나지 않았을 것이고 지금쯤 죽었을 것이다.

'나는 헛된 싸움을 하고 있는 거야.' 엘리야는 생각했다. '이 싸움에서 결국 사랑이 승리할 테고 나는 남은 일생 동안 그녀를 사랑하게 되겠지. 주여, 저의 감정을 절대 그 여인에게 털어놓지 못하도록 저를 이스라엘로 돌려보내주소서. 그녀는 저를 사랑하지 않으며 자신의 마음은 영웅이 되어 죽은 남편 곁에 이미 묻혔다고 대답할 것이기 때문입니다.'

다음날 엘리야는 수비대장을 다시 만나러 갔고, 아시리아군 천막이 더 늘었다는 소식을 들었다.

"우리 전사들에 비해 얼마나 많은가요?" 그가 물었다.

"이세벨의 원수에게 정보를 줄 생각은 없네."

"저는 총독님의 참모입니다." 엘리야가 말했다. "어제 오후 총독님이 저를 보좌관으로 임명하셨습니다. 이 사실을 수비대장님도 들으셨을 테니 저에게 대답을 해주셔야겠습니다."

수비대장은 이 이방인을 죽여버리고 싶은 충동을 느꼈다.

"우리 병사 한 명에 아시리아 병사 두 명 꼴일세." 그가 마지못해 대답했다.

엘리야는 적들이 승리하려면 그들에게 훨씬 더 많은 병력이 필요하다는 걸 알고 있었다.

"평화 협상을 시작할 최적의 시기가 가까워지고 있습니다."
엘리야가 말했다. "저들은 우리가 관대한 제안을 했으며, 우리
상황이 앞으로 더 유리해지리라는 걸 깨닫게 될 겁니다. 장군이
라면 누구나 도시 하나를 정복하는 데 방어군 한 명당 공격군 다
섯 명은 필요하다는 걸 알 테니까요."

"당장 공격하지 않으면 곧 그 숫자에 도달할 걸세."

"저들이 병력을 최대한 동원한다 해도 그 많은 사람을 먹일 물
이 부족할 겁니다. 우리측에서 협상 대표단을 보낼 시기가 올 겁
니다."

"그게 언젠가?"

"아시리아군이 지금보다 조금 더 늘어날 때까지 기다리시지
요. 더이상 버티기 어려워지면 저들은 공격을 해야만 합니다. 하
지만 우리의 서너 배쯤 되는 병력만 가지고는 패하리라는 걸 그
들도 알고 있지요. 바로 그때 우리 대표단이 가서 평화 협상을
제안하는 겁니다. 도시 통행을 허가해주고 물을 팔아야지요. 그
것이 총독님의 계획입니다."

수비대장은 아무 말 없이 엘리야를 물러가게 했다. 엘리야를
죽인다 해도 총독은 그 계획을 고집할 가능성이 컸다. 상황이 그
렇게 전개된다면 그는 맹세코 총독을 죽이겠다고 다짐했다. 그

런 후 신들의 분노를 피해 <u>스스로 목숨을 끊겠다</u>고.

어떤 일이 있더라도 백성들이 돈 때문에 버림받게 하지는 않을 작정이었다.

* * *

"오 주여, 저를 이스라엘로 돌려보내주소서." 엘리야는 매일 저녁 골짜기를 걸으며 절규했다. "제 마음이 여기 아크바르에 묶이지 않게 하소서."

어린 시절부터 알았던 예언자들의 관습을 따라 그는 과부가 생각날 때마다 스스로에게 채찍질을 하기 시작했다. 등의 살갗이 벗겨졌고 이틀 동안 고열에 시달렸다. 정신을 차리고 처음 본 것은 그 여인의 얼굴이었다. 그녀는 연고와 올리브유를 그의 상처에 바르며 치료해주고 있었다. 아래층으로 내려갈 기력도 없는 그를 위해 여인이 위층으로 음식을 가져다주었다.

* * *

기운을 되찾자마자 엘리야는 또다시 골짜기를 걸었다.

"오 주여, 저를 이스라엘로 돌려보내주소서." 그가 말했다.

"제 마음은 이미 아크바르에 묶였으나 제 몸은 아직 길을 떠날 수 있습니다."

그때 천사가 나타났다. 산 정상에서 만난 주님의 천사가 아니라 평소 그를 수호해주던, 익숙한 목소리의 천사였다.

"주님은 증오를 잊게 해달라고 소원하는 이들의 기도를 들어주신다. 하지만 사랑으로부터 도망치려는 이들의 기도는 듣지 않으신다."

* * *

세 사람은 매일 밤 함께 저녁을 먹었다. 주님이 약속하신 대로 과부의 집에는 밀가루와 기름이 떨어지지 않았다.

그들은 식사를 할 때 거의 아무 말도 하지 않았다. 그러던 어느 날 저녁, 아이가 물었다.

"예언자가 뭐예요?"

"어렸을 때부터 들려오던 목소리를 계속해서 듣는 사람이란다. 그리고 그 목소리를 여전히 믿는 사람. 그는 그 목소리를 통해 천사들의 생각을 알 수 있지."

"무슨 말인지 알아요." 아이가 말했다. "나한테도 다른 사람들은 보지 못하는 친구들이 있어요."

"어른들이 그걸 바보 같은 소리라고 하더라도 절대 그 친구들을 잊어선 안 돼. 그들을 통해 신의 뜻을 알 수 있을 테니까."

"바빌론의 예언자들처럼 나도 미래를 보겠네요." 아이가 말했다.

"예언자들은 미래를 보는 게 아니야. 지금 이 순간 들려오는 주님의 말씀을 사람들에게 전할 뿐이지. 그래서 나는 언제 내 나라로 돌아갈 수 있을지 모르는 채 여기 있는 거란다. 주님은 필요할 때가 되기 전엔 말씀해주지 않으실 거야."

여인의 눈이 슬픔에 잠겼다. 그렇다, 언젠가 그는 돌아갈 것이다.

* * *

엘리야는 이제 더이상 주님을 향해 절규하지 않았다. 아크바르를 떠나야 할 순간이 오면 과부와 그 아들을 데려가기로 결심했다. 하지만 그전까지 그들에게는 아무 말 않을 작정이었다.

어쩌면 그녀는 떠나지 않으려 할지도 몰랐다. 그녀에 대한 그의 감정을 아직 모를 수도 있었다. 그가 자신의 감정을 스스로 깨닫는 데만도 오랜 시간이 걸렸으니까. 만일 그녀가 함께 가지 않는다면, 이세벨을 몰아내고 이스라엘을 재건하는 일에 온전히 몰두할 수 있을 테니 오히려 잘된 일일 것이다. 사랑을 잊고 일에 몰두할 수 있을 테니까.

"주님은 나의 목자," 엘리야는 오래전부터 전해내려오는 다윗 왕의 기도를 떠올렸다. "내 영혼에 생기를 돋우어주시고 잔잔한 물가로 나를 이끌어주소서."

"그리고 제가 삶의 의미를 잃지 않게 해주소서." 그는 자신의 말로 끝을 맺었다.

* * *

어느 날 오후, 엘리야는 평소보다 일찍 집으로 돌아오는 길에 집 문가에 앉아 있는 과부를 보았다.

"여기서 뭘 합니까?"

"할일이 아무것도 없어요." 그녀가 대답했다.

"그렇다면 뭔가 배워봐요. 요즘 많은 사람들이 체념한 채 살아가고 있어요. 그들은 화내지도 않고 울지도 않고 그저 시간이 흘러가기만 기다리지요. 삶의 도전을 받아들이지 않으니 삶도 더이상 그들에게 도전하지 않고요. 당신도 그렇게 되지 않도록 조심해요. 삶에 반응하고 당당히 마주하고, 체념하지 말아요."

"내 인생은 의미를 되찾았어요." 여인이 시선을 내리깔고 대답했다. "당신이 온 후부터요."

* * *

아주 잠깐이지만 엘리야는 그녀에게 마음을 열 수 있을 것 같다고 생각했다. 하지만 그런 모험은 하지 않기로 했다. 여인은 뭔가 다른 이야기를 하고 있는 게 분명했다.

"뭔가를 시작해봐요." 엘리야는 화제를 바꾸며 말했다. "그러면 시간은 적이 아니라 동지가 될 거예요."

"내가 뭘 배울 수 있을까요?"

엘리야는 잠시 생각에 잠겼다.

"비블로스 문자를 배워봐요. 언젠가 먼 곳에 가게 되면 유용할 겁니다."

여인은 몸과 마음을 다해 그것을 배워봐야겠다고 결심했다. 지금까지 아크바르를 떠날 생각은 한 번도 한 적 없었지만 그의 말을 잘 헤아려보면 그녀에게 함께 가자고 할 생각인지도 몰랐다.

또 한번 그녀는 자유를 느꼈다. 다시금 아침 일찍 일어나 미소 띤 얼굴로 도시의 거리를 걸었다.

"엘리야가 아직도 살아 있습니다." 두 달 후, 수비대장이 사제장에게 말했다. "그 인간을 해치우지 못하셨군요."

"아크바르를 다 뒤져도 그 일을 맡겠다는 사람이 한 명도 없어요. 그 이스라엘인은 아픈 이들을 위로하고 옥에 갇힌 이들을 찾아가 만나고 굶주린 자들에게 먹을 것을 나눠줍니다. 사람들은 이웃과 분쟁이 벌어지면 엘리야에게 묻고 모두 그의 의견을 따라요. 그의 판단이 공정하다고 믿으니까요. 총독이 엘리야를 이용해서 자신의 지지 세력을 키우고 있는데 아무도 눈치채지 못하고 있습니다."

"상인들은 전쟁을 원치 않지요. 총독을 지지하는 세력이 커져서 주민들이 평화 협상 쪽이 낫다고 생각하기 시작하면 우리는 결코 아시리아군을 몰아낼 수 없을 겁니다. 엘리야를 빨리 죽여 없애야 합니다."

사제장은 언제나 정상이 구름에 덮여 있는 다섯번째 산을 가리켰다.

"신들은 당신들의 나라가 외세에 짓밟히도록 두고 보시지 않을 겁니다. 어떻게든 나서서 대응하실 거예요. 무슨 일이든 일어날 테니 우리는 그 기회를 잡을 수 있을 겁니다."

"어떤 기회 말이죠?"

"나도 모릅니다. 하지만 징조를 놓치지 않도록 예의 주시할 겁니다. 앞으로는 아시리아 병력에 대한 정확한 정보를 그들에게 주지 마세요. 혹시 그들이 물어오면 아직 우리 병사 한 명당 네 명 수준이라고만 대답하세요. 그러는 동안 군대를 계속 훈련시키시고요."

"왜 그래야 하죠? 아시리아 병력이 우리 병사 한 명당 다섯으로 늘어나면 우리가 패할 텐데요."

"아니죠. 그때 병력이 비슷해지는 겁니다. 전투가 시작되면 당신은 열세에 놓인 적군을 상대하는 게 아닐 테니 약점을 노리는 비겁자라는 소리는 듣지 않을 겁니다. 아크바르군은 자신들만큼 막강한 상대방과 싸우게 될 테고 마침내 승리할 겁니다. 그리고 그건 그들의 장군이 가장 훌륭한 작전을 펼쳤기 때문일 테지요."

허영심에 사로잡힌 수비대장은 그 제안을 받아들였다. 그리고 그때부터 총독과 엘리야에게 정보를 숨기기 시작했다.

두 달이 더 지난 어느 날, 드디어 아시리아 병력이 아크바르 병사 한 명당 다섯 명 꼴이 되었다. 이제 그들은 언제라도 쳐들어올 수 있었다.

얼마 전부터 엘리야는 수비대장이 적군의 병력 정보를 숨기고 있다는 의심이 들었지만 결국은 자신에게 유리하게 작용하리라 여겼다. 적군의 병력이 위험한 수준에 이르면 평화 협상만이 유일한 대안이라고 주민들을 설득하기 쉬워질 터였기 때문이다.

엘리야는 이런 생각을 하며 일주일에 한 번 광장에서 열리는 주민들의 분쟁 조정 자리에 나가고 있었다. 분쟁은 대체로 사소한 일들이었다. 이웃과의 다툼, 세금 납부를 거부하는 노인들 문제, 거래에서 서로 손해를 봤다고 주장하는 장사꾼들 사이의 시비 등이었다.

총독이 나와 있었다. 그는 종종 엘리야가 하는 일을 지켜보러 왔다. 엘리야가 처음에 총독에게 느꼈던 반감은 이제 완전히 사라지고 없었다. 엘리야는 총독이 지혜롭고, 문제가 발생하기 전에 먼저 해결하고자 노력하는 사람이라는 걸 알게 됐다. 물론 그는 여전히 영적 존재를 믿지 않고 죽음을 매우 두려워했지만. 그는 이미 여러 번 자신의 권력을 행사해 엘리야의 결정에 법적인 효력을 부여하기도 했다. 엘리야는 몇 차례 총독의 판결에 반대 의견을 내기도 했지만 시간이 지나자 총독이 옳았다는 걸 깨닫게 되었다.

아크바르는 번영하는 페니키아 도시의 모범이 되고 있었다. 총독은 세금을 공정하게 부과했고 도시의 거리를 정비했으며 무역에서 징수한 세금을 슬기롭게 운용할 줄 알았다. 한번은 엘리야가 총독에게 포도주와 맥주 소비를 금지해달라고 청원했는데, 엘리야가 조정해야 할 분쟁이 대부분 술에 취한 사람들의 싸움이었기 때문이다. 하지만 총독은 큰 도시에서라면 이런 일들이 자연히 일어나는 법이라고 대꾸했다. 예로부터 신들은 인간이 하루 일과 끝에 먹고 마시며 즐기는 모습을 좋아했고 술에 취한 자들을 보호해왔다고 덧붙였다.

게다가 아크바르는 세상에서 가장 훌륭한 포도주 생산지라는 명성이 있었는데 현지 주민들이 그 포도주를 마시지 않는다면 이방인들이 그 명성을 의심할 수도 있었다. 엘리야는 총독의 결정을 존중했고, 사람들이 행복해야 생산성이 더 늘어난다는 생각에 동의하게 되었다.

"자네는 그렇게 열심히 일할 필요가 없네." 엘리야가 하루 일과를 시작하기 전에 총독이 말했다. "보좌관은 그저 통치자를 위해 의견만 내는 것으로 족해."

"저는 고향이 그립고 그곳으로 돌아가고 싶습니다. 그래도 일에 몰두할 때면 저 자신이 쓸모 있는 인간이라는 느낌이 들고 또 스스로 이방인이라는 사실을 잊게 됩니다." 그가 대답했다.

'그리고 그녀를 향한 사랑의 감정을 통제하는 데도 도움이 되고요.' 그는 속으로 말했다.

* * *

시민 법정은 도시에서 벌어지는 일에 관심 있는 사람들이 모이는 곳이었다. 이날도 사람들이 점점 모여들기 시작했다. 그중에는 더이상 일터에 나갈 힘이 없는, 그저 엘리야의 결정에 환호하거나 야유를 보내러 오는 노인들도 있었다. 또다른 이들은 그곳에서 다뤄지는 분쟁과 직접 관련이 있는, 즉 피해자이거나 판결로 이득을 보려는 사람들이었다. 일거리가 없어서 시간을 때우러 오는 여인들과 아이들도 있었다.

엘리야는 그날 아침의 사건들을 처리하기 시작했다. 첫 상담자는 이집트 피라미드 근처에 숨겨진 보물을 캐는 꿈에 빠져 그곳으로 갈 돈이 필요한 양치기였다. 엘리야는 이집트에 가본 적 없었지만 무척 먼 곳이란 걸 알고 있었다. 그는 양치기에게 그 여행 경비를 마련하기는 매우 어려울 테지만, 만일 그가 자기 양들을 팔아서 꿈을 위해 쓴다면 결국에는 구하던 것을 얻게 되리라고 말해주었다.

다음은 이스라엘의 마법을 배우고 싶다는 여인이었다. 엘리야는 자신은 다만 예언자일 뿐 마법을 가르쳐줄 순 없다고 대답했다.

다른 남자의 아내에게 저주를 퍼부어 고발당한 농부의 사건을 놓고 엘리야가 원만한 해결책을 찾으려 할 때였다. 병사 하나가 군중을 헤치고 앞으로 나와 총독에게 말했다.

"우리 척후병이 첩자 하나를 잡았습니다." 병사가 땀을 뻘뻘 흘리며 말했다. "그자를 끌고 오는 중입니다!"

군중 사이로 전율이 흘렀다. 이런 재판이 열리는 건 처음이었다.

"죽여라!" 누군가 외쳤다. "적들에게 죽음을!"

그 자리에 있던 모두가 한목소리로 외치기 시작했다. 눈 깜짝할 사이에 소식은 도시 전체로 퍼졌고 광장은 사람들로 가득찼다. 사람들이 연신 엘리야의 말을 끊으며 첩자를 당장 데려오라고 아우성치는 통에 순서를 기다리던 다른 사건들을 다루기가 몹시 힘들었다.

"나는 이런 사건은 판결할 수 없어요." 엘리야가 말했다. "이건 아크바르 지도자들이 맡을 일입니다."

"아시리아인들이 왜 여기 와 있는 겁니까?" 어디선가 목소리가 들려왔다. "우리가 대대로 평화를 지켜왔다는 걸 그들은 모른단 말입니까?"

"왜 우리의 물을 탐내는 겁니까?" 다른 사람이 외쳤다. "왜 우리 도시를 위협하는 건가요?"

아시리아군의 존재에 대해 몇 달째 아무도 공공연하게 말을 꺼내지 못하고 있었다. 저멀리 적군의 천막이 늘어나고 있는 걸 모두가 지켜보았지만, 또 상인들은 하루빨리 평화 협상을 해야 한다고 목소리를 높여왔지만, 아크바르 주민들은 곧 침략당할지도 모른다는 사실을 믿고 싶어하지 않았다. 몇몇 하찮은 부족들이 쳐들어왔다가 신속히 제압된 경우를 제외하면 전쟁은 오로지 사제들의 기억 속에만 존재하는 것이었다. 말과 전차를 타고 싸우며 짐승의 형상을 한 신들을 섬기는, 이집트라고 불리는 나라와의 전투에 대해 사제들이 들려줬지만 그건 아주 오래전 이야기일 뿐이었다. 이집트는 이제 더이상 강대국이 아니었으며 짙은 피부에 미지의 언어를 쓰는 전사들은 자기 나라로 돌아간 지 오래였다. 지금은 티레와 시돈의 주민들이 바다를 장악하고 전 세계에 걸쳐 새로운 제국을 형성하고 있었으며, 그들이 용맹한 전사들이기는 하지만 지금 이 시대는 무역이라는 새로운 경쟁 방법을 이미 발견한 후였다.

"왜들 이렇게 흥분하는 거지?" 총독이 엘리야에게 물었다.

"상황이 달라졌다는 걸 감지했기 때문이지요. 총독님도 이제 언제든 아시리아군이 쳐들어올 수 있다는 걸 알게 되신 것처럼요. 수비대장이 적군의 숫자에 대해 거짓말을 해왔다는 것도요."

"하지만 수비대장이 미치지 않고야 있는 그대로 말할 순 없었을 거야. 공포심을 조장할 테니까."

"누구나 자신이 위험에 처하면 그걸 모를 수가 없습니다. 이상한 반응이 시작되고 불길한 예감이 들고 뭔가 달라진 걸 감지합니다. 그럴 때면 상황을 감당할 수 없을 것 같아 스스로를 속이려 하죠. 사람들은 지금까지 스스로를 속여왔던 겁니다. 하지만 현실을 직시해야 하는 순간은 오고 말지요."

사제장이 도착했다.

"궁으로 가서 아크바르 평의회를 소집하시지요. 수비대장은 이미 출발했습니다."

"궁으로 가지 마세요." 엘리야가 낮은 목소리로 총독에게 말했다. "저들이 총독님이 원하지 않는 일을 하도록 강요할 겁니다."

"가야 합니다." 사제장이 독촉했다. "첩자를 체포했으니 시급히 조치를 취해야 합니다."

"재판을 주민들 앞에서 하세요." 엘리야가 속삭였다. "주민들이 총독님을 도울 겁니다. 입으로는 전쟁을 외쳐도 그들이 원하는 건 평화니까요."

"첩자를 이리로 데려오라!" 총독이 명령했다. 군중은 기쁨의 함성을 질렀다. 처음으로 평의회 회의를 지켜보게 된 것이다.

"그럴 순 없습니다!" 사제장이 말했다. "사안이 민감합니다. 조용한 곳에서 풀어야 할 문제예요."

몇몇 사람이 야유를 보냈고 항의하는 목소리들이 들려왔다.

"그자를 데려오라." 총독이 거듭 말했다. "그리고 재판은 이 광장에 모인 사람들 앞에서 할 것이다. 아크바르의 번영을 위해 우리가 다 함께 일했으니, 우리를 위협하는 것에 대해서도 전부 함께 판단할 것이다."

사람들은 일제히 박수를 보내며 총독의 결정을 환영했다. 병사들이 옷이 다 찢기고 피투성이가 된 남자를 끌고 왔다. 분명 끌려오기 전에 지독하게 두들겨맞은 듯했다.

함성소리가 멎었다. 무거운 침묵이 내려앉아 광장 한구석에서 노는 아이들 소리와 돼지 울음소리만 들려왔다.

"어째서 포로에게 이런 짓을 했는가?" 총독이 소리쳤다.

"포로가 반항했습니다." 병사 한 명이 대답했다. "자기가 첩자가 아니랍니다. 총독님에게 할말이 있어서 왔다고 말하고 있습니다."

총독은 궁에서 의자 세 개를 가져오라고 명령했다. 아크바르 평의회가 열릴 때마다 총독이 입는 정의의 망토도 가져왔다.

총독과 사제장이 자리에 앉았다. 세번째 의자는 아직 도착하지 않은 수비대장의 자리였다.

"아크바르 평의회 재판 개정을 엄숙히 선언합니다. 원로들은 앞으로 나오십시오."

노인 무리가 모여들어 의자 주위에 반원을 이루고 섰다. 원로회 위원들이었고 옛날에는 이들이 중요한 의사 결정을 하기도 했다. 하지만 오늘날 원로회의 역할은 들러리에 불과했고 통치자가 어떤 결정을 하든 거기 동의할 뿐이었다.

다섯번째 산의 신들에게 기도를 올리고 역사 속 영웅의 이름을 호명하는 등 몇 가지 의식을 치른 후 총독은 포로를 바라보았다.

"원하는 게 무엇인가?" 총독이 물었다.

남자는 아무 대답이 없었다. 마치 대등한 입장인 양 묘한 눈빛으로 노려볼 뿐이었다.

"원하는 게 무엇이냐 묻지 않았느냐?" 총독이 재차 물었다.

사제장이 총독의 팔에 손을 올리며 말했다.

"통역을 불러와야겠어요. 이자는 우리말을 못합니다."

총독의 명령이 떨어졌고, 병사 하나가 통역을 맡아줄 상인을 찾아 떠났다. 엘리야가 분쟁을 조정하던 현장에 상인들이 오는 일은 없었다. 그들은 물건을 팔고 이윤을 계산하느라 항상 바빴다.

통역을 기다리는 동안 사제장이 작은 소리로 말했다.

"병사들은 겁에 질려서 포로를 때린 것이오. 내게 이 재판을 맡기고 아무 말씀도 하지 마세요. 극심한 공포는 사람들을 공격적으로 만드니 우리는 권위를 보여줘야 합니다. 안 그러면 상황을 통제할 수 없게 됩니다."

총독은 대답하지 않았다. 그 역시 겁에 질려 있었다. 그는 눈으로 엘리야를 찾았으나 그의 자리에서는 보이지 않았다.

* * *

이윽고 한 상인이 병사에게 억지로 끌려왔다. 상인은 할일이 많은데 시간을 빼앗기게 되었다며 투덜거렸다. 하지만 사제장은 근엄한 눈길로 그를 노려보며 잠자코 통역을 하라고 명했다.

"네가 여기 온 이유가 무엇이냐?" 총독이 물었다.

"나는 첩자가 아니오." 남자가 대답했다. "나는 우리 군대의 장군이오. 당신에게 할말이 있어서 왔소."

물을 끼얹은 듯 조용했던 군중은 그 대답이 통역되자마자 일제히 소리지르기 시작했다. 그리고 거짓말이라고 외치며 당장 사형시키라고 요구했다.

사제장은 사람들을 조용히 시키고서 포로를 향해 물었다.

"무슨 이야기를 하러 왔는가?"

"총독은 지혜로운 분이라는 평판을 들었소." 아시리아인이 말했다. "우리는 이 도시를 침략할 의향이 없소. 우리가 원하는 건 티레와 시돈이오. 하지만 아크바르가 그 도시들로 가는 길목에서 이 골짜기를 장악하고 있소. 우리가 싸운다면 피차 시간과 목숨만 잃게 될 것이오. 나는 협상을 제안하러 왔소."

'이자의 말은 진실이다.' 엘리야는 생각했다. 그는 병사들에게 둘러싸여 있어서 총독이 보이지 않는다는 걸 알아챘다. '이자는 우리와 뜻이 같아. 주님께서 기적을 행하신 거고, 이 위태로운 상황에 종지부를 찍으실 거다.'

사제장이 자리에서 일어나 군중을 향해 외쳤다.

"보았는가? 저들은 싸우지도 않고 우리를 파멸시키려 한다!"

"계속 말하라." 총독이 포로에게 말했다.

하지만 사제장은 또 한번 가로막았다.

"우리의 총독은 자비로우신 분이라 피를 보길 원치 않으신다. 하지만 지금 우리는 전쟁 상황이고 우리 앞에 있는 이자는 우리의 적이다!"

"옳소!" 군중 속에서 누군가 외쳤다.

엘리야는 자신의 실수를 깨달았다. 총독이 오직 정의를 위해 노력하는 동안 사제장은 군중을 선동하고 있었다. 엘리야는 가까이 다가서려 하다가 저지당했다. 병사가 그의 팔을 붙잡았다.

"그 자리에 가만히 있어. 따지고 보면 이건 네 생각이었으니까."

엘리야는 목소리가 들린 쪽으로 고개를 돌렸다. 수비대장이었고, 그는 웃고 있었다.

"적군의 제안을 들어선 절대 안 된다." 사제장이 말과 몸짓에 열렬한 감정을 실어 주장했다. "우리가 협상을 원하는 기색을 보이는 것은 두려워한다는 사실을 드러내는 거나 마찬가지다. 아크바르의 백성은 용감하고 어떤 침략에도 맞설 수 있다."

"이 포로는 평화 협상을 하러 온 자다." 총독이 군중을 향해 말했다.

그러자 누군가 소리쳤다.

"상인들은 평화를 바란다. 사제들도 평화를 원한다. 통치자들은 평화를 위해 일한다. 하지만 군대는 오직 한 가지, 전쟁만을 원한다!"

"우리가 전쟁을 치르지 않고도 이스라엘의 종교 위협을 막아낼 수 있었던 걸 잊었는가?" 총독이 우렁찬 목소리로 외쳤다. "우리는 땅으로도 바다로도 군대를 보내지 않았고 다만 이세벨을 보냈다. 전쟁으로 단 한 사람의 목숨도 희생시키지 않고도 그들은 지금 바알신을 섬기고 있다."

"아시리아인들은 아름다운 여인이 아니라 군대를 보냈다!" 사제장이 더 큰 소리로 외쳤다.

군중은 아시리아인을 죽이라고 소리쳤다. 총독이 사제장의 팔을 붙잡았다.

"자리에 앉으세요." 총독이 말했다. "당신은 선을 넘었어요."

"공개재판은 총독님 생각이었어요. 아니, 아크바르 통치자를 좌지우지하는 그 이스라엘 배신자의 생각이었지요."

"이스라엘인과 관련해서는 내가 나중에 밝히겠습니다. 지금 필요한 건 아시리아가 뭘 원하는지 알아내는 겁니다. 오랜 세월 동안 사람들은 무력으로 자기 의지를 관철해왔어요. 자신들이 원하는 것을 추구할 뿐 백성들 의견에 개의치 않았지요. 그랬던 제국들은 모두 멸망했습니다. 우리가 번성할 수 있었던 건 경청할 줄 알았기 때문이었어요. 다른 이들이 무엇을 원하는지 귀기울이고 그 요구를 충족시키기 위해 노력하며 우리는 무역을 증진했고 그 결과 이익을 얻었습니다."

사제장은 고개를 저었다.

"그 말은 얼핏 지혜로운 것 같지만 사실은 가장 위험한 얘깁니다. 차라리 바보 같은 소리를 하신다면 그것이 틀렸다고 입증하기 쉽겠지요. 하지만 지금 하신 말씀은 우리를 함정으로 이끌고 있습니다."

맨 앞줄에 있던 사람들에게까지 그들의 논쟁 소리가 들렸다. 지금껏 총독은 항상 평의회의 의견을 존중하려고 힘써왔고 아크바르는 평판이 좋은 도시였다. 티레와 시돈에서 시정 운영 방법을 배우러 사절단을 보낼 정도였다. 총독의 명성은 황제의 귀에까지 이르렀고 운이 조금 따라준다면 총독은 말년에 황궁의 대신이 될 수 있을지도 몰랐다.

그런데 오늘 총독의 권위가 공개적으로 도전받고 있었다. 지금 그가 결단을 내리지 않는다면 백성들의 신망을 잃을 것이고, 그러면 앞으로 아무도 그의 말에 복종하지 않을 테니 더이상 중대한 결정을 내릴 수 없을 것이다.

"계속 말하라." 총독이 포로에게 명령했다. 그리고 사제장의 분개한 눈길을 무시한 채 통역을 시켜 자신의 질문을 아시리아인 포로에게 전했다.

"나는 협상을 제안하러 왔소." 아시리아인이 말했다. "우리가 티레와 시돈으로 쳐들어갈 수 있게 길을 열어주시오. 티레와 시돈의 전사들 대부분이 무역을 감시하느라 바다에 나가 있으니 우리는 분명 그 도시들을 점령하게 될 거요. 티레와 시돈을 점령하면 아크바르에는 관대한 처분을 해주겠소. 그리고 당신이 총독 자리를 보전하게 해주겠소."

"백성들이여, 들었는가?" 사제장이 자리를 박차고 일어나며 말했다. "저들은 우리 총독이 아크바르의 명예를 버리고 자기 자리 보전이나 할 거라 생각하고 있다!"

성난 군중은 함성을 지르기 시작했다. 옷도 제대로 못 걸친 부상당한 포로가 감히 협상안을 내놓다니! 잡혀온 주제에 도시의 항복을 요구하다니! 몇몇 사람이 포로를 공격하기 위해 달려드는 바람에 병사들은 상황을 통제하느라 애를 먹었다.

"기다려보라!" 총독이 군중의 아우성을 뚫고 더 큰 소리로 말했다. "지금 우리 앞에 있는 자는 무방비 상태이고 우리에게 아무런 위협이 되지 못한다. 우리의 군대가 더 탄탄하고 우리의 전사들이 더 용맹하다. 그것은 누구에게도 증명할 필요 없는 사실이다! 전쟁을 벌이더라도 우리가 승리하겠지만 손실은 엄청날 것이다."

엘리야는 눈을 감고 총독이 백성들을 설득해내길 기도했다.

"우리 선조들이 이집트제국 시절 이야기를 들려주곤 했지만 그건 이미 오래전 이야기다." 총독이 계속 말을 이어갔다. "지금 우리는 다시 황금시대를 누리고 있고 우리의 부모와 조부모들은 대대로 평화를 지켜왔다. 우리가 무엇 때문에 이 전통을 깨야 한단 말인가? 오늘날의 전쟁은 무력 충돌이 아니라 무역 차원에서 벌어진다."

그러자 서서히 군중이 조용해졌다. 총독의 말이 설득력을 얻고 있었다!

마침내 소란이 가라앉자 총독이 아시리아인에게 말했다.

"너의 제안은 마땅치 않다. 앞으로 우리 땅을 지나가려면 다른 상인들처럼 세금을 내야 한다."

"내 말을 믿으시오, 총독. 당신들에게는 선택의 여지가 없습니다." 포로가 대답했다. "우리 병력은 이 도시를 쑥대밭으로 만들고 주민들을 모조리 죽일 정도로 많습니다. 당신들이 오래전부터 태평성대를 누리며 싸우는 방법조차 잊어버리는 동안 우리는 전 세계를 정복하고 다녔습니다."

군중이 다시 웅성거리기 시작했다. 엘리야는 생각했다. '총독이 주춤하는 모습을 보여서는 안 될 텐데.' 하지만 적군의 포로가 되고도 협상 조건을 내세우는 상대와 맞서기란 쉽지 않은 일이었다. 점점 많은 사람이 모여들고 있었다. 엘리야는 상황이 어떻게 전개될지 걱정하며 일터를 떠나 하나둘 모이는 상인들을 지켜보았다. 아주 위험하고 중요한 판결이었다. 협상이든 죽음이든 한번 결정을 내리면 돌이킬 길이 없었다.

* * *

군중은 편이 갈리기 시작했다. 일부는 평화를 옹호했고 일부는 아크바르가 항전해야 한다고 주장했다. 총독이 사제장에게 속삭였다.

"저자는 나에게 공개적으로 도전해왔습니다. 그런데 그건 당신도 마찬가지군요."

사제장이 총독을 향해 돌아섰다. 그러고는 아무도 듣지 못할 정도로 낮은 목소리로 아시리아 포로를 처형하라고 말했다.

"나는 지금 요청이 아니라 강요하는 겁니다. 당신을 그 자리에 앉혀두는 사람은 바로 나고, 내가 원하면 언제든 상황을 끝낼 수 있어요. 아시겠습니까? 나는 통치 가문을 교체했을 때 신들의 노여움을 가라앉힐 수 있는 예배 의식을 알고 있습니다. 처음 있는 일도 아니지요. 수천 년 역사를 가진 이집트에서도 왕조는 수차례 교체되었습니다. 왕조가 바뀌어도 우주의 질서는 계속되고 하늘이 우리 머리 위로 무너지지도 않아요."

총독은 하얗게 질렸고, 사제장은 말을 이었다.

"수비대장이 병사들과 군중 속에 있습니다. 당신이 계속 아시리아인과 협상하겠다고 고집을 부린다면 나는 모두의 앞에서 신들이 당신을 버렸다고 선언할 겁니다. 그러면 당신은 자리에서 밀려나게 되겠지요. 재판을 계속합시다. 이제 당신은 내가 시키는 대로 하세요."

엘리야가 눈길 닿는 곳에 있었더라면 총독에게는 아직 방법이 있었을 것이다. 이 이스라엘 예언자에게 다섯번째 산 정상에서 천사를 보았던 이야기를 사람들 앞에서 해달라고 요청하고, 과부의 죽은 아들을 살려낸 일을 상기시킬 수도 있었을 것이다. 그러면 초월적인 힘을 한 번도 보여준 적 없는 사람의 말보다 이미 기적을 행할 수 있다는 걸 증명해 보인 엘리야의 말에 더 힘이 실렸을 것이다.

하지만 엘리야는 그의 곁에 없었고 총독에게는 선택의 여지가 없었다. 그래봤자 포로 한 명을 처형하는 일일 뿐이었고 세상의 어떤 군대도 병사 한 명을 잃었다고 전쟁을 일으키진 않는다.

"이번엔 당신이 이겼습니다." 총독이 사제장에게 말했다. 언젠가는 그 대가로 다른 걸 얻어낼 수 있을 터였다.

사제장이 고개를 끄덕였다. 판결은 곧 내려졌다.

"아무도 아크바르에 도전할 수 없다." 총독이 말했다. "그리고 백성들의 허락 없이는 아무도 우리 도시에 들어올 수 없다. 너는 감히 허락 없이 침범하려 했으므로 사형에 처한다."

엘리야는 서 있던 곳에서 시선을 내리깔았다. 수비대장이 회심의 미소를 지었다.

포로는 점점 늘어나는 군중을 뒤에 달고 성벽 옆 공터로 끌려
갔다. 그는 거기서 그나마 남은 옷가지마저 찢겨 벌거숭이가 되
었다. 병사가 그를 구덩이 안으로 밀어넣었다. 구덩이 근처로 모
여든 사람들은 잘 보이는 자리를 잡으려고 서로 밀쳐댔다.

"용감한 군인은 당당히 자신의 군복을 입고서 적군 앞에 나선
다. 하지만 비겁한 첩자는 여자옷을 걸치지." 총독이 모두가 듣
도록 크게 외쳤다. "그러므로 나는 네가 용사의 명예 따위 없이
삶을 마감하도록 형을 내리겠다."

군중은 포로를 향해 야유하고 총독에게 박수를 보냈다.

포로가 무슨 말인가 했지만 통역이 가까이 있지 않아서 아무
도 그의 말을 알아들을 수 없었다. 엘리야는 사람들을 헤치고 총

독에게 다가갔지만 이미 때는 늦었다. 총독은 엘리야가 붙잡은 망토 자락을 거칠게 뿌리쳤다.

"이건 네 잘못이다. 네가 공개재판을 하자고 했어."

"총독님 잘못입니다." 엘리야가 대답했다. "아크바르 평의회가 비공개로 열렸다 해도 수비대장과 사제장의 뜻대로 되었을 겁니다. 저는 재판 내내 병사들에게 둘러싸여 있었어요. 전부 그들이 계획해놓은 겁니다."

예로부터 죄수에게 얼마나 오래 형벌을 가할지 결정하는 건 사제장의 권한이었다. 사제장은 허리를 굽혀 돌 하나를 집더니 총독에게 내밀었다. 포로의 목숨을 단박에 끊을 만큼 크지도 않고 고통을 오래 끌 만큼 작지도 않은 돌이었다.

"먼저 던지세요."

"나는 어쩔 수 없이 당신 뜻에 따르는 겁니다." 총독이 사제장에게만 들리도록 낮은 목소리로 말했다. "하지만 이게 잘못된 길이라는 걸 알고 있소."

"여러 해 동안 당신은 나에게 악역을 떠넘기고 스스로는 백성들에게 환영받을 결정만 내리면서 신망을 얻었지요." 사제장도 낮은 목소리로 대답했다. "나는 의구심과 죄책감을 감당해야 했고, 내가 저질렀을지도 모를 실수들 때문에 밤잠을 이루지 못했어요. 하지만 비겁하게 물러서지 않았기에 오늘날 아크바르가 온 세상이 부러워하는 도시가 된 겁니다."

사람들이 적당한 크기의 돌을 찾아 들었다. 한동안 돌과 자갈이 서로 부딪치는 소리만 들렸다. 사제장이 말했다.

"이 포로를 사형에 처한다는 내 판단이 틀렸을 수도 있어요. 하지만 우리는 이렇게 도시의 명예를 지킨 겁니다. 나라를 팔아넘기는 배신자는 아니지요."

* * *

총독이 팔을 들어 가장 먼저 돌을 던졌다. 포로는 그 돌을 피했다. 하지만 모여 있던 사람들이 곧바로 야유와 고함을 지르며 돌팔매질을 시작했다.

포로는 팔로 얼굴을 가렸지만 그의 가슴과 머리와 배에 돌들이 쏟아졌다. 총독은 그 자리를 떠나고 싶었다. 이미 여러 번 본 광경이라서 이 수형자가 천천히 고통스럽게 죽어가리라는 걸 알았기 때문이다. 그의 얼굴은 피투성이가 된 채 뼈가 드러나고 머리카락은 엉겨붙을 것이고, 사람들은 그의 숨이 끊어진 후에도 계속 돌을 던질 것이다.

몇 분이 지나면 수형자는 방어를 포기하고 팔을 내릴 것이다. 사는 동안 좋은 일을 많이 했다면 날아오는 돌 중 하나가 신들의 도움으로 두개골 앞부분을 쳐 기절할 수도 있겠지만, 반대로 악행을 많이 저질렀다면 목숨이 붙어 있는 마지막 순간까지 멀쩡한 정신으로 처절하게 고통받을 것이다.

군중은 점점 더 잔인하게 돌을 던지고 소리질렀고, 수형자는 어떻게든 돌을 막아내려고 몸부림쳤다. 그런데 갑자기 수형자가 팔을 벌리더니 그 자리의 모두가 이해할 수 있는 언어로 말했다. 놀란 군중이 동작을 멈추었다.

"아시리아 만세!" 그가 외쳤다. "지금 나는 우리 민족의 미래를 떠올리며 행복하게 눈감을 것이다. 우리 전사들의 목숨을 구하기 위해 장군으로서 목숨을 바칠 수 있기 때문이다. 나는 신들의 곁으로 갈 것이고, 우리가 이 땅을 정복하리란 걸 알기에 여한이 없다."

"들으셨습니까?" 사제장이 말했다. "이놈은 재판 내내 우리말을 다 알아들었다고요!"

총독도 가만히 고개를 끄덕였다. 포로는 아크바르의 언어를 알고 있었고 이제는 아크바르 평의회가 분열되고 있다는 것도 알게 되었다.

"내 조국의 앞날이 나에게 긍지와 힘이 되기에 이곳은 지옥이 아니다! 조국의 앞날을 보니 기쁘구나! 아시리아 만세!" 포로가 다시 외쳤다.

놀라움에 잠시 멈췄던 군중이 다시 돌을 던지기 시작했다. 포로는 돌을 피하려 하지 않고 양팔을 활짝 벌렸다. 그는 용맹스러운 전사였다. 잠시 후 그에게 신의 자비가 내려왔다. 돌 하나가 이마를 때렸고 그는 바로 의식을 잃고 쓰러졌다.

"이제 그만 가시지요." 사제장이 말했다. "아크바르 백성들이 마무리해줄 겁니다."

* * *

엘리야는 과부의 집으로 돌아가지 않았다. 정처 없이 사막을 헤매기 시작했다.

"주님은 아무 일도 하지 않으셨어." 그가 나무와 돌을 향해 말했다. "능히 도우실 수 있었을 텐데."

엘리야는 자신의 결정을 후회했고 또 한 명이 목숨을 잃은 데 책임을 느꼈다. 아크바르 평의회를 비공개로 열자는 의견에 그가 동의했다면 총독은 자신을 거기 데려갔을 테고, 둘이 협력해 사제장과 수비대장에게 맞설 수 있었을 것이다. 상황은 여전히 어려웠을지 모르지만 공개재판보다는 기회가 있었을 것이다.

당혹스럽게도, 공개재판 때 사제장이 군중에게 호소하던 방식은 꽤 인상적이었다. 그의 말에 동의할 순 없었지만 그가 대중을 선동하는 데 일가견이 있는 사람이라는 걸 인정할 수밖에 없었다. 언젠가 이스라엘로 돌아가 왕과 시돈의 공주와 맞서야 할 때를 대비해 사제장의 연설을 세세한 부분까지 기억해두기로 했다.

엘리야는 산과 도시와 저멀리 아시리아 군대의 진지를 보며 정처 없이 걸었다. 이 골짜기에서 그는 먼지 한 점에 불과했고 그를 둘러싼 세상은 너무나 광대해서 평생 돌아다닌다 해도 그 끝에 이를 수 없을 것이었다. 그의 친구와 적들은 그들이 사는 세상을 더 잘 이해하고 있는지도 몰랐다. 아마도 그들은 먼 나라를 여행하고 미지의 바다를 항해하고 죄책감 없이 여인을 사랑할 터였다. 그들 중 어린 시절에 들려오던 천사의 목소리를 지금도 듣는 사람은 아무도 없었고, 어느 누구도 주님의 이름으로 싸우겠다고 몸을 던지지 않았다. 그들은 현재 주어진 순간을 충실하게 살았고 그것으로 행복해했다.

엘리야도 그들과 다를 바 없는 보통 사람이었고, 골짜기 사이를 헤매는 이 순간 그는 자신이 주님과 천사들의 목소리를 한 번도 들은 적 없는 사람이라면 더없이 좋겠다고 그 어느 때보다 간절하게 바랐다.

하지만 인생을 만들어가는 건 마음속 바람이 아니라 각자의 실천이었다. 엘리야는 자신에게 주어진 사명을 이미 여러 번 저버리려 했던 기억이 떠올랐지만 그럼에도 불구하고 아직 여기 골짜기 사이에 서 있는 이유는 주님이 그에게 사명을 주셨기 때문이었다.

"주여, 저는 그저 일개 목수로 살아갈 수도 있었습니다. 그래도 여전히 당신이 하시는 일에 쓰였을 것입니다."

하지만 엘리야는 거기 서서 그에게 주어진 의무를 다하고 있었다. 그가 다가오는 전쟁의 중압감과 이세벨이 자행한 예언자 학살과 돌팔매질 당한 아시리아 장군의 죽음과 아크바르 여인을 사랑하고 있다는 두려움을 견디는 중이었다. 주님은 그에게 은총을 베풀었고, 그는 그 은총으로 무엇을 해야 할지 알지 못했다.

그때 골짜기 한가운데서 빛이 나타났다. 실제로 본 적은 많지 않아도 평소 목소리는 익숙한 그 수호천사가 아니었다. 그를 위로하러 온 주님의 천사였다.

"여기서 제가 할 수 있는 일이 아무것도 없습니다." 엘리야가 말했다. "저는 언제 이스라엘로 갈 수 있나요?"

"네가 무너진 것을 다시 일으켜세우는 법을 배웠을 때다." 천사가 대답했다. "하느님께서 어느 전투가 벌어지기 전에 모세에게 주신 가르침을 잊지 말아라. 너는 나중에 후회하지 않도록, 젊음을 잃었다고 탄식하지 않도록 매 순간을 잘 활용해라. 주님

은 인간이 살아가는 동안 각자의 나이에 맞는 근심거리를 안겨
주신다."

주님이 모세에게 이르셨다.

"적들 앞에서 너희 마음을 약하게 가지지 말고 두려워하지 마라. 당황하지도 말고 떨지도 마라. 포도밭을 가꾸어놓고서 아직 그 열매를 맛보지 못한 사람이 있느냐? 그런 사람은 집으로 돌아가라. 그가 싸우다 죽어서, 다른 사람이 그 열매를 맛보는 일이 있어서는 안 된다. 또 여자와 약혼하고서 아직 그 여자를 맞아들이지 못한 사람이 있느냐? 그런 사람은 집으로 돌아가라. 그가 싸우다 죽어서, 다른 사람이 그 여자를 맞아들이는 일이 있어서는 안 된다."

엘리야는 천사의 말을 이해하려고 애쓰며 조금 더 걸었다. 이윽고 아크바르로 돌아가기로 마음먹었을 때, 그가 서 있는 곳에서 몇 분이면 닿을 거리에 그가 사랑하는 여인이 다섯번째 산을 바라보며 바위 위에 앉아 있는 모습이 보였다.

'여기서 뭘 하는 걸까? 재판 결과와 포로가 사형당한 일, 그리고 우리가 위험에 처했다는 사실을 알고 있을까?'

여인에게 그 사실을 바로 알려야 했다. 그는 그녀에게 가기로 했다.

여인이 그를 알아보고 손을 흔들었다. 그 순간 엘리야는 천사의 말을 다 잊은 듯했다. 또다시 불안감이 그를 엄습한 것이다. 그는 여인이 자기 머릿속과 마음속 혼란을 알아채지 못하도록 아크바르가 처한 문제만 걱정하는 척하기로 했다.

"여기서 뭐해요?" 여인에게 다가가며 엘리야가 물었다.

"새로운 생각을 떠올려보고 있어요. 요즘 글을 배우다보니 골짜기와 산과 아크바르를 만드신 창조주에 대해 생각하게 됐어요. 어떤 상인들이 내게 색색깔의 잉크를 주면서 글을 써달라고 했어요. 그 잉크로 내가 사는 이 세상을 묘사해볼까 생각해봤는데, 아주 어려운 일이라는 건 알고 있어요. 나에게 온갖 색깔이 다 있다 해도, 그 색들을 조화롭게 섞어 쓰실 수 있는 분은 오직 주님뿐이겠지요."

여인은 다섯번째 산을 계속 응시했다. 그녀는 그가 몇 달 전에 만났던, 도시 입구에서 땔감을 줍던 여인과는 완전히 다른 사람이었다. 사막 한가운데 홀로 있는 그녀의 모습을 보자 엘리야는 신뢰감과 존경심이 들었다.

"다른 산들은 다 이름이 있는데 왜 다섯번째 산은 숫자로 불리는 건가요?" 엘리야가 물었다.

"신들 사이에 갈등이 일어나지 않게 하려고요." 여인이 대답했다. "사람들이 그 산에 어느 특정한 신의 이름을 붙이면 나머지 신들이 분노해서 땅을 파멸시킬 거라는 전설이 있어요. 성벽 너머 보이는 다섯번째 산이라서 우리는 그 산을 다섯번째 산이라고 불러요. 그렇게 우리는 아무도 노엽게 하지 않고 우주는 제

자리를 지키는 거죠."

그들은 잠시 아무 말 없이 있었다. 여인이 침묵을 깨고 말문을
열었다.

"색깔에 대해서도 생각하고 한편으론 비블로스 문자의 위험성
에 대해서도 생각하고 있었어요. 그 문자를 사용하면 페니키아
의 신들과 주 우리 하느님이 화내실지도 몰라요."

"오직 주님만이 존재하십니다." 엘리야가 여인의 말을 끊었
다. "그리고 모든 문명국가에는 문자가 있어요."

"하지만 이건 달라요. 나는 어릴 적, 상인들에게 글자를 그려
주는 사람이 작업하는 걸 구경하러 광장에 놀러가곤 했어요. 이
집트 문자에서 유래한 그들의 그림 같은 문자는 그리고 해독하
는 데 기술과 지식이 필요했어요. 강력하던 고대 이집트는 쇠락
하고 그 무엇도 살 돈이 없는 나라가 되었어요. 그리고 더이상
아무도 그들의 언어를 쓰지 않지요. 오늘날에는 티레와 시돈의
뱃사람들이 비블로스 문자를 전 세계에 전파하고 있어요. 한 민
족의 신성한 말씀과 의식이 점토판에 새겨져 다른 민족에게 알
려질 수 있게 된 거예요. 만일 부도덕한 사람들이 우주의 섭리를
훼방하는 데 그 의식을 이용하기 시작한다면 이 세상이 어떻게
되겠어요?"

엘리야는 여인의 말뜻을 이해했다. 비블로스 문자의 체계는

매우 간단했다. 이집트의 그림 같은 문자들을 소리로 변환해서 각 소리마다 글자 하나씩 지정해놓은 것이었다. 각각의 글자를 배치해가면서 모든 소리를 구현할 수 있고 우주 만물을 묘사할 수 있었다.

어떤 소리들은 발음하기가 매우 어려웠는데 그리스인들이 대략 스무 개의 비블로스 문자에 오늘날 모음이라고 불리는 글자 다섯 개를 추가하면서 그 어려움은 해소됐다. 그리스인들은 이런 혁신에 '알파벳'이라는 명칭을 붙였고 오늘날 알파벳은 새로운 문자 체계를 가리키는 이름이 되었다.

이 문자 덕분에 다양한 민족 간 상거래가 훨씬 수월해졌다. 이집트 문자는 공간을 많이 차지했고, 뜻하는 바를 표현하거나 그걸 읽어내려면 고도의 지적 능력이 필요했다. 이집트 문자는 이집트가 정복한 민족들에게 전파되긴 했으나 제국이 무너진 후에는 살아남을 수 없었다. 반면 비블로스 문자 체계는 전 세계로 급속히 퍼져나갔고, 그 문자가 널리 확산된 건 페니키아의 경제적 영향력 때문만은 아니었다.

그리스식으로 응용된 비블로스 문자 체계는 여러 나라 상인들에게 환영받았다. 먼 옛날부터 무엇이 역사 속에 살아남고 무엇이 어느 왕이나 특정 인물의 죽음과 함께 소멸할지 판가름하는 건 상인들이었다. 페니키아 문자가 무역의 공용 언어가 될 것이고 뱃사람, 왕, 아리따운 공주, 포도주 상인, 유리 장인 들이 다 죽은 후에도 살아남으리라는 건 어느 모로 보나 자명했다.

"하느님은 언어를 떠나실까요?" 여인이 물었다.

"하느님은 언제나 언어 안에 계실 겁니다." 엘리야가 대답했다. "하지만 사람들은 자신이 쓴 글에 대해 그분 앞에서 책임을 져야 할 거예요."

여인이 뭔가가 새겨진 점토판을 소맷부리에서 꺼냈다.

"뭐라고 새긴 건가요?" 엘리야가 물었다.

"'사랑'이라는 단어예요."

엘리야는 그 판을 받아들었지만 그녀가 그걸 왜 주는지 차마 묻지 못했다. 그 점토판 위에는, 왜 하늘에 별들이 떠 있고 인간은 땅 위를 걷는지 그 이유를 요약한 몇 글자가 새겨져 있었다.

엘리야는 점토판을 돌려주려 했지만 여인은 받지 않았다.

"당신에게 주려고 새긴 거예요. 나는 당신이 어떤 책임을 짊어졌는지도 알고, 언젠가 떠나야 한다는 것도 알아요. 당신이 이세벨을 없애버리고 싶어하니 우리 나라의 적이 될 거라는 것도요. 그날이 오면 나는 당신 곁을 지키며 당신이 사명을 다하도록 도울 수도 있어요. 아니면 이세벨의 피는 곧 우리 민족의 피이기도 하니까 당신과 맞서 싸울지도 모르고요. 당신 손안의 그 단어는 온갖 신비로 가득해요. 그게 여자의 마음을 어떻게 만드는지 아무도 모를 거예요. 하느님과 대화하는 예언자라 할지라도요."

"나는 그 말이 어떤 의미인지 알아요." 엘리야가 점토판을 옷자락 안에 간수하며 말했다. "나는 밤낮으로 그것에 지지 않으려고 싸웠으니까요. 그게 여자의 마음을 어떻게 만드는지는 몰라도 남자의 마음은 알아요. 나는 이스라엘의 왕과 시돈의 공주와 아크바르의 평의회에 맞설 용기는 있지만 사랑이라는 말 앞에서는 두려움을 느낍니다. 당신은 점토판에 그 사랑이라는 단어를 새기기 전에 이미 당신의 눈으로 내 마음에 새겨놓았어요."

두 사람은 침묵에 잠겼다. 아시리아 포로가 죽었고 도시에는 긴장감이 감돌았고 언제 주님이 부르실지 몰랐지만 여인이 새긴 단어는 그 모든 것보다 더 강력했다.

엘리야가 손을 내밀자 여인이 잡았다. 두 사람은 다섯번째 산 너머로 해가 질 때까지 그렇게 있었다.

"고마워요." 여인이 돌아오는 길에 말했다. "오래전부터 당신과 함께 석양을 보고 싶었어요."

두 사람이 집에 도착했을 때 총독이 보낸 전령이 엘리야를 기다리고 있었다. 즉시 총독을 만나러 오라는 전언이었다.

"너는 나의 호의를 비겁함으로 갚았다." 총독이 말했다. "네 목숨을 어떻게 해야 할까?"

"저는 주님이 원하시는 것보다 한순간도 더 살지 않을 것입니다." 엘리야가 대답했다. "제 수명을 결정하는 건 당신이 아니라 주님입니다."

총독은 엘리야의 용기에 놀랐다.

"나는 당장이라도 네 목을 벨 수 있다. 아니면 길거리로 끌고 다니면서 네가 우리에게 저주를 불러왔다고 말할 수도 있어." 총독이 말했다. "그건 네가 섬기는 유일신의 결정이 아닐 텐데."

"제 운명으로 정해진 일은 결국 일어날 것입니다. 하지만 제가 도망치지 않았다는 걸 알아주세요. 수비대장 휘하 병사들이 저를 가까이 못 가게 막았습니다. 수비대장은 전쟁을 원하고, 전쟁을 일으키려고 무엇이든 할 겁니다."

총독은 무의미한 논쟁에 더이상 시간을 낭비하지 않기로 했다. 그의 계획을 이스라엘 예언자에게 설명해야 했다.

"전쟁을 원하는 건 수비대장이 아닐세. 그는 훌륭한 군인으로서 자기 군대가 열세이고 전투 경험이 없다는 걸 알고 있어. 전쟁이 벌어지면 적에게 섬멸당하리란 것도. 또한 명예로운 사람으로서 후손들에게 부끄러운 일이 될 수도 있다는 걸 알고 있지. 하지만 자존심과 허영 때문에 판단력을 잃었다네.

그는 적군이 두려워한다고 생각하고 있네. 아시리아 병사들이 얼마나 잘 훈련된 상태인지 몰라. 그들은 군대에 들어가는 즉시 나무 씨앗을 심고 그 자리를 매일 뛰어넘어. 싹이 트면 그 새싹 위를 뛰어넘고. 새싹이 나무가 되도록 매일같이 뛰는 연습을 하지. 그들은 그것을 싫증내지도 않고 시간 낭비라고 여기지도 않아. 나무는 점점 자라고 전사들은 점점 더 높이 뛸 수 있게 돼. 인내심을 갖고 전력을 기울여 장애물에 대비하는 거야.

그렇게 그들은 전사로 키워지지. 그들은 우리를 몇 달째 지켜봐왔어."

엘리야가 총독의 말을 끊고 물었다.

"그렇다면 전쟁을 원하는 건 누굽니까?"

"사제장이네. 아시리아 포로 재판에서 확실히 알게 되었지."

"이유가 뭐죠?"

"모르겠네. 하지만 그는 수비대장과 백성들을 설득할 만큼 충분히 영악한 사람이야. 이제 온 도시가 그의 편이고 우리가 처한 곤경에서 빠져나갈 길은 오로지 하나뿐이야."

총독은 한참 뜸을 들이더니 엘리야의 눈을 똑바로 바라봤다.

"바로 자네일세."

총독은 방안을 이리저리 서성이기 시작했고 초조해하며 빠르게 말했다.

"상인들도 나처럼 평화를 원하네만 그들이 할 수 있는 건 없어. 그래도 그들은 다른 도시에 정착하거나 정복자들이 자기들 물건을 사러 올 때까지 기다릴 수 있을 만큼 재력은 충분하지. 나머지 백성들은 이성을 잃고 우리보다 훨씬 막강한 적을 무찌르자고 해. 그들의 마음을 바꿀 수 있는 유일한 방법은 기적을 일으키는 것뿐이야."

엘리야는 긴장했다.

"기적이라고요?"

"자네는 이미 죽었던 아이를 살려냈어. 사람들이 자기 길을 찾도록 도와줬고, 그래서 이방인인데도 모든 이의 호감을 얻었지."

"오늘 아침까지는 그랬지요." 엘리야가 말했다. "하지만 지금은 사정이 달라졌어요. 총독님이 방금 말씀하셨듯이, 이 상황에서 누구든 평화를 옹호했다가는 배신자로 몰릴 겁니다."

"자네더러 뭘 옹호하라는 게 아닐세. 죽은 아이를 살린 것 같은 대단한 기적을 하나 일으켜주게. 그러고 나서 백성들에게 평화 협상만이 유일한 해결책이라고 말한다면 그들이 자네 말을 들어줄 걸세. 사제장은 완전히 힘을 잃을 테고."

두 사람 사이에 정적이 흘렀다. 이윽고 총독이 덧붙였다.

"한 가지 제안을 하지. 내 요구를 들어준다면 아크바르에서 반드시 자네의 유일신을 섬기도록 하겠네. 자네는 자네가 섬기는 신을 기쁘게 할 수 있을 테고, 나는 평화 협상을 체결할 수 있을 걸세."

엘리야는 과부의 집으로 돌아와 자기 방으로 올라갔다. 이날 그는 이전의 어떤 예언자도 갖지 못한 기회를 손에 쥔 것이었다. 페니키아의 도시 하나를 완전히 개종시키는 일. 그거라면 이세벨이 이스라엘에 저지른 짓에 대한 가장 뼈아픈 복수가 될 터였다.

그는 총독의 제안을 받고 들떴다. 아래층에서 자고 있는 여인을 깨울까 생각했으나 그러지 않기로 했다. 여인은 두 사람이 함께 보낸 아름다운 오후를 꿈속에서 다시 그려보고 있을 테니까.

엘리야는 자신의 수호천사를 불렀다. 천사가 나타났다.

"총독의 제안을 천사님도 들으셨을 겁니다." 엘리야가 말했다. "이건 한 번뿐인 기회입니다."

"세상에 한 번뿐인 기회는 없다." 천사가 대답했다. "주님은 인간들에게 많은 기회를 주신다. 이미 내가 너에게 해준 이야기를 잊지 마라. 네가 조국의 품에 돌아가기 전까지 너는 더이상 기적을 행하지 못할 것이다."

엘리야는 고개를 숙였다. 그때 주님의 천사가 나타나 수호천사의 말을 막았다. 그리고 이렇게 말했다.

"다음 기적은 이러하리라.

너는 산 앞에 백성들을 모두 모아라. 한쪽에 바알을 위한 제단을 쌓게 하고 그 위에 황소 한 마리를 바치게 하라. 다른 한쪽에는 주 하느님을 위한 제단을 쌓고 그 위에 똑같이 황소 한 마리를 바쳐라.

그리고 바알 숭배자들에게 '여러분은 여러분 신의 이름을 부르십시오. 나는 주님의 이름을 받들어 부르겠습니다'라고 말해라. 그들이 그들 신의 이름을 먼저 부르게 해라. 그들이 아침부터 한낮이 될 때까지 외치고 기도하며 바알에게 바친 번제물을 받도록 청하게 해라.

그들은 더 큰 소리로 외치고 칼과 창으로 자기들 몸을 찌르며 그들의 신이 황소를 받기를 기도하지만 아무 응답도 없을 것이다.

그들이 지치면 너는 항아리 네 개에 물을 채워다가 너의 번제물 위에 부어라. 두번째 항아리의 물도 부어라. 세번째 항아리의 물도 부어라. 그리고 나서 아브라함, 이삭, 이스라엘의 하느님께 그분의 힘을 보여달라 간청해라.

그때 주님의 불길이 내려와 너의 번제물을 태우실 것이다."

엘리야는 무릎을 꿇고 감사드렸다.

"하지만," 주님의 천사가 말을 이었다. "이 기적은 네가 사는 동안 오직 한 번 일어날 것이다. 기적을 이곳에서 전쟁을 막기 위해 일으킬 것인지, 아니면 네 민족을 이세벨의 위협에서 구하기 위해 네 조국에서 일으킬 것인지는 너의 선택에 달렸다."

그 말을 남기고 주님의 천사는 사라졌다.

여인은 이른 시각에 잠에서 깨어 엘리야가 문가에 앉아 있는 것을 보았다. 그는 한숨도 못 잔 사람처럼 눈이 퀭했다.

그녀는 간밤에 무슨 일이 있었는지 그에게 묻고 싶었지만 돌아올 대답이 두려웠다. 총독과 나눈 이야기와 전쟁의 위협 때문에 그가 잠을 이루지 못한 것일 수도 있지만, 어쩌면 그녀가 건넨 점토판 때문일지도 몰랐다. 만일 그렇다면 여자를 사랑하는 일은 신의 계획에 맞지 않는다는 말을 그에게 듣게 될지도 몰랐다.

그녀는 이 말밖에 할 수 없었다. "와서 뭐 좀 먹어요."

여인의 아들도 잠에서 깨어났다. 세 사람은 식탁에 앉아 아침을 먹었다.

"어제 당신과 함께 있고 싶었는데." 엘리야가 말했다. "총독이 부르는 바람에……"

"총독은 걱정하지 말아요." 여인은 마음이 진정되는 걸 느끼며 말했다. "그 집안은 대대로 아크바르를 다스려왔어요. 위협이 닥쳤을 때 어떻게 해야 할지 알 거예요."

"그리고 천사와 얘기했어요. 나에게 아주 어려운 결정을 내리게 했습니다."

"천사의 말 때문에 심란해하지도 말아요. 시간이 흐르면서 섬길 신들이 달라진다고 믿는 편이 나을지도 몰라요. 나의 선조들은 동물의 형상을 한 이집트 신들을 섬겼지요. 그 신들은 떠나갔고 당신이 오기 전까지 나는 아세라, 엘, 바알 같은 다섯번째 산에 사는 신들에게 제사를 지내야 한다고 배웠어요. 이제 나는 주님을 알게 되었지만 언젠가 주님도 우리를 떠나실지 모르죠. 그다음에 오는 신들은 덜 까다로울지도 모르고요."

아이가 물을 찾았다. 하지만 집에는 물이 없었다.

"내가 물을 길어오지요." 엘리야가 말했다.

"나도 같이 갈래요." 아이가 따라나서며 말했다.

* * *

두 사람은 우물로 걸어갔다. 가는 길에 수비대장이 이른 시간부터 병사들을 수련시키고 있는 장소를 지나게 됐다.

"잠깐만 구경하고 가요." 아이가 말했다. "나는 이다음에 커서 군인이 될 거예요."

엘리야는 아이가 원하는 대로 잠시 멈췄다 가기로 했다.

"우리 중 칼을 가장 잘 다루는 사람이 누구입니까?" 한 병사가 수비대장에게 물었다.

"어제 포로가 돌에 맞아 죽은 장소로 가보아라." 수비대장이 말했다. "그리고 큼직한 돌 하나를 골라서 욕을 해봐."

"왜 그래야 합니까? 돌멩이는 저에게 대답할 리 없습니다."

"그럼 칼로 돌을 공격해봐."

"칼이 부러질 겁니다." 병사가 대답했다. "제 질문은 그게 아니었습니다. 저는 검술이 가장 뛰어난 사람이 누군지 알고 싶습니다."

"가장 훌륭한 검투사는 돌과 비슷한 자다." 수비대장이 대답했다. "최고의 검투사는 칼을 뽑지 않고도 아무도 그를 이길 수 없다는 걸 깨닫게 하지."

'총독이 맞았어. 수비대장은 지혜로운 사람이야.' 엘리야는 생각했다. '하지만 뛰어난 지혜는 종종 허영의 광채에 가려지는 법이지.'

* * *

그들은 가던 길을 계속 갔다. 아이는 병사들이 저렇게 열심히 수련하는 이유를 물었다.

"병사들뿐만 아니라 네 엄마와 나, 그리고 자기 마음을 따라가는 이들은 모두 열심히 수련한단다. 인생의 모든 것에는 수련이 필요해."

"예언자가 되기 위해서도요?"

"천사의 말을 이해하기 위해서도 그래. 우리는 천사와 말하길 너무 원하다가 오히려 천사가 하는 말을 놓치고 만단다. 듣는다는 건 쉬운 일이 아니야. 우리는 기도할 때 언제나 우리가 무엇을 잘못했는지 고백하고 바라는 일을 말하는 데 급급해. 하지만 주님은 모든 걸 이미 다 알고 계시고, 때로는 우주가 우리에게 전하는 말을 그저 가만히 들어보라고 말씀하시지. 그리고 인내심을 가지라고."

아이는 놀란 기색으로 엘리야를 쳐다봤다. 아이는 아직 그의 말을 전혀 이해하지 못할 테지만 그래도 엘리야는 이 대화를 계속 이어가고 싶었다. 나중에 아이가 자랐을 때 이 이야기가 어려운 상황에서 힘이 될 수도 있을 테니까.

"인생의 모든 싸움은 우리에게 가르침을 준단다. 싸움에서 지더라도 마찬가지야. 너도 나중에 어른이 되면 네가 거짓말을 옹호하고 스스로를 기만하고 어리석은 일들로 고통받았었다는 걸 알게 될 거야. 그래도 네가 훌륭한 전사가 된다면 그런 일로 자신을 자책하지 않고, 대신에 같은 실수를 반복하지도 않을 거야."

엘리야는 그쯤에서 멈추기로 했다. 아직 아이가 어려서 그의 이야기를 이해하지 못할 것 같았다. 엘리야는 천천히 걸어가면서 한때 그를 맞아주었고 이제 곧 사라질지도 모를 도시의 길들을 바라보았다. 모든 건 그의 결정에 달려 있었다.

아크바르는 평소보다 조용했다. 중앙 광장에서 몇몇 사람이 나지막하게 얘기하고 있었다. 그들의 말소리가 바람에 실려 아시리아 진지에 닿을세라 경계라도 하는 것 같았다. 나이든 사람들은 아무 일도 없을 거라 장담했고 젊은이들은 전쟁이 일어날지 모른다며 흥분한 상태였고, 상인들과 장인들은 사태가 진정될 때까지 티레와 시돈으로 대피할 계획을 짜고 있었다.

'저들이야 쉽게 떠날 수 있겠지.' 엘리야는 생각했다. 상인들은 물건들을 세상 어디로든 옮겨갈 수 있었다. 장인들은 언어가 다른 곳에 가서도 일할 수 있었다. '하지만 나는 주님의 허락을 받아야 해.'

* * *

엘리야와 아이는 우물에서 물항아리 두 개에 물을 채웠다. 대체로 우물가는 옷을 빨고 옷감을 물들이고 도시에서 일어난 온갖 일들을 이야기하는 여자들로 항상 붐비는 곳이었다. 우물가에서는 비밀이란 없었다. 장사와 관련한 새로운 소식, 가족간의 갈등, 이웃간의 분쟁, 통치자 집안의 사생활 등 심각하거나 가벼운 일들이 모두 그곳에서 논쟁거리가 되고 거론되고 비난받거나 칭송받았다. 적군의 병력이 꾸준히 늘어나던 그 기간 동안에도 이스라엘 왕의 마음을 정복한 이세벨 왕비는 가장 인기 높은 화제였다. 여자들은 그녀의 대담함과 용기에 감탄했고, 그중 몇몇은 도시에 무슨 일이 생긴다면 왕비가 돌아와 그 앙갚음을 할 거라고 믿었다.

그러나 그날 아침에는 우물가에 사람들이 거의 없었다. 몇 안 되는 여자들이 이제 곧 아시리아군이 도시를 봉쇄할 것 같으니 들에 나가 곡식을 최대한 거둬와야 한다고 말했다. 그중 두 사람은 아들들이 전쟁에 나가 목숨을 잃지 않게 해달라고 다섯번째 산의 신들에게 제물을 올릴 계획을 세우고 있었다.

"사제장은 우리가 몇 달은 버틸 수 있을 거라고 했어요." 한 여자가 엘리야에게 말했다. "아크바르의 명예를 지킬 용기만 잃지 않으면 신들이 우리를 도울 거라고요."

"적들이 공격해온대요?" 겁에 질린 아이가 물었다.

엘리야는 대답하지 않았다. 전날 밤 천사가 제시한 대안 중 그가 무엇을 선택하느냐에 달린 문제였다.

"두려워요." 아이가 보채듯이 말했다.

"두려움을 느낀다는 건 네가 삶에 애착을 가지고 있기 때문이지. 어떤 순간에는 두려움을 느끼는 게 당연하단다."

* * *

엘리야와 아이는 아침나절이 다 지나기 전에 집으로 돌아왔다. 여인은 색색깔의 잉크가 담긴 작은 그릇들을 주변에 놓아두었다.

"일을 해야 해요." 여인이 아직 못 끝낸 글자와 문장을 쳐다보며 말했다. "가뭄 때문에 온 도시가 먼지투성이예요. 붓은 계속 더러워지고 잉크에 흙먼지가 섞여서 모든 게 힘들어요."

엘리야는 아무 말 하지 않았다. 그의 근심을 나누고 싶지 않았다. 그는 집 아래층 한구석에 앉아서 홀로 생각에 잠겼다. 아이는 친구들과 놀러 나가고 없었다.

'그는 지금 혼자 있고 싶은 것 같아.' 여인은 속으로 생각하며 일에 집중하려 했다.

고작 몇 자를 적는 데 그녀는 한나절을 다 보내야 했다. 사실 두 배는 빨리 끝낼 수 있는 일이었다. 그녀는 자기에게 주어진 일을 제대로 못하고 있다는 생각에 자책했다. 사실 이건 생애 처음으로 가족을 부양할 기회였다.

여인은 다시 일에 집중했다. 파피루스에 글자를 적는 일이었다. 이집트에 다녀온 상인이 다마스쿠스로 보낼 상거래 내역을 적어달라며 얼마 전 가져온 것이었다. 최상품 파피루스가 아니어서 잉크가 자꾸 번졌다. "아무리 힘들어도 점토판에 새기는 것보다는 낫지."

이웃나라에서는 보통 점토판이나 짐승 가죽에 용건을 적어 보냈다. 비록 이집트가 지금은 쇠락했고 문자 체계도 시대에 뒤떨어졌지만 이집트 사람들은 일찍이 상거래 내역과 역사를 기록할 간편하고 실용적인 방법을 발달시켰다. 그들은 나일강가에 자라는 풀줄기를 길게 자르고 몇 차례 단순한 과정을 거쳐 얻은 섬유 조각들을 나란히 붙여 노란기가 도는 종잇장을 만들어냈다. 아크바르에는 이 풀이 자라지 않았기 때문에 이집트에서 파피루스를 수입해야 했다. 값이 비싸도 상인들은 파피루스를 선호했다. 점토판이나 짐승 가죽과는 달리 주머니에도 넣고 다닐 수 있었기 때문이다.

'점점 모든 게 간단해지고 있어.' 여인은 생각했다. 하지만 안타깝게도 파피루스에 비블로스 문자를 적어넣으려면 통치자들의 허락이 있어야 했다. 시대에 뒤떨어진 법령 때문에 모든 기록 문자는 아크바르 평의회의 검열을 거쳐야 했다.

일이 끝나자 여인은 작업물을 엘리야에게 보여줬다. 그는 여인이 일하는 동안 옆에서 아무 말 없이 지켜보고 있었다.

"어때요?" 여인이 물었다.

엘리야는 무아지경에서 깨어난 것 같았다.

"아름다워요." 그가 건성으로 대답했다.

분명 그는 주님과 대화중인 것 같았다. 여인은 그를 방해하지 않기로 하고 사제장을 불러오기 위해 집을 나섰다.

* * *

여인이 사제장과 함께 돌아왔을 때 엘리야는 여전히 그 자리에 앉아 있었다. 엘리야와 사제장은 한참 동안 말없이 서로 빤히 바라보기만 했다.

그러다 마침내 사제장이 입을 열었다.

"자네는 예언자라서 천사들과 대화를 하지. 나는 단지 옛 법률을 해석하고 의례를 주관하고 백성들이 과오를 범하지 않게 그들을 보호하려 애쓸 뿐이야. 나는 이것이 인간들 사이의 전쟁이 아니란 걸 알고 있어. 이건 신들의 전쟁이니 내가 이 전쟁을 피해서는 안 돼."

"당신이 비록 존재하지도 않는 신들을 섬기고 있긴 하지만 그래도 당신의 신앙심을 존중합니다." 엘리야가 대답했다. "당신의 말씀처럼 이 상황이 신들의 전쟁이라면 주님은 저를 도구로 삼으시어 바알신과 다섯번째 산의 신들을 물리치실 겁니다. 당신은 저를 암살하라 명령하시는 게 나았을 겁니다."

"그 생각도 했었지. 하지만 그럴 필요 없었어. 적당한 때가 오면 신들이 내 편을 들어주실 테니까."

엘리야는 대답하지 않았다. 사제장은 몸을 돌려 여인이 아까 글을 적어둔 파피루스를 집어들었다.

"잘 썼군." 사제장이 말했다. 그는 내용을 꼼꼼히 읽고 나서 손가락에서 반지를 빼어 잉크가 들어 있는 작은 병에 담갔다가 왼쪽 귀퉁이에 인장을 찍었다. 사제장의 인장이 없는 파피루스를 들고 다니다 걸리는 날에는 사형에 처해질 수도 있었다.

"사제장님은 왜 항상 이렇게 인장을 찍으셔야 하나요?" 여인이 물었다.

"파피루스는 사람들의 사상을 전파하기 때문이지." 사제장이 대답했다. "그리고 사상에는 힘이 있으니까."

"거기 적힌 건 그저 상품 거래 내역일 뿐인데요."

"전투 계획이 될 수도 있지. 혹은 우리의 재산 내역일 수도, 우리의 비밀 기도문일 수도 있고. 요즘에는 파피루스와 글자를 이용해서 다른 민족의 관념을 쉽게 손에 넣을 수 있게 되었지. 점토판이나 동물 가죽은 숨기기 어렵지만, 파피루스에 비블로스 문자로 쓴 어떤 내용은 한 민족의 문화를 끝장낼 수도 있고 세상을 파괴할 수도 있네."

그때 한 여인이 뛰어들어왔다.

"사제장님! 사제장님! 와서 좀 보세요!"

엘리야와 과부도 뒤따라 나갔다. 사람들이 사방에서 몰려들어 한곳으로 향하고 있었다. 인파가 일으킨 먼지 때문에 숨쉬기가 힘들 정도였다. 어린아이들은 맨 앞에서 웃고 소리치며 달려갔고, 어른들은 소리 죽여 천천히 걸어갔다.

그들이 도시의 남쪽 성문에 이르렀을 때는 이미 사람들 한 무리가 모여 있었다. 사제장은 사람들을 헤치고 나아가 소동의 원인이 무엇인지 살폈다.

아크바르의 보초병 하나가 양팔을 벌리고 어깨 위에 얹힌 나무에 손이 묶인 채 무릎이 꿇려 있었다. 옷이 갈기갈기 찢기고 왼쪽 눈이 작은 나뭇가지에 깊이 찔려 있었다.

그의 가슴에는 아시리아 글자들이 칼로 새겨져 있었다. 사제장은 이집트 문자는 알고 있었지만 아시리아 문자는 배우고 기억할 만큼 중요하지 않아 몰랐기에 그 자리에 있던 상인에게 도움을 청해야 했다.

"우리는 전쟁을 선포한다." 상인이 보초병의 가슴에 새겨진 글을 통역했다.

모여 있던 사람들은 아무 말도 하지 못했다. 엘리야는 그들의 얼굴에 번지는 두려움을 볼 수 있었다.

"자네 칼을 나에게 주게." 사제장이 옆에 있던 병사에게 말했다.

병사가 칼을 건넸다. 사제장은 이 소식을 총독과 수비대장에게 알리도록 했다. 그러고는 빠르게 팔을 휘둘러 무릎 꿇린 보초병의 심장에 칼날을 꽂았다.

보초병은 신음하며 땅에 쓰러졌다. 그리고 육체의 고통과 적에게 포획당한 수치에서 풀려나며 숨이 끊어졌다.

"내일 내가 다섯번째 산으로 가서 제물을 올리겠다." 사제장이 두려워하는 사람들에게 말했다. "신들은 다시 한번 우리를 기억하실 거다."

사제장은 자리를 뜨기 전에 엘리야에게 말했다.

"네 두 눈으로 보았겠지. 하늘이 여전히 우리를 도우신다."

"한 가지만 묻겠습니다." 엘리야가 말했다. "왜 당신 나라 백성들이 희생당하는 걸 보고 싶어하시는 겁니까?"

"위험한 사상을 없애야 하기 때문이지."

엘리야는 여인과 사제장의 대화를 옆에서 들었을 때부터 이미 사제장이 말하는 사상이 알파벳을 의미한다는 걸 깨달았다.

"늦었습니다. 그건 이미 전 세계로 퍼져나갔고 아시리아인들이 모든 땅을 정복할 수는 없습니다."

"누가 그러던가? 어쨌든 다섯번째 산의 신들은 그들을 따르는 전사들 편이다."

* * *

엘리야는 전날 오후처럼 골짜기를 한참 걸어다녔다. 적어도 그날 오후와 밤까지는 평화 상태가 지속되리란 걸 알고 있었다. 병사들이 피아를 구분하지도 못할 만큼 어두울 때 전투가 시작될 리는 없으니까. 그는 그날 밤 주님이 그를 거두어 살려준 도시의 운명을 바꿀 기회를 자신에게 주셨음을 알고 있었다.

"솔로몬왕이라면 이럴 때 어떻게 할지 아셨겠지요." 그가 천사에게 말했다. "다윗과 모세와 이삭도 알았을 겁니다. 주님은 그분들을 신뢰하셨지만, 결단력 약한 저는 주님의 종에 불과합니다. 주님은 당신이 내리셨어야 할 결정을 제게 맡기셨어요."

"우리 조상들의 역사를 보면 적소에 훌륭한 인물들이 많았던 것처럼 보이겠지." 천사가 대답했다. "그대로 믿지 말아라. 주님은 사람들에게 각자 능력껏 감당할 수 있는 일만을 요구하신다."

"그렇다면 주님은 저를 잘못 보신 거예요."

"어떤 고통도 언젠가는 반드시 지나간다. 세상의 영광과 비극도 마찬가지다."

"그 말을 잊지 않겠습니다." 엘리야가 말했다. "하지만 모두 지나간 후에도 비극은 영원한 흔적을 남기고 영광은 부질없는 기억만 남깁니다."

천사는 대꾸하지 않았다.

"아크바르에 와서 머무는 동안 저는 왜 평화를 위해 함께 일할 동지를 만나지 못했을까요? 예언자 혼자서 무슨 의미를 만들어 낼 수 있단 말인가요?"

"홀로 하늘을 가로지르는 태양은 무슨 의미겠느냐? 골짜기 한 가운데 솟은 산은 왜 거기 있는 것이겠느냐? 외딴곳에 우물 하나가 덩그러니 존재하는 이유는 무엇이겠느냐? 홀로 뜬 태양과 산과 우물은 모두 사막을 건너는 여행자들이 따라가야 할 길을 안내해준다."

"제 마음은 슬픔에 잠겼습니다." 엘리야가 무릎을 꿇고 두 팔을 하늘로 들어올리며 말했다. "당장 이 자리에서 제 숨이 끊어

저 우리 민족이든 다른 민족이든 백성들의 피로 제 손을 더럽히지 않을 수 있다면 얼마나 좋을까요. 저의 뒤를 보세요. 무엇이 보이십니까?"

"내가 볼 수 없다는 걸 알지 않느냐." 천사가 말했다. "내 눈은 주님의 영광의 빛을 담고 있기에 그 밖의 다른 것은 보이지 않는다. 나는 다만 너의 마음이 들려주는 이야기를 감지할 뿐이다. 너를 위협하는 위험의 진동을 느낄 수 있을 뿐이다. 네 뒤에 무엇이 있는지 나는 알 수 없구나."

"그렇다면 말씀드리죠. 아크바르가 펼쳐져 있습니다. 지금 이 시간 오후 햇살이 쏟아지는 도시의 풍경이 아름답지요. 이 도시의 거리와 성벽과 관대하고 친절한 사람들이 제겐 친근합니다. 도시 사람들은 상업과 미신에 사로잡혀 있지만 세상 여느 나라 사람들처럼 마음이 순수합니다. 저는 몰랐던 많은 것을 그들에게 배웠습니다. 그 대가로 그들의 하소연을 듣고 주님의 가르침에 따라 그들의 분쟁을 해결해줄 수 있었고요. 여러 번 위험에 처했지만 그때마다 누군가 저를 도와줬습니다. 왜 저는 이 도시를 살리는 일과 제 나라 백성들을 구원하는 일 사이에서 선택해야만 합니까?"

"인간은 선택을 내릴 수밖에 없기 때문이지." 천사가 대답했다. "결정을 내리는 힘이 바로 너의 능력이다."

"너무 어려운 선택입니다. 한 민족을 살리기 위해 다른 민족을 죽게 내버려둬야 한다고요."

"그보다 더 어려운 건 자신의 길을 분명히 정하는 것이다. 선택을 하지 않는 자는 아직 숨을 쉬고 길을 걷고 있다 하더라도 신의 눈에는 죽은 것과 같다. 그러나 그게 끝이 아니다. 누구도 죽지 않는다. 영원함은 모든 영혼에게 열려 있고 저마다 자신에게 주어진 일을 해나갈 것이다. 태양 아래 있는 모든 것에는 다 이유가 있다."

엘리야는 다시 팔을 하늘로 치켜들었다.

"우리 백성들은 아름다운 한 여인 때문에 주님으로부터 멀어졌습니다. 문자가 신들의 존재를 위협한다고 생각하는 사제 때문에 페니키아는 멸망할지도 모르고요. 세상을 창조하신 분은 왜 운명의 책을 쓰기 위해 비극을 이용하시려는 걸까요?"

엘리야의 외침 소리는 골짜기에 울려퍼지는 메아리가 되어 그의 귓가로 돌아왔다.

"너는 네가 하는 말이 무슨 뜻인지도 모르고 있구나." 천사가 대답했다. "비극이란 없고 피할 수 없는 길이 있을 뿐이다. 모든 일에는 다 이유가 있다. 너는 앞으로 그저 무엇이 지나가는 것이고 무엇이 영속적인 것인지 구별할 수 있으면 된다."

"무엇이 지나가는 것인가요?" 엘리야가 물었다.

"피할 수 없는 일에도 끝이 있다."

"그러면 무엇이 영속적인 것인가요?"

"피할 수 없는 일이 남기는 교훈은 영원하지."

이 말을 남기고 천사는 사라졌다.

그날 저녁식사를 하다가 엘리야는 과부와 그 아들에게 말했다. "짐을 꾸려둬요. 우리는 언제 떠날지 모르니까요."

"당신은 이틀째 잠을 못 자고 있어요." 여인이 말했다. "오늘 오후에 총독이 보낸 전령이 다녀갔어요. 당신을 궁으로 부르길래 내가 당신은 골짜기에 갔고 거기서 잘 거라고 말해뒀어요."

"잘했어요." 엘리야는 대답하고 곧장 자기 방으로 가서 깊은 잠에 빠졌다.

다음날 아침 엘리야는 악기 소리에 잠에서 깨어났다. 무슨 일인지 알아보러 아래층으로 내려가 보니 아이가 벌써 문가에 나와 있었다.

"봐요!" 흥분으로 눈을 반짝이며 아이가 말했다. "전쟁이에요!"

무장한 병사들이 아크바르의 남쪽 관문을 향해 진군하고 있었다. 악단이 그 뒤를 따라가며 병사들의 발걸음에 맞춰 북을 울렸다.

"어제는 두렵다고 했잖니." 엘리야가 아이에게 말했다.

"우리 병사들이 이렇게 많은 줄 몰랐어요. 우리 전사들이 최고예요!"

엘리야는 아이를 남겨놓고 거리로 나갔다. 어떻게든 총독을

만나야 했다. 도시의 다른 주민들도 전쟁을 알리는 악기 소리에
잠에서 깨어 그 광경을 홀린 듯이 지켜보고 있었다. 전투 복장을
갖추고 새벽 햇빛에 반짝이는 창과 방패를 들고 열 맞춰 걸어가
는 병사들을 전에는 한 번도 본 적 없었다. 수비대장은 누구라도
부러워할 만한 업적을 달성한 것이다. 그는 아무도 모르는 사이
에 병력을 단련했고, 엘리야가 우려하던 대로 이제 아시리아 군
대를 물리치고 승리할 수 있다고 모두를 믿게 만들었다.

엘리야는 병사들 틈을 헤치고 맨 앞까지 나아갔다. 대열 선두
에서 총독과 수비대장이 말을 타고 이끌고 있었다.

"저와 합의하셨잖습니까!" 총독 옆으로 달려가 엘리야가 말했
다. "제가 기적을 일으킬 수 있습니다!"

총독은 대답이 없었다. 군대는 도시 성벽을 지나 골짜기로 나
아갔다.

"이 군대가 속임수라는 거 알고 계시잖아요!" 엘리야가 외쳤
다. "아시리아 병사가 다섯 배는 많은데다가 그들은 숙련된 전사
들입니다! 아크바르가 멸망하게 놔두지 마십시오!"

"나에게 뭘 바라는 것이냐?" 총독이 말을 계속 몰고 가면서 물
었다. "어젯밤 너와 의논하려고 전령을 보냈으나 너는 도시 밖에
나가고 없었다. 내가 더이상 뭘 할 수 있었겠느냐?"

"사방이 트인 들판에서 아시리아군과 맞서는 건 자살 행위입

니다! 알고 계시잖아요!"

수비대장은 두 사람의 대화를 말없이 듣고 있었다. 그는 이미 총독과 전략을 세워두었고, 이스라엘 예언자가 그 전략을 알면 놀랄 터였다.

엘리야는 어찌할 바를 모르는 채 무작정 말 옆을 따라 달려갔다. 대열은 이미 도시를 벗어나 골짜기 한가운데를 향하고 있었다.

'주여, 저를 도와주소서.' 엘리야는 속으로 기도했다. '태양을 멈추어 전쟁터에 나간 여호수아를 도우신 것처럼 시간을 멈추어주소서. 그리하여 제가 총독을 설득해 그가 자신의 실수를 깨닫게 하소서.'

그 순간 수비대장이 외쳤다. "정지!"

'내 기도를 들으셨다는 신호일지도 몰라.' 엘리야는 생각했다. '이 기회를 잡아야 해.'

인간으로 벽을 세우듯이 병사들은 두 줄로 대열을 가다듬었다. 방패는 땅에 단단히 고정시켜 똑바로 세우고 무기는 정면을 향해 들었다.

"네 눈앞의 이들이 아크바르의 전사들이라는 걸 믿어라." 총독이 엘리야에게 말했다.

"저는 죽음을 앞두고 웃고 있는 젊은이들을 보고 있습니다."

엘리야가 대답했다.

"그렇다면 지금 여기 있는 건 병력의 일부라는 걸 알아둬라. 우리 병사 대부분은 도시 성벽 위에서 지키고 있다. 우리는 성벽을 기어오르는 놈들의 머리에 부으려고 가마솥에 끓는 기름도 준비해뒀다.

적들이 불화살을 쏘아 우리의 식량을 한꺼번에 불태워버리지 못하도록 도시 여러 곳에 창고를 마련해 식량을 비축해놓았다. 수비대장 계산으로는 도시가 포위되더라도 두 달은 버틸 수 있다. 아시리아군이 병력을 늘리는 동안 우리도 대비를 했지."

"저는 처음 듣는 이야기입니다." 엘리야가 말했다.

"기억해둬라. 네가 아크바르 사람들을 도왔다고는 해도 너는 여전히 이방인이고, 일부 병사들은 너를 첩자로 여길 거다."

"하지만 총독님은 평화를 원하셨잖아요!"

"평화는 전투가 시작된 후에도 가능해. 다만 대등한 관계에서 협상하게 되겠지."

총독은 티레와 시돈에 상황의 심각성을 알리려고 전령들을 보냈다고 이야기했다. 그가 이 상황을 통제하지 못한다고 생각할 수도 있기에 지원을 요청하기 어려웠지만 그것만이 유일한 대안이라는 결론에 이른 것이다.

수비대장은 기발한 전략을 짜놓았다. 전투가 시작되는 즉시 그는 성안으로 돌아가 저항 태세를 갖출 계획이었다. 들판으로 진군한 병사들은 적군을 최대한 무찌른 후 산으로 후퇴할 것이다. 그들은 골짜기를 누구보다 잘 알기 때문에 소규모 접전을 통해 아시리아의 포위망을 느슨하게 만들 수 있을 것이다.

그러는 사이 지원군이 도착할 것이고 아시리아 군대는 격파될 것이다. "우리는 육십 일도 버틸 수 있지만 그럴 필요도 없을 것이다." 총독이 엘리야에게 말했다.

"하지만 많은 이가 목숨을 잃을 겁니다."

"우리는 모두가 죽음을 눈앞에 두고 있다. 나를 비롯해 우리는 아무도 두려워하지 않는다."

총독은 자신의 용기가 스스로도 놀라웠다. 한 번도 전투에 나가보지 않은 그는 사실 전쟁이 임박하자 도시에서 피신할 계획을 짜고 있었다. 그날 아침에만 해도 믿을 수 있는 측근 몇에게 연락해 가장 안전하게 후퇴할 방법에 대한 의견을 모았다. 배신자 취급을 받을 것이므로 티레나 시돈으로는 갈 수 없었지만, 믿을 만한 측근이 필요할 이세벨은 그를 받아줄지도 몰랐다.

하지만 전장에 들어선 그는 병사들의 눈에서 엄청난 환희를 보았다. 그들은 평생 동안 한 가지 목표를 위해 훈련해오다가 마침내 일생일대의 순간을 맞이한 사람들 같았다.

"두려움은 피할 수 없는 일이 닥치기 전까지만 느끼는 거야."

총독이 엘리야에게 말했다. "일단 상황이 벌어진 후에는 더이상 두려움에 기운을 빼앗겨서는 안 돼."

엘리야는 혼란스러웠다. 인정하기 부끄러웠지만 그도 같은 감정을 느꼈다. 진군하는 군대를 보며 흥분하던 아이가 떠올랐다.

"이곳을 떠나게." 총독이 말했다. "너는 이방인이고 무기도 없으며 네가 믿지 않는 것을 위해 싸울 이유가 없어."

엘리야는 꼼짝도 하지 않았다.

"적들이 곧 들이닥칠 것이다." 수비대장이 말했다. "너에게는 갑작스러운 일이겠지만 우리는 준비하고 있었다."

여전히 엘리야는 그 자리에서 움직이지 않았다.

저멀리 지평선을 살펴보았지만 흙먼지는 보이지 않았다. 아시리아 군대는 움직이지 않는 듯했다.

가장 앞줄에 도열한 병사들은 창을 단단히 손에 쥐고 정면을 겨누고 있었다. 궁사들은 수비대장의 명령이 떨어지는 즉시 쏠 수 있도록 절반쯤 활시위를 당긴 상태였다. 몇몇 병사는 근육이 굳지 않게 공중에 대고 칼을 휘두르며 준비했다.

"모두 준비되었다." 수비대장이 다시 한번 말했다. "적들이 공격해올 것이다."

엘리야는 그의 목소리에 깃든 희열을 감지했다. 어서 전투가 시작되길, 그래서 자신의 용맹함을 보일 수 있길 몹시 기다리는 듯했다. 틀림없이 그는 지금 아시리아 전사들과의 칼싸움을, 함성과 혼란을 머릿속에 그려보고 있을 터였다. 또 나중에 페니키아의 사제들이 자신을 위대함과 용맹스러움의 표본으로 기억해주리라 기대하고 있을 터였다.

그때 총독이 그의 공상을 방해했다.

"적들이 움직이질 않는군."

엘리야는 주님이 여호수아를 위해 태양을 멈추셨듯이 자신을 도와달라 기도했던 기억을 떠올렸다. 그는 수호천사와 말하고 싶었으나 천사의 목소리는 들리지 않았다.

조금씩 시간이 지나면서 창병들은 무기를 내렸고 궁수들은 활시위를 늦추었고 검투병들은 칼을 칼집 안에 집어넣었다. 한낮의 태양이 불타올랐고 몇몇 병사는 열기를 견디지 못하고 쓰러졌다. 그럼에도 부대는 하루종일 전투 태세를 유지했다.

해가 저물자 전사들은 아크바르로 돌아갔다. 그들은 하루 더 살아남게 되어 실망한 것 같았다.

엘리야는 홀로 골짜기에 남았다. 정처 없이 한참을 걷고 있는데 그의 앞에 빛이 나타났다. 주님의 천사가 앞에 서 있었다.

"하느님께서 너의 기도를 들으셨다." 천사가 말했다. "그리고 고통받는 네 영혼을 보셨다."

엘리야는 하늘을 바라보며 은총에 감사드렸다.

"주님은 모든 영광과 권능의 근원이십니다. 그분께서 아시리아 군대를 막으셨습니다."

"아니다." 천사가 대답했다. "너는 주님께서 선택하셔야 한다고 말했지. 그래서 주님께서 너를 위한 선택을 하셨다."

"떠납시다." 엘리야는 여인과 그 아들에게 말했다.

"가기 싫어요." 아이가 말했다. "난 아크바르의 병사들이 자랑스럽다고요."

여인은 아들에게 짐을 꾸리라고 하며 말했다. "네가 들고 갈 수 있을 만큼만 챙기거라."

"엄마는 우리가 가난하다는 걸 잊었나봐요. 난 원래 가진 게 별로 없잖아요."

엘리야는 그의 방으로 올라갔다. 처음이자 마지막인 것처럼 방을 둘러본 후 다시 내려가서 잉크를 챙기고 있는 여인을 바라보았다.

"나를 데려가줘서 고마워요." 여인이 말했다. "결혼할 때 난 겨우 열다섯 살이었고 인생을 몰랐어요. 내 가족이 모든 걸 결정했지요. 나는 어려서부터 결혼을 위해 길러졌고 어떤 상황에서도 남편을 위한 사람이 되어야 한다고 배웠어요."

"남편을 사랑했나요?"

"사랑하려고 내 마음을 다스렸지요. 어차피 선택의 여지가 없었으니 그것이 최선이라고 나 자신을 설득했어요. 남편이 죽자 낮밤의 변화도 나에게는 아무 의미 없어졌어요. 그때는 아직 다섯번째 산의 신들을 믿었으니까, 그 신들에게 아들이 혼자 살 수 있을 때가 되면 나를 데려가달라고 기도했어요.

그때 당신이 나타난 거예요. 전에 한 번 얘기했지만 다시 말하고 싶어요. 당신이 내 인생에 나타난 그날부터 나는 골짜기의 아름다움과 하늘 위에 걸린 산의 검은 윤곽, 곡식이 여물도록 매일 차고 이지러지는 달이 다시 보이기 시작했어요. 당신이 잠들어 있는 밤중에 나는 종종 아크바르 시내를 거닐며 갓난아이들의 울음소리와 일과를 마치고 술을 마신 사람들의 노랫소리, 성벽 위를 지키는 보초병들의 힘찬 발소리를 들어보았어요. 그동안 나는 아름다움을 알아보지 못한 채 얼마나 무심히 그 풍경들을 보아왔던 걸까요? 그 깊이를 헤아리지 못한 채 얼마나 하늘을 보아왔던 걸까요? 내 삶의 일부란 걸 깨닫지 못한 채 내 주변 아크바르의 소리들을 흘려들은 적은 또 얼마나 많았을까요?

살고 싶다는 강렬한 의욕이 다시 나를 찾아왔어요. 나는 당신이 비블로스 문자를 공부해보라고 해서 배우기 시작했지요. 당신을 기쁘게 해주려고 시작했지만 점차 빠져들었고 그러다 깨달았어요. 내 인생의 의미는 내가 부여하기 나름이라는 걸요."

엘리야가 여인의 머리칼을 어루만졌다. 처음 있는 일이었다.

"왜 전에는 지금처럼 대해주지 않았나요?" 여인이 물었다.

"두려웠기 때문이에요. 그런데 오늘 전투가 시작되길 기다리면서 총독의 말을 듣고 있는데 당신 생각이 났어요. 두려워하는 건 피할 수 없는 일이 시작되기 전까지만이에요. 그다음부터는 의미가 없어요. 이제 남은 건 우리가 옳은 결정을 내렸을 거라는 희망뿐입니다."

"나는 준비됐어요." 여인이 말했다.

"함께 이스라엘로 돌아가요. 주님께서 내가 해야 할 일을 알려주셨으니 그대로 따를 겁니다. 이세벨을 권좌에서 쫓아낼 거예요."

여인은 아무 말 하지 않았다. 페니키아의 여느 여인들처럼 그녀도 왕비를 자랑스러워했다. 엘리야는 이스라엘에 도착하면 그녀가 생각을 바꾸도록 설득할 작정이었다.

"긴 여정이 될 것이고 주님께서 주신 임무를 내가 마칠 때까지는 쉴 수 없을 거예요." 그녀의 생각을 눈치채기라도 한 듯 엘리야가 말했다. "하지만 당신의 사랑이 나를 지탱해줄 거예요. 그리고 주님의 이름으로 싸우다 지칠 때면 나는 당신의 품안에서 쉴 수 있을 겁니다."

아이가 조그마한 짐보따리를 어깨에 메고 다가왔다. 엘리야가 짐을 받아들고 여인에게 말했다.

"떠날 시간이에요. 아크바르의 길거리를 지나는 동안 이곳의 집들과 소리들을 기억에 잘 담아둬요. 다시는 보고 들을 수 없을 테니까요."

"나는 아크바르에서 태어났어요." 여인이 말했다. "이 도시는 언제까지나 내 마음속에 있을 거예요."

이 말을 들은 아이는 엄마의 말을 결코 잊지 않겠다고 스스로 다짐했다. 언젠가 다시 돌아오는 날 엄마의 얼굴을 보듯 아크바르를 바라볼 거라고.

사제장이 다섯번째 산 아래에 도착했을 때는 이미 날이 저물어 있었다. 그는 오른손에는 지팡이를 왼손에는 자루를 들고 있었다.

사제장은 자루에서 성유를 꺼내 이마와 손목에 발랐다. 그러고는 지팡이로 모래 위에 폭풍우의 신과 위대한 여신의 상징인 황소와 표범을 그렸다. 의례에 맞게 기도문을 암송한 후, 신탁을 받기 위해 마지막 순서로 하늘을 향해 두 팔을 벌렸다.

신들은 더이상 말이 없었다. 전하려던 말은 이미 다 했으니 이제는 예배를 올리라고만 강조했다. 세상 어디에서도 예언자들을 찾아볼 수 없었다. 예언자들은 이스라엘처럼 아직도 인간이 우주의 창조자와 소통할 수 있다고 믿는, 미신적이고 뒤떨어진 나라에나 있었다.

그는 몇 세대 전에 티레와 시돈이 예루살렘의 왕 솔로몬과 무역하던 시절을 떠올렸다. 솔로몬왕은 거대한 성전을 짓고 있었고 세상에서 가장 좋은 것들로 장식하고 싶어했다. 또한 솔로몬왕은 그들이 레바논이라고 부르던 페니키아에서 삼나무를 사들였다. 티레의 왕은 이스라엘이 원하는 자재를 공급했고 그 대가로 갈릴리의 도시 스무 개를 받았으나 그걸로는 부족하다고 여겼다. 그러자 솔로몬은 티레에서 처음으로 배를 만들 수 있도록 도왔고, 이후 페니키아는 세계에서 가장 많은 상선을 보유하게 되었다.

당시 이스라엘은 큰 나라였으나, 사람들은 이름도 알지 못하는, 다만 '주님'이라고만 부를 수 있는 유일신을 섬겼다. 그러다 시돈의 공주가 솔로몬의 마음을 자신이 믿는 진실된 신앙으로 돌렸고, 그 결과 솔로몬은 다섯번째 산의 신들을 위한 제단을 세웠다. 훗날 이스라엘인들은 '주님'이 전쟁을 일으켜 솔로몬을 권좌에서 멀어지게 함으로써 그들의 왕 중에서 가장 현명한 왕을 벌하셨다고 주장했다.

그러나 솔로몬의 아들 르하브암은 그의 아버지 대에서 시작된 이방의 신앙을 계속 이어갔다. 금송아지 두 개를 만들어 이스라엘 백성들에게 섬기게 했다. 그때부터 예언자들이 나타났고 통치자들과 끝없는 분쟁을 시작했던 것이다.

이세벨이 옳았다. 그녀가 믿는 진실된 신앙을 지키는 유일한 방법은 예언자들을 없애버리는 것뿐이었다. 그녀는 온화한 성품이고 관용과 전쟁의 공포를 배우며 자라기는 했지만, 어떤 순간에는 폭력만이 유일한 해결책이라는 것을 알고 있었다. 그녀의 손에 묻은 피는 그녀가 섬기는 신들이 용서할 것이었다.

"곧 내 손도 피에 젖을 것이다." 사제장은 자기 앞의 침묵하는 산을 향해 말했다. "이스라엘에 내린 저주가 예언자들이라면 페니키아에 내린 저주는 문자다. 두 가지 저주 모두 돌이킬 수 없는 악을 불러올 수 있기에 아직 가능할 때 저지해야 한다. 기후를 다스리는 신이 지금 우리를 저버리진 않을 것이다."

그는 그날 아침 왜 적군이 공격해오지 않았는지 몰라 불안했다. 예전에 기후의 신이 백성들 때문에 노해서 페니키아를 버리고 떠난 적이 있었다. 그 결과 더이상 등잔불이 타오르지 않았고 양들과 소들이 제 새끼들을 돌보지 않았으며 밀과 보리가 여물지 않았다. 태양의 신이 기후의 신을 찾아 데려오도록 독수리와 폭풍우의 신처럼 중요한 이들을 보냈으나 아무도 그를 찾지 못했다. 마침내 위대한 여신이 보낸 꿀벌이 숲에서 잠들어 있는 기후의 신을 발견하고 침으로 쏘았다. 잠에서 깬 기후의 신은 화가 나 주변의 모든 것을 파괴하기 시작했다. 그를 붙잡아 영혼에서 증오를 제거한 후에야 모든 것이 정상으로 돌아갔다.

만일 그가 다시 떠나버리기로 결심했다면 전쟁은 일어나지 않을 터였다. 아시리아 군대는 언제까지나 골짜기 입구에 머무를 것이고 아크바르는 계속 살아남을 것이다.

"용기라는 건 기도할 줄 아는 두려움에 지나지 않는다." 사제장이 말했다. "바로 그 이유로 나는 여기 있다. 전쟁이 벌어졌을 때 내가 흔들려서는 안 되기 때문이다. 아크바르의 전사들에게 도시를 수호할 이유가 있음을 보여줘야 한다. 그 이유는 우물 때문도, 시장 때문도, 총독의 궁 때문도 아니다. 우리는 본보기를 세워야 하기 때문에 아시리아 군대에 맞서 싸우려는 것이다."

아시리아가 승리하면 알파벳의 위협은 영원히 사라질 것이다. 정복자들은 그들의 언어와 관습을 강요하겠지만 앞으로도 지금처럼 다섯번째 산의 신들을 숭배할 것이다. 중요한 건 그것이다.

"먼 훗날 우리 뱃사람들은 우리 전사들의 공로를 이국땅에 전할 것이다. 사제들은 그들의 이름과 아크바르가 아시리아의 침략에 맞서 싸웠던 날을 기억할 것이다. 화가들은 파피루스에 이집트 문자를 그릴 것이고 비블로스 문자 필경사들은 죽어 없어질 것이다. 신성한 문헌은 그것을 공부하기 위해 태어난 자들의 손에서 손으로만 전해질 것이다. 그리하여 미래의 후손들은 우리가 해왔던 일을 그대로 따라 할 것이고, 그렇게 우리는 더 나은 세상을 건설할 것이다.

하지만 지금 우리는 일단 이 전쟁에서 패배해야 한다. 용감하게 싸울 테지만 아군이 불리한 상황이니 우리는 명예롭게 죽을 것이다."

그 순간 사제장은 밤의 소리를 듣고 자신이 옳다는 것을 알아차렸다. 결정적인 전투를 예고하는 적막이었건만 아크바르 주민들은 이를 잘못 해석해 무기를 내려놓았고 경계를 늦추지 말아야 할 때 휴식을 취했다. 위험이 닥쳐올 때 짐승들이 숨을 죽인다는 자연의 예시에 주의를 기울이지 않았던 것이다.

"신들이 뜻하신 대로 이루어지기를. 우리는 모든 걸 올바로 해냈고 전통에 순응하였으니 하늘이 땅 위로 무너지지 않기를 기원할 뿐이다." 사제장이 말을 맺었다.

엘리야와 여인과 아이는 이스라엘을 향해 서쪽으로 걸어갔다. 아시리아 군대는 도시 남쪽에 진을 치고 있었으므로 그들과 마주칠 일은 없었다. 보름달이 길을 밝혀주어 편하게 나아갈 수 있었지만 달빛이 골짜기의 바위와 돌 위로 기이하고 불길한 그림자를 만들기도 했다.

어둠 한가운데서 주님의 천사가 나타났다. 오른손에 불의 칼을 들고 있었다.

"어디로 가느냐?" 천사가 물었다.

"이스라엘로 갑니다." 엘리야가 대답했다.

"주님께서 너를 부르셨느냐?"

"주님께서 제가 어떤 기적을 일으키길 원하시는지 알고 있습니다. 그리고 이젠 그 기적을 어디서 일으켜야 하는지도 알게 됐습니다."

"주님께서 너를 부르셨느냐?" 천사가 되풀이했다.

엘리야는 대답하지 않았다.

"주님께서 너를 부르셨느냐?" 천사가 세번째로 물었다.

"아닙니다."

"그렇다면 아직 너의 운명을 다 따르지 않았으니 네가 있던 곳으로 돌아가라. 주님께서 아직 너를 부르지 않으셨다."

"그렇다면 이 사람들만이라도 떠나게 해주십시오. 이들은 여기 머물 이유가 없습니다." 엘리야가 호소했다.

하지만 천사는 이미 거기 없었다. 엘리야는 들고 있던 짐을 떨구고 길 한복판에 주저앉아 서럽게 울었다.

"무슨 일인가요?" 아무것도 보지 못한 여인과 아이가 물었다.

"돌아가야 해요." 엘리야가 대답했다. "그것이 주님의 뜻입니다."

* * *

집으로 돌아온 엘리야는 잠을 이루지 못했다. 한밤중에 일어나 대기에 흐르는 긴장감을 느꼈다. 사나운 바람이 두려움과 불신을 심으며 거리로 불어오고 있었다.

'한 여인의 사랑 안에서 모든 존재에 대한 사랑을 발견했습니다.' 그는 속으로 기도했다. '제게는 그 여인이 필요합니다. 주님께서 저를 도구로 삼았음을 잊지 않으시리라는 걸 압니다. 주님께서 선택하신 도구 중 아마 가장 나약한 존재일지라도요. 전투를 앞두고 평온히 쉴 수 있도록 주여, 저를 도와주소서.'

엘리야는 이미 돌이킬 수 없을 때는 두려움이 쓸모없다던 총독의 말을 떠올렸다. 그럼에도 잠을 이룰 수가 없었다. '저에겐 힘과 침착함이 필요합니다. 아직 쉴 수 있을 때 쉬게 해주소서.'

그는 천사를 불러 대화를 나눠볼까 했지만 달갑지 않은 얘기를 들을지도 몰라서 생각을 바꾸었다. 긴장을 덜고자 아래층으로 내려갔다. 여인이 길을 떠나느라 꾸린 짐이 아직 그대로 있었다.

그는 그녀의 방으로 가볼까 생각했다. 전쟁을 앞두고 주님이 모세에게 하신 말씀이 기억났다. "또 여자와 약혼하고서 아직 그 여자를 맞아들이지 못한 사람이 있느냐? 그런 사람은 집으로 돌아가라. 그가 싸우다 죽어서, 다른 사람이 그 여자를 맞아들이는 일이 있어서는 안 된다."

그들은 아직 동침한 사이가 아니었다. 하지만 몹시 피곤한 밤이었기에 적절한 때가 아니었다.

엘리야는 짐을 풀어 물건들을 제자리에 돌려놓기로 했다. 자루 안에서 여인의 옷 몇 벌 외에 비블로스 문자를 적을 때 쓰는 도구들을 발견했다.

그는 뾰족한 철필 하나를 꺼내고 점토판을 물에 적셔 글자를 새기기 시작했다. 여인이 일할 때 지켜보면서 글자를 익혀두었었다.

'이 문자는 정말 간단하고 기발하구나.' 그는 다른 데로 관심을 돌리려 애쓰며 생각했다. 이따금 물을 길으러 우물가에 가면 여인들의 이런 말소리가 들려오곤 했다. "우리가 발명한 가장 중요한 유산을 그리스인들이 훔쳐갔어." 엘리야는 그게 아니란 걸 알고 있었다. 그리스인들이 모음을 추가해 문자 체계를 발전시킨 덕분에 모든 민족과 나라들이 쓸 수 있는 글자가 되었다. 그리고 그리스인들은 문자를 발명한 도시를 기리는 뜻에서 그들의 양피지 묶음을 '비블리아'라고 불렀다.

그리스 비블리아는 동물 가죽 위에 글을 적은 것이었다. 엘리야가 보기에 그건 글자를 보전하기에 매우 취약한 방법이었다. 가죽은 점토판처럼 견고하지 못하고 쉽게 도둑맞을 수도 있었다. 파피루스는 사람 손을 탈수록 낡았고 물이 닿으면 찢어졌다. '비블리아와 파피루스는 오래가지 못해. 점토판만이 언제까지고 없어지지 않고 남게 될 거야.' 그는 생각했다.

아크바르가 좀더 존속한다면 후대에도 참고가 될 수 있도록 나라의 역사를 점토판에 기록해 특별한 장소에 보관하라고 총독에게 제안하고 싶었다. 그렇게 하면 역사를 자신의 기억 속에 보관하는 페니키아의 사제들이 어느 날 모조리 죽어 없어진다 해도 용사들과 시인들의 업적이 잊히지 않을 테니까.

그는 같은 글자를 다른 순서로 배열해서 여러 가지 단어를 만들며 한동안 시간을 보냈다. 다른 생각을 잊고 몰두할 수 있었다. 그동안 긴장이 풀렸고 엘리야는 침대로 돌아갔다.

* * *

잠시 후 그는 요란한 굉음에 잠에서 깼다. 방문이 바닥에 떨어진 것이었다.

'이건 꿈이 아니야. 주님의 군대가 전투에 나선 것도 아니고.'

사방에서 검은 형체들이 튀어나와 그가 이해할 수 없는 언어로 미친 사람처럼 소리질렀다.

'아시리아군이다.'

문짝들이 잇달아 떨어지고, 거칠게 휘두르는 쇠망치에 벽들이 무너지고, 침략자들의 함성이 광장에서 들려오는 살려달라는 절규와 뒤섞였다. 엘리야는 일어서려고 했지만 검은 형체 하나가 그를 땅바닥에 쓰러뜨렸다. 웅웅대는 소음이 아래층을 흔들고 있었다.

'불이다.' 엘리야는 생각했다. '저들이 집에 불을 질렀어.'

"너로구나." 누군가 페니키아어로 말하는 소리가 들렸다. "네가 우두머리로군. 비겁하게 여자 집에 숨어 있구나."

엘리야는 그 말을 한 자의 얼굴을 쳐다봤다. 화염이 방안을 밝혔고 긴 수염에 군복을 입은 남자가 보였다. 역시 아시리아군이 들이닥친 것이었다.

"밤을 틈타 침략한 건가?" 혼란에 빠진 엘리야가 물었다.

남자는 대답하지 않았다. 누군가 칼을 뽑아들었고 칼날의 번득이는 광채가 엘리야의 눈에 들어왔다. 그때 한 전사가 엘리야의 오른쪽 팔을 칼로 베었다.

엘리야는 눈을 감았다. 인생의 모든 순간들이 순식간에 눈앞을 스쳐지나갔다. 태어난 마을의 거리에서 뛰어놀던 순간, 처음으로 예루살렘에 가봤던 순간, 목공소에서 잘라놓은 나무 냄새를 맡던 순간, 바다의 광대함과 해변의 큰 도시 사람들이 차려입은 복장을 보며 황홀해하던 순간이 눈앞을 스쳐갔다. 그가 '약속된 땅'의 골짜기와 산을 걸어가던 때와 어린 소녀 같은 모습으로 주위 사람 모두를 매혹시키던 이세벨을 만났을 때가 떠올랐다. 학살당하는 예언자들의 모습이 눈앞에 선연했고, 사막으로 떠나라고 명령하는 주님의 목소리가 또 한번 들려오는 듯했다. 주민들은 아크바르라고 부르는 사렙타에 도착해 처음 마주친 여인의 눈빛이 생생했다. 그는 그녀를 처음 만난 순간부터 사랑하게 됐다는 걸 비로소 깨달았다. 그렇게 스쳐지나는 장면 속에서 그는 다섯번째 산을 다시 올랐고 죽은 아이를 살렸으며 사람들에게 현자이자 심판자로 인정받았다. 그는 별들이 빠르게 일주하는 하늘을 올려다보았고 한순간에 차올랐다 이지러지는 달을 보며 놀라워했고 추위와 더위, 가을과 봄을 느꼈고 비와 눈부신 햇살을 경험했다. 구름은 수천 가지 다른 모습으로 변하며 떠나갔고 강물은 같은 자리를 또다시 흘렀다. 그는 아시리아 군대가 첫번째 천막을 세우던 날로 다시 돌아갔다. 그후 천막이 두 개, 여러 개, 그리고 수없이 늘어났고, 천사가 왔다가 떠났다. 이스라엘로 향하던 길에 본 불의 칼, 잠 못 이룬 밤들, 점토판에 새겨진 글자, 그리고……

엘리야는 다시 현재로 돌아왔다. 아래층에서 무슨 일이 일어나고 있는지 생각했다. 어떻게든 여인과 그 아들을 구해야 했다.

"불이야!" 그는 적군에게 소리쳤다. "집이 불타고 있다!"

그는 두렵지 않았다. 여인과 아이가 걱정될 뿐이었다. 누군가가 그를 거칠게 밀어 머리가 땅바닥에 처박혔고, 입안에 흙맛이 느껴졌다. 그는 땅에 입맞추며 그 땅을 얼마나 사랑하는지 말했다. 그리고 지금 벌어지는 일을 피할 수 있다면 무엇이든 하겠다고 호소했다. 벗어나려고 안간힘을 썼지만 누군가가 발로 그의 가슴을 짓누르고 있었다.

'그녀는 도망갔을 거야.' 그는 생각했다. '힘없는 여자를 해쳤을 리 없어.'

그러자 그는 무척 차분해졌다. 어쩌면 주님이 그를 선택했던 게 잘못이었음을 알고 이스라엘을 죄악에서 구원할 다른 예언자를 찾아내셨는지도 몰랐다. 그가 바라던 대로 마침내 신앙을 위해 목숨을 바칠 수 있게 된 것인지도. 그는 운명을 받아들이고 마지막 순간을 기다렸다.

몇 초가 흘렀다. 아시리아 병사들은 여전히 포효했고 그의 팔뚝 상처에서는 피가 계속 흘렀지만 최후의 일격은 가해지지 않았다.

"제발 단번에 숨을 끊어주시오!" 그들 중 누군가는 알아들을 거라 생각하며 소리쳤다.

아무도 엘리야의 말에 귀기울이지 않았다. 무언가 일이 잘못되었다는 듯이 그들은 시끄럽게 다투고 있었다. 병사 몇 명이 그를 걷어차기 시작했고, 엘리야는 처음으로 다시 꿈틀대는 생존 본능을 느꼈다. 그러자 극심한 공포가 밀려왔다.

'이제 삶에 집착하지 말자.' 그는 절망감에 빠져 생각했다. '여기서 살아 나갈 순 없을 테니까.'

하지만 아무 일도 일어나지 않았다. 세상은 비명과 소음과 먼지의 혼돈 속에서 영원히 계속되는 것 같았다. 어쩌면 주님이 여호수아를 위해 하셨던 것처럼 기적을 행하시어 전투 중간에 시간이 멈춰버렸는지도 몰랐다.

그때 아래층에서 여인의 비명소리가 들렸다. 엘리야는 초인적인 힘으로 병사 한 명을 밀치고 일어났으나 곧 제압당해 바닥에 쓰러졌다. 병사가 그의 머리를 걷어찼고 그는 기절하고 말았다.

* * *

몇 분 후 그는 의식을 되찾았다. 아시리아 병사들이 그를 거리로 끌고 나온 뒤였다.

아직 의식이 몽롱한 채 그는 고개를 들었다. 마을의 집들이 모조리 불에 타고 있었다.

"죄 없고 힘없는 여인이 불속에 갇혔소! 그녀를 구해주시오!"

사방이 비명소리와 달려가는 사람들로 혼란의 도가니였다. 그는 몸을 일으키려다가 다시 쓰러지고 말았다.

"주여, 저의 생사를 당신께 맡겼사오니 저를 당신 뜻대로 하소서." 엘리야는 기도했다. "다만 저를 거둬준 저 여인만은 살려주소서!"

누군가 그의 팔을 붙잡아 일으켰다.

"와서 보거라." 이 지역의 말을 할 줄 아는 아시리아 장군이
말했다. "네가 받아 마땅한 벌이다."

병사 둘이 엘리야를 끌고 문 앞으로 밀고 갔다. 화염이 집을
집어삼키며 주위의 모든 것을 밝히고 있었다. 사방에서 울부짖
는 소리가 들려왔다. 아이들은 울고 노인들은 자비를 빌고 여인
들은 처절하게 자식들을 찾고 있었다. 하지만 그에게는 오직,
그에게 안식처를 제공해주었던 여인이 구조를 청하는 소리만
들렸다.

"대체 무슨 일이오? 여인과 아이가 저 안에 있소! 왜 저들에게
이런 짓을 하는 겁니까?"

"그 여자가 아크바르의 총독을 숨겨주려 했기 때문이다."

"나는 아크바르 총독이 아니오! 당신들은 큰 실수를 하고 있
소!"

아시리아 장군이 그를 문안으로 밀었다. 천장은 불에 타 무너
졌고 여인은 잔해에 반쯤 깔린 상태였다. 필사적으로 휘젓는 그
녀의 팔만 보일 뿐이었다. 여인은 자신을 산 채로 불타게 놔두지
말아달라고 애원하고 있었다.

"왜 나를 살려두고 저 여자에게 이러는 겁니까?"

"널 살려두려는 게 아니라 너에게 최대한 고통을 주려는 것이

다. 우리의 장군이 아크바르 성벽 앞에서 돌에 맞아 처참하게 죽었다. 그는 살길을 찾아서 이곳까지 왔는데 결국 죽임을 당했다. 이제 너도 같은 운명을 맞을 것이다."

엘리야는 벗어나려 온 힘을 다해 저항했지만 병사들은 그를 또다시 어디론가 끌고 갔다. 그들은 지옥 같은 열기에 휩싸인 아크바르 거리를 지나갔다. 병사들은 땀을 비 오듯 흘렸고 몇몇은 조금 전 목격한 장면에 충격을 받은 것 같았다. 엘리야는 몸부림치고 하늘을 향해 목청껏 소리쳤지만 아시리아 병사들도 주님도 아무 말이 없었다.

그들은 광장에 이르렀다. 도시의 건물 대부분이 불길에 휩싸여 있었고, 타는 소리가 아크바르 주민들의 울음소리와 섞여 아비규환을 이루었다.

'죽음이란 게 있어서 다행이구나.'

마구간에 숨어들었던 그날부터 엘리야는 얼마나 자주 이 생각을 해왔던가!

대부분 군복도 입지 않은 아크바르 병사들의 시체가 땅 위에 널려 있었다. 사람들이 사방으로 달려가고 있었다. 그들은 어디로 가는지도 무엇을 찾는지도 모르는 채 다만 죽음과 파괴를 피해 뭐라도 해야겠다는 절박함에 내몰려 달릴 뿐이었다.

'저 사람들은 왜 달리는 거지?' 그는 생각했다. '아크바르가 적의 손에 들어갔고, 이제 달아날 곳은 없다는 걸 모르는 걸까?' 모든 일이 순식간에 벌어지고 말았다. 아시리아인들은 그들의 압도적인 수적 우세를 이용해 전투에서도 병사들을 거의 잃지 않았다. 반면 아크바르의 병사들은 제대로 싸워보지도 못하고 전멸했다.

엘리야는 광장 한가운데서 손이 묶인 채 땅에 무릎 꿇렸다. 여인이 외치는 소리는 더이상 그에게 들리지 않았다. 어쩌면 산 채로 서서히 불에 타는 고통을 느끼지 않고 빠르게 숨을 거두었을지도 몰랐다. 그녀는 주님의 품에 안겨 떠났으리라. 그리고 아들을 품에 안고 떠났으리라.

다른 아시리아 병사들이 온통 얻어맞아 얼굴이 흉하게 일그러진 포로 한 명을 데려왔다. 엘리야는 그가 수비대장임을 알아보았다.

"아크바르 만세!" 수비대장이 외쳤다. "밝은 낮에 적과 싸운 페니키아와 전사들 만세! 어둠을 틈타 공격한 비겁한 자들에게 죽음을!"

그가 말을 마치자마자 아시리아 장군이 칼로 그의 목을 내려쳤고, 수비대장의 머리가 땅으로 떨어져 굴렀다.

'이제 내 차례구나.' 엘리야는 생각했다. '천국에 가면 그녀를 다시 만날 테니 그곳에서 손을 잡고 함께 걸어야지.'

그때 한 남자가 다가오더니 거기 있던 병사들과 이러쿵저러쿵 이야기하기 시작했다. 그는 광장에서 열리던 시민 재판에 자주 오던 아크바르 주민이었다. 엘리야는 그가 이웃과 심각한 분쟁을 겪고 있을 때 나서서 해결해주었던 기억이 났다.

　　아시리아 병사들은 서로 의견이 분분해 목소리를 높이더니 그 남자를 가리켰다. 그는 무릎을 꿇고 앉아 병사들 중 한 명의 발에 입맞추고는 다섯번째 산 쪽으로 손을 뻗으며 어린아이처럼 울었다. 그러자 아시리아 병사들의 흥분이 가라앉은 것 같았다.

　　그들의 토론은 끝없이 이어질 것 같았다. 남자는 총독이 살던 집과 엘리야를 연신 가리키며 계속 울고 호소했다. 병사들은 무언가 못마땅한 눈치였다.

　　마침내 페니키아 말을 하는 장교 한 명이 다가와 남자를 가리키며 말했다.

　　"우리가 보낸 첩자의 말로는 우리가 잘못 알았다고 한다. 이자가 우리에게 도시 지도를 주었으니 우리는 그의 말을 신뢰한다. 너는 우리가 죽이려는 자가 아니다."

　　그가 발로 엘리야를 밀어 땅바닥으로 쓰러뜨렸다.

　　"이자의 말처럼 네가 이스라엘로 가서 왕위를 찬탈한 왕비를 몰아내려 한다는 게 사실인가?"

　　엘리야는 대답하지 않았다.

"사실이라면 말해라." 장교가 말했다. "말하면 집으로 돌아가 그 여자와 아들이 죽기 전에 구할 수 있을 거다."

"그렇소, 사실이오." 엘리야가 대답했다. 어쩌면 주님이 그의 기도를 들으시고 그들을 구하도록 도와주시는 건지도 몰랐다.

"우리는 너를 포로로 잡아 티레와 시돈으로 갈 수도 있었다." 장교가 말했다. "하지만 우리는 아직 치러야 할 전투가 많고 너는 짐이 될 뿐이다. 네 몸값을 요구할 수도 있겠지만 누구에게 요구하겠는가. 너는 네 나라에서조차 이방인 신세인데."

장교가 엘리야의 얼굴을 짓밟으며 말을 이었다.

"너는 아무 쓸모가 없다. 적에게도 동지에게도 도움이 안 된다. 너는 네가 사는 이 도시 같은 처지다. 우리 치하에 두기 위해 군대 일부를 남겨둘 가치도 없는 이 도시 말이다. 해안 도시들을 정복한 후에 어차피 아크바르는 우리 차지가 될 거다."

"묻고 싶은 게 있소." 엘리야가 말했다. "딱 하나만 묻겠소."

장교가 경계하는 눈으로 엘리야를 바라봤다.

"어째서 밤에 공격한 겁니까? 전투는 낮에 해야 한다는 걸 모르시오?"

"우리는 법을 어기지 않았다. 밤에 공격하지 말라는 율법은 없어." 장교가 대답했다. "우리는 너희 땅에 대해 충분히 알아볼 시간이 있었다. 너희는 관습에 얽매여 시대가 변하는 것도 몰랐지."

아시리아 병사들은 더이상 아무 말 없이 그대로 떠나버렸다. 그러자 첩자가 다가와서 엘리야의 묶인 손을 풀어줬다.

"당신이 베풀어준 은혜를 언젠가 갚겠다고 다짐했고 이제 그 약속을 지켰습니다. 아시리아 군대가 궁으로 쳐들어왔을 때 시종이 그들이 찾는 사람은 과부의 집에 숨어 있다고 말했습니다. 그들이 당신을 찾으러 과부의 집에 간 동안 진짜 총독은 도망칠 수 있었어요."

엘리야는 그 말을 듣고 있지 않았다. 사방에서 불길이 타올랐고 여전히 비명이 그치지 않았다.

그 혼란 속에서 단 한 무리만이 질서를 유지했다. 보이지 않는 명령에 복종하며 아시리아군이 조용히 철수하고 있었다.

아크바르 전투는 끝났다.

* * *

'그녀는 죽었을 거야.' 엘리야는 생각했다. '그녀는 이미 죽었을 테니 그 집으로 돌아가고 싶지 않아. 혹시 그녀가 기적적으로 살아 있다면 나를 찾아올 거야.'

하지만 그의 마음은 자리에서 일어나 과부와 살던 집으로 가야 한다고 말하고 있었다. 엘리야는 갈등에 빠졌다. 그 순간 위태로운 건 여인의 사랑만이 아니었다. 그의 인생 전체가, 주님의 뜻에 대한 믿음, 고향을 두고 떠났던 결단, 그에게 사명이 있으며 그 사명을 이룰 수 있으리라는 신념이 모두 위태로웠다.

그는 주위를 둘러보며 스스로 목숨을 끊어버릴 칼을 찾았으나 아시리아군이 아크바르에 있는 무기를 모조리 들고 가버려 아무것도 남아 있지 않았다. 불타고 있는 집으로 뛰어들까도 생각해보았으나 고통이 너무 두려웠다.

잠시 동안 그는 무력하게 주저앉아 있었다. 그러다 조금씩 자신이 처한 현실에 대한 인식이 돌아왔다. 여인과 아이는 이미 세상을 떠났을지라도 예법에 맞게 장례는 치러야 했다. 그분이 존재하든 존재하지 않든 우선 주님의 일을 하는 것이 그 순간 그를 구원해줄 유일한 방법이었다. 신이 내린 임무를 마치고 난 후에 고통과 의심에 몸을 맡길 셈이었다.

하지만 아직 그들이 살아 있을 가능성이 있었다. 아무것도 하지 않고 마냥 거기 있을 수는 없었다.

"얼굴이 타버리고 살점이 떨어져나간 그들의 모습을 보고 싶지 않아. 그들의 영혼은 하늘에서 자유로울 거야."

엘리야는 큰 기대 없이 집을 향해 걸음을 옮겼다. 자욱한 연기 때문에 숨이 막히고 앞이 보이지 않아 제대로 길을 찾기 힘들었다. 아크바르의 상황이 서서히 파악되기 시작했다. 적군은 모두 철수했지만 사람들 마음속에서 공포는 무서운 속도로 증폭되고 있었다. 사람들은 계속해서 정신없이 거리를 헤매고, 울고, 죽은 이들의 이름을 부르며 신에게 간청하고 있었다.

엘리야는 도와줄 사람이 있는지 찾아봤다. 근처에 한 사람이 있었지만 충격에 빠져 제정신이 아닌 듯했다.

'도움을 청하지 말고 그냥 가는 게 낫겠어.' 그는 아크바르를 자기 고향 마을만큼이나 잘 알았기에 평소 지나다니던 곳이 알아볼 수 없을 만큼 폐허가 되었더라도 길을 찾아갈 수 있었다. 길에서 들려오는 외침 소리는 한결 갈피가 잡혀갔다. 비극이 발생했고 그에 대처해야 한다는 걸 사람들이 인지하기 시작한 것이다.

"여기 부상당한 사람이 있어요!" 누군가 외쳤다.

"물이 필요해요! 불길을 잡을 수가 없어요!" 다른 누군가가 외쳤다.

"도와주세요! 우리 남편이 갇혔어요!"

엘리야는 몇 달 전 그를 친구처럼 맞아주고 먹이고 재워주었던 그 여인의 집 앞에 도착했다. 집 근처 길 한가운데에 벌거벗은 노파가 앉아 있었다. 엘리야가 도우러 다가갔지만 노파는 그를 밀어냈다.

"여자가 죽어가고 있어!" 노인이 외쳤다. "뭐라도 좀 해봐! 저 여자를 깔고 있는 벽을 치우라고!"

그러더니 노인은 실성한 사람처럼 소리를 지르기 시작했다. 노인의 비명 때문에 여인의 신음소리를 들을 수 없어 엘리야는 노인의 팔을 붙들어 멀리 밀쳤다. 집안은 완전히 허물어져 있었다. 지붕과 벽은 무너졌고 그녀를 마지막으로 본 위치를 기억해 내기도 힘들었다. 불길은 잦아들고 있었으나 열기는 아직 견디기 힘들었다. 그는 바닥에 뒤덮인 잔햇더미를 넘어 여인의 방이 있던 곳으로 갔다.

바깥의 소동에도 불구하고 엘리야는 신음소리를 알아들을 수 있었다. 그녀의 목소리였다.

옷매무새라도 가다듬으려는 듯 그는 본능적으로 옷에서 흙먼지를 털었다. 그리고 가만히 집중하고서 소리 나는 곳에 귀를 기울였다. 불타오르는 소리와 무너진 건물 더미에 깔린 이웃사람들이 구조를 요청하는 소리가 들려왔다. 그는 여인과 아이를 찾아야 하니 제발 조용히 하라고 외치고 싶은 충동을 느꼈다. 한참이 지나서야 다시 소리가 들렸다. 누군가 그의 발아래에서 나무를 긁어대는 소리였다.

엘리야는 무릎을 꿇고 미친듯이 바닥을 파헤치기 시작했다. 흙과 돌멩이, 나뭇조각 들을 치웠다. 마침내 그의 손에 뜨끈한 것이 닿았다. 피였다.

"죽지 말아요, 제발." 엘리야가 말했다.

"잔해들을 치우지 말아요." 그녀의 목소리가 들렸다. "당신에게 지금 내 얼굴을 보이고 싶지 않아요. 가서 내 아들을 구해줘요."

엘리야가 바닥을 계속 파헤치자 그녀가 다시 말했다.

"가서 우리 아들을 찾아줘요. 제발 내 부탁대로 해줘요."

엘리야는 고개를 떨구고 숨죽여 울기 시작했다.

"아이가 어디 묻혔는지 모르겠어요." 그가 말했다. "제발 떠나지 말아요. 내 곁에 있어줘요. 나에게 사랑을 가르쳐줘요. 나는 이제 준비가 됐어요."

"당신이 이곳에 오기 몇 년 전부터 나는 죽기만 바라며 살아왔어요. 죽음이 내 소원을 듣고 나를 데리러 왔을 거예요."

여인이 신음했다. 엘리야는 입술을 깨문 채 아무 말도 하지 않았다. 누군가 그의 어깨를 건드렸다.

놀라서 돌아보니 여인의 아들이 서 있었다. 온몸에 흙먼지와 검댕을 뒤집어썼지만 다친 곳은 없어 보였다.

"우리 엄마 어디 있어요?" 아이가 물었다.

"여기 있다, 아들아." 잔해 밑에서 여인이 대답했다. "다친 데 없니?"

엄마의 목소리를 듣고 아이는 울음을 터뜨렸다. 엘리야는 아이를 끌어안았다.

"울고 있구나, 우리 아들." 점점 약해지는 목소리로 여인이 말했다. "울지 마. 엄마는 인생에 의미가 있다는 사실을 깨닫기까지 정말 많은 시간이 걸렸단다. 내가 그걸 너에게 가르쳐줄 수 있다면 좋겠구나. 네가 태어난 이 도시는 지금 어떻게 되었니?"

엘리야와 아이는 서로 부둥켜안은 채 가만히 있었다.

"아크바르는 멀쩡해요." 엘리야는 거짓말을 했다. "우리 병사 몇이 목숨을 잃었지만 아시리아군은 물러갔어요. 그들은 자기네 장군을 죽인 총독에게 보복하려고 쫓고 있어요."

다시 침묵이 이어졌다. 이번에는 전보다 더 힘없는 목소리로 그녀가 말했다.

"아크바르가 무사하다고 말해줘요."

엘리야는 그녀가 곧 숨을 거두리란 걸 알았다.

"이곳은 온전해요. 당신 아들도 무사합니다."

"당신은요?"

"나도 살아남았고요."

엘리야는 이런 말이 그녀를 가벼운 마음으로 평화롭게 떠나게 해주리란 걸 알았다.

"내 아들에게 무릎을 꿇으라고 전해줘요." 잠시 후 여인이 말했다. "그리고 당신이 주 하느님의 이름으로 내게 한 가지 맹세를 해주면 좋겠어요."

"뭐든지 말해요. 뭐든 원하는 대로 하겠어요."

"언젠가 당신은 나에게 주님은 어디에나 계신다고 말했고 나
는 그 말을 믿었어요. 또 당신은 영혼들은 다섯번째 산 정상으로
가는 게 아니라고 했고 나는 그 말도 믿었지요. 하지만 당신은
영혼들이 어디로 가는지는 말해주지 않았어요.

맹세해줘요. 나를 위해 울지 않겠다고요. 그리고 주님께서 각
자의 길을 가라고 허락하실 때까지 두 사람이 서로를 보살피겠
다고요. 지금 이 순간부터 내 영혼은 이 땅에서 내가 마주한 모
든 것이 될 거예요. 나는 골짜기이자 주변의 산들이고 도시이며
길 위의 사람들이에요. 나는 상처 입은 자들이며 거지, 군인, 사
제, 상인, 귀족 들이기도 해요. 또 당신이 밟고 선 땅이자 모두의
목마름을 해소하는 우물이에요.

그러니 나를 위해 울지 말아요. 슬퍼할 이유가 없으니까. 지금
부터 나는 아크바르이고, 이 도시는 아름다워요."

이윽고 죽음의 고요가 내려앉았고 불어오던 바람이 멈추었다.
엘리야에게는 더이상 바깥의 울음소리와 이웃집이 타들어가는
소리가 들리지 않았다. 오로지 침묵뿐이었고, 그 침묵이 어찌나
완강한지 손을 내밀면 만져질 것 같았다.

엘리야는 아이를 품에서 놓아준 후 자신의 옷을 찢고는 하늘

232

을 향해 목청이 터져라 외쳤다.

"주 저의 하느님! 당신의 말씀대로 저는 이스라엘을 떠났고, 그곳에 남은 예언자들처럼 당신을 위해 제 피를 흘릴 수 없었습니다. 친구들은 저에게 비겁하다고 했고 적들은 배신자라고 불렀습니다.

당신의 말씀대로 저는 까마귀가 가져다준 것만 먹었고, 이곳 사람들은 아크바르라고 부르는 사렙타까지 사막을 가로질렀습니다. 당신의 손에 이끌려 한 여인을 만났고 당신이 이끄는 대로 그녀를 사랑하게 되었습니다. 하지만 한순간도 진정한 사명을 잊은 적 없었고 이곳에서 보낸 하루하루 언제라도 떠날 준비가 돼 있었습니다.

아름다운 아크바르는 이제 폐허가 되었고 저를 믿었던 여인은 그 폐허 아래 묻혀 있습니다. 주님, 제가 지은 죄가 무엇입니까? 제가 당신의 기대에 어긋난 것이 언제입니까? 제가 그토록 못마땅하시다면 왜 저를 이 세상에서 데려가지 않으십니까? 당신은 저를 데려가시는 대신, 저를 구해주고 사랑해주었던 이들을 또다시 벌하셨습니다.

당신의 뜻을 모르겠습니다. 당신이 행하시는 일에서 정의가 보이지 않습니다. 당신이 제게 안겨주신 고통을 견딜 수가 없습니다. 저 역시 폐허가 되어 제 안에는 불과 먼지만 남았으니 저에게서 그만 떠나가주십시오."

그때 모두 타버린 황폐한 풍경 한가운데에 빛이 나타났다. 주님의 천사가 또다시 엘리야를 찾아온 것이다.

"여기 뭘 하러 오셨습니까?" 엘리야가 물었다. "이미 늦었다는 걸 모르시나요?"

"주님께서 다시 한번 너의 기도를 들으셨으며 너의 청을 이루어주시리라는 말을 전하러 왔다. 네가 감당해야 할 시련이 다 지나가기 전까지는 너의 천사의 말이 더는 들리지 않고 나도 다시는 볼 수 없을 것이다."

* * *

엘리야는 아이의 손을 잡고 정처 없이 걷기 시작했다. 바람에 흩어지던 연기는 이제 길거리에 자욱해 숨쉬기조차 힘들었다. '이건 다 꿈일 거야.' 그는 생각했다. '그저 악몽일 거야.'

"아저씨는 엄마에게 거짓말했어요." 아이가 말했다. "도시는 다 파괴되었잖아요."

"그건 중요하지 않아. 무슨 일이 일어났는지 볼 수도 없는데 차라리 마음 편히 돌아가시게 해드리는 게 낫지 않았을까?"

"엄마는 아저씨를 믿었으니까요. 그리고 엄마는 자신이 곧 아크바르라고 했으니까요."

엘리야는 땅에 흩어진 유리 조각과 도자기 조각에 발을 베였다. 통증이 느껴지는 걸 보니 이 모든 건 꿈이 아니었다. 주위의 모든 것은 처절하도록 현실이었다. 두 사람은 광장에 도착했다. 그게 언제였는지 아득하지만 그가 사람들의 분쟁을 해결해주던 곳이었다. 하늘은 화염 때문에 붉게 물들어 있었다.

"우리 엄마가 지금 내 눈앞의 이런 모습이 아니었으면 좋겠어요." 아이가 물러서지 않았다. "아저씨는 엄마한테 거짓말을 했어요."

아이는 자신이 한 맹세를 지키고 있었다. 아이의 얼굴에는 눈물 한 방울 흐르지 않았다. '내가 뭘 할 수 있을까?' 엘리야는 생각했다. 발에서 피가 흐르고 있으므로 일단 상처의 통증에 집중하기로 했다. 그러다보면 절망감을 떨칠 수 있을지도 몰랐다.

아시리아 병사의 칼에 베인 상처를 들여다보았더니 생각보다 깊지 않았다. 엘리야는 조금 전 적들에게 붙잡혔다가 한 첩자의 도움으로 목숨을 구했던 바로 그곳에 아이와 함께 앉았다. 이제 사람들은 더이상 뛰어다니지 않았다. 연기와 먼지와 폐허 속을 마치 살아 있는 시체들처럼 느릿느릿 걸어다녔다. 하늘에서 버림받은 영혼들 같았고, 영원히 땅 위를 떠돌아다녀야 하는 벌을 받은 것 같았다. 그들의 존재는 아무 의미도 없어 보였다.

그중 몇몇은 반응을 보이기도 했다. 그들은 여자들의 목소리와 학살에서 살아남은 일부 병사들이 하는 앞뒤 안 맞는 지시에 귀를 기울이고 있었다. 하지만 그렇게 나선 이들은 너무 적어서 눈에 띄게 달라지는 건 없었다.

세상은 신들이 꾸는 꿈의 집합체라고 언젠가 사제장이 말했었다. 만일 본질적으로 그의 말이 옳다면? 그는 신들이 이 악몽에서 깨어났다가 다시 잠들어 온화한 꿈을 꾸게 할 수 있을까? 밤마다 환영을 보던 시절에 그는 항상 잠에서 깨었다가 다시 잠들곤 했다. 우주의 창조자들에게는 같은 일이 일어나지 말란 법이 있을까?

엘리야는 시체들에 발이 걸려 넘어졌다. 죽은 자들은 이제 아무도 내야 할 세금이나 골짜기에 주둔하고 있는 아시리아 군대, 종교의식, 또는 한 번쯤 그들에게 말을 걸어왔던 방랑하는 예언자의 존재 때문에 근심하지 않았다.

'여기 언제까지나 머물 수는 없어. 그녀가 나에게 이 아이를 돌보라고 남겼으니 나는 그럴 자격이 있는 사람이 돼야 해. 그것이 이 땅에서 하는 마지막 일이 될지라도 그렇게 할 거야.'

그는 혼신의 힘을 끌어모아 자리에서 일어났고 아이의 손을 잡고 다시 걷기 시작했다. 몇몇 사람이 무너진 가게들과 천막들 안에서 물건을 훔치고 있었다. 그는 처음으로 주변 상황에 반응을 보이며 사람들에게 그런 짓을 멈추라고 말렸다.

하지만 사람들이 그를 밀치며 말했다.

"총독이 혼자 실컷 먹다 남긴 걸 찾아 먹는 거요. 그러니 우리를 말리지 마시오."

엘리야는 그들과 다툴 기운이 없었다. 아이를 데리고 도시 밖으로 나가 골짜기를 걷기 시작했다. 불의 칼을 든 천사들은 더이상 나타나지 않았다.

"보름달이 떴구나."

연기와 먼지로부터 멀어지자 환한 달빛이 밤을 밝히고 있었다. 그가 여인과 아이를 데리고 아크바르를 떠나 예루살렘으로 가려고 했을 때 달빛이 길을 밝혀주어 어렵지 않게 앞으로 나아갈 수 있었는데, 그건 아시리아인들에게도 마찬가지였던 것이다.

아이가 쓰러진 누군가의 몸에 발이 걸려 넘어지면서 비명을 질렀다. 사제장이었다. 그는 팔다리가 잘려나간 채 아직 살아 있었다. 그의 시선은 다섯번째 산 정상에 고정돼 있었다.

"네가 보다시피 페니키아의 신들이 천상의 전투에서 승리했다." 사제장이 힘겹지만 차분한 목소리로 말했다. 그의 입에서 피가 흘러나왔다.

"제가 사제장님의 고통을 끝내드리겠습니다." 엘리야가 대답했다.

"나의 의무를 다한 기쁨에 비하면 고통은 아무것도 아니지."

"의로운 사람들이 사는 도시를 멸망시키는 것이 당신의 의무였나요?"

"도시에 살던 사람들과 그들이 품었던 이상이 죽었을 뿐 도시는 죽은 게 아니다. 언젠가는 새로운 사람들이 아크바르에 와서 이곳의 물을 마실 것이고, 도시를 세운 이들이 남긴 돌은 새로운 사제들이 와서 닦고 간수할 것이다. 네 갈 길을 가거라. 나의 고통은 곧 끝날 테지만 너의 절망은 네 남은 평생 계속될 것이다."

사제장은 팔다리가 잘려나간 채 힘겹게 숨을 몰아쉬었고 엘리야는 그를 남겨두고 길을 떠났다. 그때 한 무리의 남자, 여자, 아이 들이 달려와 엘리야를 둘러쌌다.

"너 때문이야!" 그들이 외쳤다. "너는 네 조국의 명예를 더럽혔고 우리 도시에 저주를 불러들였어!"

"신들께서 지금 이 상황을 지켜보고 계시기를! 누구의 잘못인지 알아주시길!"

사람들이 엘리야를 밀치고 어깨를 붙잡아 흔들었다. 그러는 사이 아이가 엘리야의 손을 놓고 어디론가 사라졌다. 또다른 사람들에게 얼굴과 가슴과 등을 두드려맞는 동안 그는 아이만 생각했다. 자신에게는 아이를 옆에 두고 지킬 능력조차 없다는 생각이 들었다.

구타는 오래 이어지지 않았다. 다들 그간의 폭력 행위에 지쳐버린 것 같았다. 엘리야는 땅바닥에 쓰러졌다.

"여기서 꺼져!" 누군가 말했다. "너는 우리의 사랑을 증오로 갚았어!"

사람들이 자리를 떠났다. 엘리야는 일어설 힘도 없었다. 수치심에서 간신히 벗어났을 때 그는 더이상 전과 같은 사람이 아니었다. 죽고 싶지도, 살고 싶지도 않았다. 아무것도 원하지 않았다. 그에게는 사랑도 증오도 신앙도 남아 있지 않았다.

* * *

그는 얼굴을 스치는 누군가의 손길에 잠에서 깨어났다. 아직 밤이었지만 달은 이미 지고 보이지 않았다.

"나는 아저씨를 보살피겠다고 엄마한테 약속했어요." 아이가 말했다. "하지만 어떻게 해야 할지 모르겠어요."

"아크바르로 돌아가. 그곳 사람들은 인정이 많으니까 누군가 너를 돌봐줄 거야."

"아저씨는 다쳤잖아요. 내가 팔을 치료해줘야 해요. 어쩌면 천사가 나타나서 내가 뭘 하면 좋을지 알려줄지도 몰라요."

"너는 아무것도 할 줄 모르고 지금 무슨 일이 벌어지는지도 모르잖아!" 엘리야가 소리쳤다. "우리는 보통 사람일 뿐이고, 그러니 천사는 이제 다시 오지 않을 거야. 누구나 고통을 겪는 동안은 약해져. 비극이 닥치면 사람들은 각자 자기 힘으로 살아남아야 해!"

엘리야는 숨을 깊이 들이마시고 진정하려고 애썼다. 더 이야기해봐야 소용없는 일이었다.

"여기는 어떻게 찾아왔지?"

"아저씨 곁을 떠난 적이 없는걸요."

"그럼 내가 무슨 수모를 당했는지 다 봤겠구나. 이제 내가 아크바르에서 할일은 없다는 걸 너도 알 거야."

"아저씨는 인생의 모든 싸움에서 우리가 뭔가를 배울 수 있다고 말했잖아요. 패배한 싸움에서도요."

엘리야는 물을 길으러 아이와 우물까지 걸어가던 전날 아침을 떠올렸다. 하지만 그 시간으로부터 긴 세월이 지난 것 같았고, 고통에 직면했을 때 그런 근사한 말 따위는 아무 의미 없다고 말하고 싶어졌다. 하지만 아이를 겁먹게 하지 않기로 했다.

"그런데 집에 불이 났을 때 너는 어떻게 알고 피했니?"

아이가 고개를 숙였다. "난 잠들어 있지 않았어요. 아저씨랑 엄마가 엄마 방에서 만나는지 보려고 밤을 새울 작정이었거든요. 그래서 아시리아 병사들이 들이닥치자마자 알았어요."

엘리야는 자리에서 일어나 걷기 시작했다. 언젠가 여인과 앉아 함께 황혼을 바라보던 다섯번째 산 앞 바위를 찾아 걸었다.

'그곳에 가면 안 돼.' 그는 생각했다. '지금보다 더 절망하게 될 거야.'

하지만 알 수 없는 힘이 그를 그곳으로 이끌었다. 바위 앞에 도착한 엘리야는 비통하게 흐느껴 울었다. 아크바르처럼 그저 돌 하나로 표시된 곳이었지만, 골짜기 전체에서 오직 엘리야에게만 의미 있는 곳이었다. 앞으로 새로운 주민들은 그 바위 앞에서 기도하지 않을 것이고, 사랑의 의미를 발견한 연인들이 그 바위를 문질러 닦는 일도 없을 것이다.

그는 아이를 품에 안고 다시 잠이 들었다.

"배고프고 목이 말라요." 엘리야가 눈을 뜨자마자 아이가 말했다.

"이 근처에 사는 양치기들 집에 가보자. 그 사람들은 아크바르에 살지 않으니까 아무 일 없었을 거야."

"우리는 도시를 다시 세워야 해요. 엄마는 자신이 곧 아크바르라고 했어요."

무슨 도시를 다시 세운단 말인가? 이제는 궁전도 시장도 성벽도 남아 있지 않았다. 선량한 주민들은 도둑떼로 변해버렸고 젊은 병사들은 학살당했다. 천사들을 다시 만날 수도 없을 테지만 그건 여러 문제 가운데 가장 사소한 것이었다.

"너는 어젯밤에 일어난 파괴와 고통과 죽음에 의미가 있다고 생각하니? 누군가에게 어떤 가르침을 주기 위해 수천 명의 목숨을 앗아갈 필요가 있다고 생각해?"

아이는 놀란 눈으로 그를 쳐다보았다.

"방금 한 말은 그냥 잊어라." 엘리야가 말했다. "양치기가 사는 곳이나 찾아보자."

"그리고 도시를 다시 세워요." 아이가 거듭 말했다.

엘리야는 대답하지 않았다. 재앙을 몰고 왔다고 그를 비난하는 사람들이 더이상 그의 말을 듣지 않으리란 걸 알고 있었다. 총독은 도망쳤고 수비대장은 죽었으며 머지않아 티레와 시돈도 외세의 침략에 무너질 게 분명했다. 어떤 의미에서는 여인이 옳았다. 신들의 마음은 수시로 변했고 이번엔 주님의 마음이 떠나버린 것이다.

"언제 도시로 돌아가요?" 아이가 또 물었다.

엘리야는 아이의 어깨를 잡고 거칠게 흔들었다.

"뒤를 봐! 너는 눈먼 천사가 아니라 엄마가 무슨 일을 하는지 살펴보던 어린아이야. 뭐가 보여? 기둥처럼 솟아오른 연기가 보여? 그게 무슨 뜻인지 모르겠어?"

"놔요! 아파요! 난 여기 있기 싫어요, 갈 거예요!"

엘리야는 자신의 행동에 스스로 놀라 동작을 멈췄다. 이런 식으로 행동한 적은 한 번도 없었다. 아이가 그에게서 벗어나 도시

쪽으로 달려가기 시작했다. 엘리야는 아이를 따라가 붙잡고는 무릎을 꿇었다.

"나를 용서해다오. 나도 내가 왜 그랬는지 모르겠다."

아이는 흐느꼈지만 눈물은 한 방울도 흐르지 않았다. 엘리야는 곁에 앉아 아이의 마음이 가라앉기를 기다렸다.

"가지 마." 그가 간청했다. "네 엄마가 죽기 전에 나는 네가 너의 길을 갈 수 있을 때까지 곁에서 보살피겠다고 네 엄마에게 맹세했어."

"그리고 도시가 온전하다고도 말했잖아요. 그래서 엄마가……"

"두 번 말하지 않아도 돼. 난 지금 내가 저지른 잘못 때문에 혼란스럽구나. 내가 정신을 차리게 시간을 좀 주렴. 너를 아프게 할 생각은 없었어."

아이가 엘리야를 꼭 끌어안았다. 하지만 여전히 눈물 한 방울 흘리지 않았다.

* * *

그들은 골짜기 한가운데에 있는 집에 이르렀다. 한 여인이 문가에 나와 있었고 집 앞에서 어린아이 둘이 놀고 있었다. 가축들은 아직 우리 안에 있었는데, 이날 아침 양치기가 산에 가지 않은 모양이었다.

여인은 겁에 질린 채 자신을 향해 다가오는 한 남자와 아이를 바라보았다. 직감적으로 그들을 쫓아버리고 싶었지만 찾아온 이들에게 잠자리와 음식을 내주어야 한다는 신들의 가르침과 관습을 따라야 했다. 찾아온 이들을 대접하지 않으면 그녀의 자식들이 훗날 똑같은 곤경에 처할 수 있었다.

"돈은 없습니다." 여인이 말했다. "하지만 물과 음식은 조금 드릴 수 있어요."

엘리야와 아이는 초가지붕 아래 그늘진 곳에 앉았고, 여인이 말린 과일과 물 한 병을 가져다주었다. 그들은 말없이 음식을 먹으며 지난밤 이후 처음으로 평범한 일상을 조금 되찾았다. 낯선 이들이 찾아오자 놀란 아이들은 집안으로 숨었다.

내어준 음식을 다 먹고 나서 엘리야는 양치기가 어디 있는지 물었다.

"좀 있으면 올 거예요." 여인이 대답했다. "엄청나게 큰 소리가 들리더니 아침에 어떤 이가 와서 아크바르가 폐허가 되었다고 하더라고요. 그래서 남편이 무슨 일인지 알아보러 갔어요."

어린아이들이 엄마를 부르자 여인은 안으로 들어갔다.

'이 아이를 설득하려 해봐야 소용없을 거야.' 엘리야는 생각했다. '원하는 대로 해줄 때까지 아이는 나를 가만 놓아두지 않을

거야. 내가 아크바르를 재건할 순 없다는 걸 보여줘야 마음을 돌리겠지.'

음식과 물이 기적이라도 일으킨 듯했다. 엘리야는 다시 자신이 세상의 일부가 된 느낌이 들었다.

대답을 구하기보다 해결책을 찾기 시작하자 믿기 어려울 만큼 유연하게 사고가 전개되었다.

* * *

얼마 후 나이가 지긋한 양치기가 집에 돌아왔다. 그는 가족의 안전을 걱정하며 경계하는 눈으로 엘리야와 아이를 쳐다봤다. 하지만 곧 상황을 알아차렸다.

"당신들은 아크바르에서 도망쳤군요." 그가 말했다. "나는 그곳에 다녀오는 길이에요."

"아크바르는 어떻게 됐어요?" 아이가 물었다.

"도시는 폐허가 되었고 총독은 도망쳤단다. 신들이 세상을 혼란에 빠뜨렸어."

"우리는 가진 걸 모두 잃었습니다." 엘리야가 말했다. "우리를 거두어주세요."

"내 아내가 이미 쉴 곳과 음식을 내주었겠지요. 이제 여길 떠나 피할 수 없는 현실을 마주하세요."

"아이에게 뭘 해줘야 할지 모르겠습니다. 도움이 필요합니다."

"당신은 잘 알고 있어요. 아이는 아직 어리고 지혜로워 보이고 생기가 넘치네요. 그리고 당신은 사는 동안 승리와 패배를 수없이 겪으며 경험을 쌓았을 테고요. 두 사람이 함께하면 완벽할 거예요. 당신이 지혜를 찾는 데 도움이 될 겁니다."

양치기는 엘리야의 팔에 난 상처를 살펴보더니 다행히 상처가 심각하지는 않다고 했다. 그리고 집안으로 들어가서 약초 몇 가지와 천조각을 가져왔다. 그가 약초를 찧어 엘리야의 상처에 붙이려는데 아이가 옆에서 거들었다. 양치기가 혼자 할 수 있다고 말하자 아이는 서로 보살펴주기로 엄마와 약속했다고 대답했다.

양치기가 크게 웃었다.

"당신 아들은 약속을 지키는 사람이군요."

"난 아저씨의 아들이 아니에요. 그리고 엘리야 아저씨도 약속을 잘 지키는 사람이에요. 아저씨가 전에 나를 살렸듯이 이번에는 우리 엄마를 살리기 위해 아크바르를 다시 일으킬 거예요."

그 순간 엘리야는 아이의 의도를 이해했으나 그가 미처 입을 열기 전에 양치기가 그때 막 집에서 나오던 아내에게 들릴 만큼 큰 소리로 외쳤다. "그렇다면 지금 당장 인생을 다시 일으키는 게 좋을 겁니다. 모든 것이 원래 모습으로 돌아가려면 시간이 많이 걸릴 테니까요."

"다시 원래 모습으로 돌아가지 못할 겁니다."

"당신은 현명한 젊은이니 내가 모르는 많은 것을 배우게 될 겁니다. 하지만 나는 자연으로부터 내가 결코 잊지 못할 것을 배웠지요. 양치기들처럼 날씨와 계절에 의존해 살아가는 사람은 피할 수 없는 일들을 겪으며 살아남습니다. 양치기는 양떼를 돌보며 양 한 마리 한 마리를 마치 유일한 존재인 듯 소중히 대하고, 어미들을 도와 새끼를 기르고, 양들이 물 마시는 곳에서 절대로 멀리 떠나지 않아요. 그럼에도 불구하고 가끔은 그토록 정성을 다해 돌본 새끼 양이 사고로 죽기도 하지요. 뱀한테 물리거나 들짐승에게 잡아먹히거나 벼랑에서 떨어져서요. 피할 수 없는 일은 항상 일어납니다."

엘리야는 아크바르 쪽을 바라보며 천사와 나눈 이야기를 떠올렸다. 피할 수 없는 일은 항상 일어난다.

"그것을 극복하려면 수련과 인내가 필요합니다." 양치기가 말을 보탰다.

"그리고 희망을 가져야 해요. 더이상 희망이 보이지 않을 때에는 불가능에 맞서느라 힘을 소진할 필요 없어요.

내가 말하는 희망이란 미래에 관한 이야기가 아니에요. 과거

248

를 스스로 다시 쌓아올리는 문제지요."

양치기는 더이상 마음이 조급하지 않았고 눈앞의 난민들에게 동정심을 느꼈다. 그와 가족들은 비극을 면했으니 신들에게 감사하는 뜻에서라도 그들을 돕지 않을 이유가 없었다. 게다가 다섯번째 산에 올라서도 하늘의 불에 맞지 않은 이스라엘 예언자에 대한 소문은 그도 이미 들어 알고 있었는데, 지금 앞에 있는 이 남자가 분명 그라는 확신이 들었다.

"원한다면 여기서 하루 더 지내요."

"그런데 조금 전에 하신 말씀을 이해하지 못했습니다." 엘리야가 말했다. "자신의 과거를 스스로 다시 쌓아올린다는 이야기 말입니다."

"나는 이곳을 지나 티레와 시돈으로 가는 사람들을 오랫동안 지켜봐왔어요. 그중 어떤 이들은 아크바르에서 아무것도 얻지 못했다면서 새로운 기회를 찾고 있었지요.

어느 날 그 사람들이 다시 돌아왔어요. 그들은 찾던 것을 결국 얻어내지 못했어요. 그들의 짐에 실패한 과거의 무게까지 함께 지고 다녔기 때문이었지요. 몇몇은 관직을 얻기도 했고, 자식들에게 더 나은 환경을 만들어줄 수 있다고 기뻐하기도 했지만 그뿐이었어요. 그들은 아크바르에서 겪은 지난 일들 때문에 겁쟁이가 되어 위험을 무릅쓸 자신감이 부족했던 거예요.

그런가 하면 내 집 앞으로 지나가는 사람들 중에는 열정이 가득한 사람들도 있었어요. 그들은 아크바르에서 사는 동안 모든 순간을 알차게 보냈고, 열심히 노력한 끝에 원하는 여행을 할 수 있을 만큼 돈을 모으기도 했어요. 이 사람들에게 인생은 승리의 연속이었고 앞으로도 그럴 것 같았죠.

　이 사람들 역시 돌아왔는데, 사람들에게 들려줄 멋진 이야기들을 안고 왔어요. 그들은 원하던 모든 것을 얻었지요. 그건 그들이 실패한 과거에 낙담하거나 좌절하지 않았기 때문이에요."

* * *

　양치기의 말이 엘리야의 마음속 깊이 와닿았다.

　"인생을 다시 세우는 건 어렵지 않아요. 폐허가 된 아크바르를 다시 세우는 게 불가능하지 않은 것처럼요." 양치기가 말을 이어갔다. "우리가 가진 힘이 전과 똑같다는 것만 알면 돼요. 그리고 그 힘을 우리 자신의 이익을 위해 쓰면 된다는 걸 알면."

　양치기가 엘리야의 눈을 응시했다.

　"만족스럽지 않은 과거가 있다면 지금 당장 잊어버려요. 당신 인생의 새로운 이야기를 상상해보고 그대로 믿어봐요. 원하던 것을 성취한 그 순간에만 집중하는 거예요. 그럼 그 힘이 당신이 바라는 것을 이루어내도록 도와줄 겁니다."

'한때는 목수가 되길 바랐어. 그후 나는 이스라엘을 구원하기 위해 보내진 예언자가 되길 바랐지.' 엘리야는 생각했다. '천사들이 하늘에서 내려왔고 주님께서 나에게 말씀을 전하셨어. 그러다 주님은 정의롭지 않으며, 주님의 뜻은 언제나 내가 이해할 수 있는 수준을 넘어선다는 걸 알게 됐고.'

양치기는 오늘 일을 나가지 않겠다고 아내를 불러 말했다. 이미 아크바르까지 걸어갔다 온 참이라 다시 길을 나서기에는 너무 피곤했다.

"우리를 받아주셔서 감사합니다." 엘리야가 말했다.

"하룻밤 묵을 곳을 내주는 게 뭐 큰일이겠어요."

아이가 끼어들었다. "우리는 아크바르로 돌아가고 싶어요."

"내일 아침까지 기다리렴. 사람들이 도시 곳곳에서 약탈을 하고 있고, 잘 곳도 없단다."

아이는 땅을 내려다보고 입술을 깨물며 다시 한번 눈물을 참았다. 양치기는 그들을 집안으로 들였다. 그리고 아이들과 아내를 안심시키고는 엘리야와 아이가 생각을 다른 곳으로 돌릴 수 있도록 날씨 이야기를 하며 남은 하루를 보냈다.

다음날 엘리야와 아이는 아침 일찍 일어나 양치기의 아내가
준비해준 아침을 먹고 집을 나서려 문 앞에 섰다.

　"만수를 누리시고, 양떼가 더 불어나길 기원합니다." 엘리야
가 말했다. "제 몸에 필요했던 음식을 섭취하였고, 제 영혼은 아
직 몰랐던 것을 배웠습니다. 당신이 우리에게 베풀어주신 것을
신께서 결코 잊지 않으시길, 당신의 아이들이 낯선 땅에 있을 때
도움의 손길이 있기를 빌겠습니다."

　"당신이 어떤 신에 대해 이야기하고 있는지 모르겠군요. 다섯
번째 산에는 신들이 많아서요." 양치기가 무뚝뚝하게 툭 내뱉더
니 이내 말투를 바꾸어 덧붙였다. "당신이 해놓은 멋진 일들을
기억하세요. 그 기억들이 용기를 줄 겁니다."

"저는 한 일이 거의 없는데다가 그나마 제 능력으로 이룬 일은 하나도 없습니다."

"그렇다면 일을 더 많이 해야 할 때가 되었군요."

"어쩌면 제가 침략을 막을 수도 있었을 텐데 그러지 못했습니다."

양치기가 소리 내어 웃었다.

"당신이 아크바르의 총독이었다 해도 피할 수 없는 일을 막을 수는 없었을 겁니다."

"얼마 안 되는 아시리아 군대가 골짜기에 처음 나타났을 때 총독은 공격 명령을 내렸어야 했어요. 아니면 전쟁이 일어나기 전에 평화 협상을 해야 했어요."

"일어날 수도 있었지만 결국 일어나지 않은 일들은 모두 바람에 실려가 아무 흔적도 남기지 않아요." 양치기가 말했다. "인생은 우리의 실제 행동들로 이루어지지요. 그중 어떤 일들은 우리가 반드시 겪어내도록 신들이 정해둔 것이기도 해요. 이유가 무엇인지는 중요하지 않아요. 그 일을 피하기 위해 우리가 할 수 있는 건 아무것도 없거든요."

"왜 그런 걸까요?"

"아크바르에 살던 어느 이스라엘 예언자에게 물어보세요. 그 이는 모든 답을 알고 있을 것 같군요."

양치기는 울타리 쪽으로 걸어갔다. "나는 양들을 먹이러 가야 해요." 그가 말했다. "어제 풀을 뜯으러 가지 못해 어서 나가고 싶을 거예요."

그는 손을 흔들어 인사하고는 양떼를 몰고 떠났다.

아이와 엘리야는 골짜기를 따라 걸어갔다.

"아저씨는 천천히 걷고 있네요." 아이가 말했다. "앞으로 일어
날 일이 두려운 거죠."

"내가 두려운 건 나 자신뿐이란다." 엘리야가 대답했다. "내
마음은 이미 사라져버려서 누구도 나를 해칠 수 없어."

"나를 죽음에서 살려내신 신은 아직 살아 있어요. 아저씨가 아
크바르를 다시 일으키면 신도 우리 엄마를 살려내실 거예요."

"그 신은 잊어버리렴. 그분은 아주 멀리 계시고 이제 우리가
바라는 기적을 행하지 않으셔."

양치기의 말이 옳았다. 그 순간부터 자신의 과거를 다시 쌓아
올리고, 한때는 스스로 이스라엘을 해방시킬 예언자라고 믿었으

나 결국 도시 하나조차 구하지 못하고 실패한 지난 시간은 잊어야 했다.

그 생각을 하니 엘리야는 묘한 희열을 느꼈다. 난생처음 자유를 느꼈고 언제든 원할 때 하고 싶은 일을 할 수 있을 것 같은 자신이 생겼다. 그는 이제 천사의 말은 듣지 못할 테지만 그 대신 자유롭게 이스라엘로 돌아갈 수도, 목공일을 다시 할 수도, 그리스로 가서 현인들의 사상을 공부할 수도, 아니면 페니키아 뱃사람들과 바다 건너편 땅으로 떠날 수도 있었다.

하지만 그전에 복수를 해야 했다. 끊임없이 명령만 내리고 늘 당신 하고 싶은 대로만 하면서 기도는 들어주지 않는 하느님에게 그는 청춘의 가장 찬란한 시절을 다 바쳤다. 하느님의 결정을 따르고 하느님의 뜻을 존중하는 삶을 살았다.

그러나 신실하게 그분을 섬긴 대가로 그는 버림받았고, 헌신은 무시당했으며, 최상위의 존재인 하느님의 뜻을 받들려 노력한 결과 인생에서 유일하게 사랑했던 여인이 목숨을 잃었다.

"당신은 온 세상과 별들의 힘을 모두 가진 분이시니," 엘리야는 옆에서 걷고 있는 아이가 알아듣지 못하도록 모국어로 말했다. "우리가 벌레를 죽이듯이 도시와 나라를 파괴할 능력이 있는 분이시니, 지금 당장 하늘의 불을 내리시어 저의 목숨을 끊어주십시오. 저를 죽이지 않으신다면 저는 당신이 하시는 일을 거스르게 될 겁니다."

저멀리 아크바르가 보였다. 엘리야는 아이의 손을 꼭 잡았다.

"지금부터 도시의 성문에 이를 때까지 나는 눈을 감고 걸을 테니 네가 나를 이끌어주겠니." 그가 아이에게 부탁했다. "만일 내가 걸어가는 도중에 죽으면 나에게 해달라고 했던 그 일을 네가 직접 하거라. 네 손으로 아크바르를 재건하는 거야. 물론 그러기 위해서는 먼저 어른이 되어 나무를 자르고 돌을 다루는 법을 배워야겠지."

아이는 대답하지 않았다. 엘리야는 눈을 감고 아이가 이끄는 대로 따라갔다. 바람소리가 들렸고 모래땅을 밟는 자신의 발소리가 들렸다.

그는 모세를 떠올렸다. 모세는 선택받은 백성들을 해방시킨 후 그들을 이끌고 극심한 고난을 견디며 사막을 지나왔으나 하느님은 그가 가나안 땅에 들어가지 못하게 하셨다. 그때 모세는 이렇게 말했다.

"부디 저를 건너가게 해주시어, 제가 요르단강 건너편에 있는 저 아름다운 땅을 보게 해주소서."

하지만 주님은 그의 간청에 노여워하시며 이렇게 대답하셨다. "더이상 이 일로 나에게 말하지 마라. 서쪽과 북쪽과 남쪽과 동쪽으로 눈을 들어, 네 눈으로 똑똑히 보아라. 너는 이 요르단강을 건너지 못할 것이다."

모세의 오랜 세월에 걸친 고된 헌신에 대해 주님은 그렇게 보답하신 것이다. 약속의 땅에 발도 못 붙이게 하셨다. 만일 모세가 주님의 말씀을 거역했다면 무슨 일이 벌어졌을까?

엘리야는 다시 하늘을 향해 속으로 외쳤다.

'주여, 이 전쟁은 아시리아와 페니키아의 전쟁이 아니라 당신과 저의 싸움이었습니다. 당신은 당신과 나 사이의 이 이례적인 전쟁을 예고하지도 않으셨고, 언제나 그랬듯이 승리를 거두셨고, 모두 당신의 뜻대로 이루셨습니다. 제가 사랑했던 여인의 목숨을 앗아가셨고, 제가 조국에서 멀리 떠나왔을 때 저를 받아준 도시를 파괴하셨습니다.'

귓가에 들리는 바람소리가 한층 거세졌다. 엘리야는 두려웠지만 계속했다.

'저는 제가 사랑했던 여인을 다시 살릴 수는 없지만 당신이 파괴한 도시의 운명은 바꿀 수 있습니다. 모세는 당신의 뜻을 받들어 강을 건너지 않았습니다. 하지만 저는 앞으로 나아갈 것입니다. 그러니 저를 지금 당장 죽이십시오. 제가 성문에 이르게 두시면 저는 당신이 이 땅에서 쓸어버리려 하셨던 그 도시를 다시 세울 것이기 때문입니다. 그러면 당신의 결정에 맞서는 것이 되겠지요.'

258

그는 이제 더이상 생각하지 않았다. 마음을 비우고 죽음을 기다렸다. 한참 동안 모래 위를 걸어가는 발소리에만 귀기울였다. 천사의 말소리도 하늘의 위협도 듣고 싶지 않았다. 그의 마음은 자유로웠고 자신에게 무슨 일이 벌어질지 더이상 두렵지 않았다. 하지만 뭔가 중요한 것을 잊어버리기라도 한 듯 영혼 깊은 곳이 어지러워지기 시작했다.

한참 후에 아이가 걸음을 멈추고 엘리야의 팔을 흔들었다.

"다 왔어요." 아이가 말했다.

엘리야는 눈을 떴다. 하늘의 불은 떨어지지 않았고, 그의 눈앞에는 아크바르의 무너진 성벽이 펼쳐져 있었다.

* * *

엘리야는 그가 도망갈세라 힘주어 그의 손을 붙잡은 아이를 바라보았다. 그는 이 아이를 사랑하는가? 그는 알지 못했다. 그런 생각은 나중으로 미룰 수도 있었다. 지금 그에게는 해야 할 일이 있었다. 하느님이 명령하지 않은 일을 하는 건 몇 년 만에 처음이었다.

그가 서 있는 곳까지 타는 냄새가 풍겨왔다. 짐승의 썩은 고기를 먹고 사는 새들이 태양 아래서 부패해가는 병사들의 시체를 공략할 때를 노리며 하늘에서 원을 그리며 날고 있었다. 엘리야는 죽은 병사의 시체로 다가가 허리춤에 꽂혀 있던 칼을 빼 들었다. 지난밤의 혼란 속에서 아시리아군이 성벽 밖에 있는 적군의 무기를 거두어가는 건 잊은 모양이었다.

"그 칼로 뭘 하려고요?" 아이가 물었다.

"나 자신을 지키려고."

"아시리아군은 이제 다 물러갔는데요."

"그래도 가져가는 게 좋겠어. 만일의 사태에 대비해야 하니까."

엘리야의 목소리가 떨렸다. 반쯤 허물어진 성벽을 넘어가면 이제 무슨 일이 벌어질지 알 수 없었지만 누구든 자신을 모욕하면 죽일 각오가 돼 있었다.

"나도 이 도시처럼 무너져내렸단다." 그가 아이에게 말했다. "그리고 이 도시처럼 나도 아직 사명을 다하지 못했어."

아이가 미소 지었다.

"다시 예전처럼 말하네요." 아이가 말했다.

"방금 내가 한 말을 오해하면 안 돼. 예전에 나의 목표는 이세벨을 권좌에서 몰아내고 이스라엘을 주님께 되돌려드리는 것이었지만, 지금은 그분께서 우리를 잊으셨으니 우리도 그분을 잊어야 해. 지금 나의 사명은 네가 부탁한 그 일을 해내는 거야."

아이가 의심하는 눈빛으로 그를 쳐다봤다.

"하지만 하느님이 안 계시면 우리 엄마는 죽은 자들 가운데서 살아 돌아오지 못할 거예요."

엘리야는 아이의 머리를 쓰다듬었다.

"엄마는 육체가 떠났을 뿐이야. 그녀는 늘 우리 곁에 함께 있고, 그녀의 유언처럼 그녀가 곧 아크바르란다. 그러니 그녀가 다시 아름다워지도록 우리가 힘을 보태야 해."

* * *

도시는 폐허에 가까웠다. 노인들과 여자들, 어린아이들이 정처 없이 거리를 헤매는 모습은 아시리아군이 침략해오던 날 밤 봤던 장면 같았다. 사람들은 뭘 해야 할지 모르는 것 같았다.

아이는 엘리야가 누군가와 마주칠 때마다 칼을 꼭 움켜잡는다는 걸 눈치챘다. 하지만 사람들은 두 사람에게 별 관심을 보이지 않았다. 그가 이스라엘 예언자라는 걸 대부분 알아봤고 몇몇은 고개를 숙여 인사하기도 했지만 말을 건네는 이도 화를 내는 이도 없었다.

'이 사람들에겐 분노할 감정마저 남아 있지 않구나.' 엘리야는 평소처럼 구름에 덮인 다섯번째 산 정상을 바라보며 생각했다.

그러면서 주님의 말씀을 떠올렸다.

"너희 주검들이 너희 우상들의 주검 위로 쌓이게 하겠다. 이렇게 나는 너희를 혐오할 것이다. 나는 너희 성읍들을 폐허로 만들고 너희 성소들을 황폐하게 하겠다.

너희 가운데 살아남은 자들의 마음에 겁을 집어넣으리니, 그들은 떨어지는 나뭇잎 소리에도 쫓길 것이다. 뒤쫓는 자가 없는데도 도망치다 쓰러질 것이다."

"주님, 이는 모두 당신께서 벌이신 일입니다. 당신은 당신 말씀대로 이루셨고, 살아 있으나 죽은 것과 다름없는 자들이 땅 위를 떠돌고 있습니다. 아크바르는 그런 자들이 머무는 곳이 되었습니다."

엘리야와 아이는 도시 중앙 광장으로 가서 허물어진 돌무더기 위에 앉아 주위를 둘러보았다. 파괴 상태는 생각보다 더 심각하고 무참했다. 집들 지붕이 대부분 무너졌고, 온 사방이 오물과 벌레로 뒤덮여 있었다.

"시신을 수습해 치워야겠구나." 엘리야가 말했다. "안 그러면 역병이 온 도시에 퍼질 거야."

아이는 시선을 내리깔았다.

"고개 들어." 엘리야가 말했다. "네 엄마를 기쁘게 해주려면 우리가 해야 할 일이 많단다."

하지만 아이는 고개를 들지 않았다. 저 폐허 어딘가에 자신을 낳아준 엄마가 묻혀 있다는 것을, 그리고 지금 주위에 있는 다른 시체들과 비슷한 모습이리라는 것을 점차 실감하고 있었다.

엘리야는 강요하지 않았다. 자리에서 일어나 시신 한 구를 어깨에 메고 광장 가운데로 옮겼다. 시신 매장에 대한 주님의 가르침이 무엇인지는 생각나지 않았다. 아무튼 그가 지금 해야 할 일은 역병을 막는 것이었고, 유일한 대책은 시신을 화장하는 것이었다.

그는 오전 내내 시신을 옮겼다. 아이는 꼼짝없이 한자리에 머물며 잠시도 눈을 들지 않았지만 엄마에게 한 약속대로 아크바르의 땅에 눈물 한 방울 흘리지 않았다.

한 여인이 멈춰 서서는 엘리야가 하는 일을 잠시 바라보았다.

"살아 있는 이들의 문제를 해결해주던 이가 지금은 죽은 이들의 몸을 거두고 있군요." 여인이 말했다.

"아크바르 남자들은 다 어디 갔지요?" 엘리야가 물었다.

"얼마 되지 않는 남은 것들을 들고 떠나버렸어요. 더이상 머물러 있을 만한 가치가 없으니까요. 노인이나 과부, 고아처럼 떠날 힘조차 없는 사람들만 도시에 남았어요."

"하지만 사람들은 여기서 대대로 살아왔잖아요. 그렇게 쉽게 포기해버릴 수는 없어요."

"모든 것을 잃어버린 사람에게 그런 얘기가 무슨 소용일까요."

"나를 도와주세요." 엘리야가 시신 한 구를 들쳐업고 시신 더미에 쌓으며 말했다. "역병의 신이 오지 못하게 시신을 모두 화장할 겁니다. 그 신은 살 타는 냄새를 무서워하니까요."

"차라리 역병의 신을 부르자고요." 여인이 말했다. "와서 하루라도 빨리 우리를 모조리 쓸어가버리라고요."

엘리야는 하던 일을 계속했다. 여인은 아이 옆에 앉아서 엘리야가 일하는 모습을 지켜보았다. 얼마 후 그녀가 다시 엘리야에게 다가갔다.

"당신은 왜 절망적인 도시를 구하려는 거죠?"

"그 이유를 따져보려고 하던 일을 멈췄다가는 내가 원하는 걸 이룰 능력이 없다고 생각하게 될 겁니다." 그가 대답했다.

나이든 양치기의 말이 맞았다. 유일한 탈출구는 불확실했던 과거를 잊고 스스로를 위한 새로운 역사를 만드는 것이었다. 과거의 엘리야는 집에 불이 났을 때 여인과 함께 죽어버렸고, 이제 그는 하느님을 믿지 않고 의심이 많은 사람이었다. 하지만 신이 가한 응징에 굴복하지 않고도 그는 아직 살아 있었다. 이 길로 계속 나아가길 원한다면 이제 마음의 소리에 귀기울여야 했다.

여인은 가벼워 보이는 시신을 골라 발로 밀면서 엘리야가 쌓아놓은 시신 더미로 옮겼다.

"당신을 돕는 건 역병의 신이 무서워서가 아니에요." 여인이 말했다. "어차피 아시리아군이 곧 다시 쳐들어올 테니 아크바르를 위해서도 아니고요. 저기 앉아 고개 숙이고 있는 아이를 위해서 하는 거예요. 아이에게 아직 창창한 미래가 남아 있다는 걸 알려줘야 하니까요."

"고맙습니다." 엘리야가 말했다.

"나한테 고마워하지 말아요. 이 폐허 어딘가에서 내 아들의 시신을 찾게 될지도 모르니까요. 저 아이 또래예요."

여인은 손으로 얼굴을 감싸고 눈물을 터뜨렸다. 엘리야는 그녀의 팔을 부드럽게 감싸쥐었다.

"당신과 제가 느끼는 고통은 결코 사라지지 않겠지만 일에 몰두하는 동안은 그래도 견딜 만할 겁니다. 몸이 지치면 마음이 괴로울 여지가 없으니까요."

그들은 하루종일 시신을 모아 쌓아올리는 섬뜩한 작업을 했다. 시신 대부분은 아크바르군으로 오해받고 아시리아 병사들에게 살해된 무고한 젊은이들이었다. 엘리야는 친구의 시신을 몇번인가 발견하고 눈물을 흘렸으나 일손을 멈추지 않았다.

* * *

날이 저물 무렵이 되자 두 사람은 기진맥진했다. 하지만 그들이 해놓은 일의 양은 보잘것없었고, 아크바르 주민들 어느 누구도 그들을 도와주지 않았다.

두 사람은 아이가 있는 곳으로 돌아왔다. 그때 아이가 비로소 고개를 들었다.

"배고파요." 아이가 말했다.

"먹을 것을 구해오마." 여인이 말했다. "아크바르의 집집마다 음식이 꽤 많이 숨겨져 있단다. 사람들은 적군의 포위가 길어질 걸 대비하고 있었거든."

"당신과 내가 먹을 음식만 가져오세요. 우리는 이 도시를 위해 땀흘려 일했으니까요." 엘리야가 말했다. "하지만 이 아이는 자기 몫을 스스로 구해야 합니다."

여인은 그의 의도를 이해했다. 그녀도 자기 아들에게 똑같이 했을 것이었다. 여인은 자기 집이 있던 곳으로 갔다. 약탈꾼들이 값나가는 물건들을 찾느라 온통 뒤져놓아 집안은 엉망이었고, 아크바르의 유명한 유리 장인들이 만든 유리병들은 거실 바닥에 산산조각나 있었다. 하지만 보관해놓은 마른 과일과 곡물을 찾을 수 있었다.

광장으로 돌아온 여인이 엘리야에게 음식을 나눠주었다. 아이는 아무 말도 하지 않았다.

그때 한 노인이 다가와 말을 걸었다.

"자네들이 하루종일 시신을 모으는 걸 봤네. 그래봐야 다 시간 낭비야. 아시리아군이 티레와 시돈을 정복한 후에 이곳으로 돌아오리란 걸 모르나? 역병의 신이 와서 나중에 그들을 쓸어가버리게 놔둬야 해."

"우리 자신을 위해서 하는 일도, 그들을 위해서 하는 일도 아닙니다." 엘리야가 대답했다. "이 여인은 아이에게 아직 미래가 있다는 걸 보여주기 위해 일하고 있습니다. 그리고 저는 과거는 더이상 없다는 걸 보여주려는 거고요."

"그렇다면 예언자 양반은 시돈의 공주 이세벨에게 더이상 위협적인 존재가 아니겠군. 놀라운 일이야! 이제 이세벨은 죽을 때까지 이스라엘을 다스릴 테니, 아시리아인들이 우리를 무자비하게 대할 경우 우리에게 언제든 도망칠 곳이 생긴 셈이로군."

엘리야는 대답하지 않았다. 예전에는 듣기만 해도 격렬한 증오심이 일던 그 이름이 지금은 이상하리만큼 무덤덤하게 느껴졌다.

"어찌됐든 아크바르는 재건되겠지." 노인이 말을 이었다. "도시가 세워질 장소는 신들이 선택하는데, 신들은 이 터를 버리지 않을 테니까. 하지만 도시를 재건하는 일은 후손들에게 맡기면 돼."

"그럴 수도 있겠지요. 하지만 우리는 그러지 않을 겁니다."

엘리야는 노인에게서 등을 돌려 대화를 끝냈다.

엘리야와 아이와 여인은 밖에서 잠을 잤다. 여인은 아이를 품에 안았고, 그러다 아이의 배에서 나는 꼬르륵 소리를 들었다. 음식을 조금 줄까 생각했지만 곧 마음을 바꿨다. 몸이 지치면 고통스러운 생각도 줄어드는 법. 깊은 슬픔에 빠진 아이는 무슨 일을 하든 바삐 몸을 움직일 필요가 있었다. 어쩌면 허기가 아이를 일하게 만들 수도 있었다.

다음날도 엘리야와 여인은 하던 일을 계속했다. 전날 말을 걸어왔던 노인이 또다시 찾아왔다.

"할일이 아무것도 없으니 자네들을 도울 수도 있겠어." 노인이 말했다. "하지만 시신을 나를 기력은 없어."

"그럼 작은 나뭇가지와 벽돌들을 모아주세요. 잿더미를 쓸어내주시고요."

노인은 부탁받은 일을 하기 시작했다.

* * *

해가 중천에 떴을 때 엘리야는 몹시 지쳐 땅바닥에 주저앉았다. 그의 천사가 옆에 와 있다는 걸 알았지만 더이상 천사의 말이 들리지는 않았다. '이제 와서 무슨 소용이겠어? 내게 도움이 필요할 때 천사는 아무것도 하지 않았어. 그리고 이제 천사의 조언은 필요 없어. 내가 할 일은 이 도시를 원래 모습으로 돌려놓고, 하느님께 내가 그분과 맞설 수 있다는 걸 보여드린 후에 가고 싶은 곳 어디로든 떠나는 거야.'

예루살렘은 별로 멀지 않았다. 이레만 걸으면 닿는 거리였고, 가는 길도 그다지 험하지 않았다. 하지만 그곳에서 그는 배신자로 쫓기는 신세였다. 어쩌면 다마스쿠스로 가거나 그리스 어느 도시로 가서 필경사 일자리를 구하는 편이 나을지도 몰랐다.

누군가 그의 팔을 건드렸다. 돌아보니 아이가 작은 병을 들고 있었다.

"어느 집에서 이걸 찾았어요." 아이가 말했다.

병에는 물이 가득차 있었다. 엘리야는 그 물을 한 방울도 남기지 않고 다 마셨다.

"뭘 좀 먹으려무나." 그가 말했다. "일을 했으니 먹을 자격이 있지."

아시리아군이 침략해온 날 밤 이후 처음으로 아이의 입술에 미소가 어렸고, 아이는 여인이 과일과 곡물을 놔둔 곳으로 달려갔다.

엘리야는 다시 하던 일을 계속했다. 무너진 집에 들어가서 돌더미를 치우고 시신을 찾아서 광장 가운데로 날랐다. 양치기가 그의 상처에 붙여준 약초가 떨어져나갔지만 신경쓰지 않았다. 다시 자긍심을 느껴도 될 만큼 충분히 강하다는 걸 스스로에게 증명하고 싶었다.

광장에 흩어진 쓰레기들을 모으고 있는 노인이 한 말이 맞을 것이다. 얼마 안 가 적들은 자기 손으로 씨를 심지 않았으면서도 그 열매를 거두러 돌아올 것이다. 엘리야는 그가 평생 처음이자 마지막으로 사랑했던 여인을 죽인 자들을 위해 일하고 있는 셈이었다. 아시리아인들은 미신을 믿는 족속이었으므로 무슨 수를 써서든 아크바르를 다시 세우려 할 것이다. 오래전부터 내려온 믿음에 따르면 신들은 골짜기와 동물들과 강과 바다가 조화를 이루도록 질서를 갖춰 도시를 세웠다고 했다. 그렇게 세운 도시마다 성스러운 장소를 마련해놓고 세상을 오랫동안 여행하다 그곳에서 휴식을 취한다고 했다. 그래서 도시 하나가 파괴되면 하늘이 땅으로 무너질 수도 있다는 것이었다.

또한 전설에 따르면 아크바르를 세운 이는 수백 년 전에 북쪽에서 내려온 사람이라고 했다. 길을 가던 그는 하룻밤 잘 장소를 정하고 물건들을 놓아둔 자리를 표시하기 위해 나뭇가지 하나를 땅에 꽂았는데, 다음날 나뭇가지가 뽑히지 않자 우주의 뜻임을 깨달았다. 그는 기적이 일어난 장소를 큰 돌로 표시했고, 근처에서 물이 솟는 샘을 발견했다. 이후 몇몇 부족이 차츰 그 돌과 샘 근처로 이주해왔고 아크바르가 탄생했다.

언젠가 총독은 엘리야에게, 페니키아의 오랜 믿음에 따르면 모든 도시는 하늘의 뜻과 땅의 뜻을 연결하는 제삼의 지점이라고 설명했다. 우주는 씨앗을 초목과 작물로 변화시키고, 땅은 그것을 길러내며, 인간은 그 땅에서 난 것을 수확해 도시로 가져가서 신들에게 제물을 봉헌한 후 성스러운 산에 남겨둔다는 것이다. 엘리야는 다른 지역에 두루 다녀본 것은 아니었지만, 세상 여러 민족의 세계관이 그와 비슷하다는 건 알고 있었다.

아시리아인들은 다섯번째 산의 신들에게 아무 제물도 바쳐지지 않는 상황을 우려했다. 그들에게도 우주의 균형을 망가뜨릴 의도는 전혀 없었기 때문이었다.

'지금 이것이 나의 뜻과 나를 시련 한가운데 홀로 내버려둔 주님의 뜻 사이의 싸움이라면, 나는 왜 이런 생각을 하고 있는 것인가?'

전날 그가 하느님께 맞서며 느꼈던 감정이 되살아났다. 뭔가 중요한 것을 잊고 있다는 생각이 들었지만, 아무리 애를 써도 그게 무엇인지 떠오르지 않았다.

또 하루가 지났다. 시신을 거의 다 수습했을 무렵 또 한 여인이 다가왔다.

"먹을 것이 하나도 없어요." 여인이 말했다.

"우리도 마찬가지예요." 엘리야가 대답했다. "어제부터 지금까지 우리는 한 사람 몫을 셋이서 나눠 먹었어요. 음식을 구할 수 있는 곳을 찾으면 내게도 알려줘요."

"그걸 내가 어떻게 찾겠어요?"

"아이들에게 물어봐요. 아이들은 다 알고 있어요."

아이는 엘리야에게 물을 가져다줬던 그때부터 삶의 의욕을 되찾은 듯 보였다. 엘리야는 아이에게 노인을 도와 함께 쓰레기와 잔해를 치우라고 시켰으나 아이를 일에 오래 붙들어둘 수는 없

274

었다. 지금 아이는 다른 아이들과 광장 한구석에서 놀고 있었다.

'차라리 잘된 일이야. 어른이 되면 땀흘려 일해야 할 때가 올 테니까.' 하지만 이곳에 온 첫날 밤, 일해야 먹을 자격이 있다며 아이를 굶긴 일을 후회하지는 않았다. 아이를 불쌍한 고아나 학살자들이 저지른 만행의 희생자로 취급했다면 도시로 들어오며 맛보았던 절망에서 결코 벗어나지 못했을 것이다. 이제 엘리야는 벌어진 사태에 대해 아이가 스스로 대답을 찾을 수 있도록 며칠간 홀로 놓아둘 작정이었다.

"어린아이들이 어떻게 그런 걸 알겠어요?" 음식을 얻으러 온 여인이 엘리야에게 물었다.

"직접 한번 물어보세요."

엘리야를 돕고 있던 여인과 노인은 새로 온 여인이 거리에서 놀던 어린아이들과 대화하는 모습을 보았다. 여인은 아이들의 말을 듣고 돌아서서 웃음 짓더니 광장 한구석으로 사라졌다.

"아이들은 알고 있다는 걸 자네는 어떻게 알았나?" 노인이 물었다.

"저도 한때 아이였으니까요. 아이들에게는 과거가 없어요." 엘리야는 양치기와 나누었던 대화를 다시 한번 떠올리며 말했다. "아이들은 아시리아군이 침략해온 날 밤 겁에 잔뜩 질렸지만 그후로는 더이상 두려워하지 않아요. 도시는 아이들이 마음껏

뛰놀 수 있는 넓은 공원이 되었어요. 그리고 사람들이 아크바르가 포위됐을 때 버티려고 보관해놓은 음식들을 발견한 거지요.

아이들은 항상 어른에게 세 가지를 가르쳐주죠. 별 이유 없이도 행복해하기, 무언가에 항상 몰두하기, 그리고 원하는 것을 얻어내기 위해 온 힘으로 매달리기. 제가 아크바르로 돌아온 것도 저 아이 때문입니다."

* * *

그날 오후에는 더 많은 노인과 여인들이 시신 수습 작업에 힘을 보태러 왔다. 아이들은 시신을 노리는 새떼를 쫓았고 나뭇가지와 천조각을 모아왔다. 밤이 되자 엘리야는 거대한 시신 더미에 불을 붙였다. 아크바르의 생존자들은 하늘로 솟아오르는 연기를 말없이 지켜보았다.

일을 마치자마자 엘리야는 지쳐서 쓰러졌다. 하지만 잠들기 전, 그날 아침 느꼈던 감정이 또 한번 되살아났다. 뭔가 중요한 것이 그의 기억 속으로 돌아오려고 안간힘을 쓰고 있었다. 그것은 그가 아크바르에 와서 사는 동안 배운 것이 아니라, 지금 일어나고 있는 모든 일에 의미를 부여하는 어떤 옛날이야기였다.

그날 밤, 어떤 사람이 나타나 동이 틀 때까지 야곱과 씨름을 했다. 그는 야곱을 이길 수 없다는 것을 알고 "나를 놓아다오" 하고 말했다.

그러나 야곱은 "저를 축복해주시지 않으면 놓아드리지 않겠습니다" 하고 대답했다.

그가 야곱에게 "너는 하느님과도 겨루고 사람들과 겨루어 이겼구나. 너의 이름이 무엇이냐?" 하고 묻자, "야곱입니다" 하고 대답했다.

그러자 그가 말했다. "너는 더이상 야곱이 아니라 이스라엘이라 불릴 것이다."

엘리야는 깜짝 놀라 잠에서 깨어 하늘을 올려다봤다. 바로 그것이 그가 놓친 이야기였다!

아주 오래전 족장 야곱이 천막을 치고 잠을 자는데 밤에 누군가 천막 안으로 들어와서 날이 밝을 때까지 씨름을 했다. 야곱은 씨름 상대가 주님이라는 걸 알면서도 대결을 받아들였다. 그는 아침이 올 때까지 지지 않고 버텼고, 하느님이 그를 축복해주시기로 한 뒤에야 대결은 끝이 났다.

때로는 신과 맞서야 할 때도 있다는 사실을 아무도 잊지 않도록 그 이야기는 대대로 전해내려왔다. 인간은 모두 살아가다보면 때때로 비극을 마주하게 된다. 터전을 일궈놓은 도시가 외세의 침략을 받을 수도 있고, 자식이 죽을 수도 있고, 이유 없이 다른 이들에게 비난받을 수도 있고, 평생 장애를 남기는 질병에 걸릴 수도 있다. 이럴 때 하느님은 인간으로 하여금 당신과 정면으로 맞서고 당신의 질문에 대답하게 하신다. "왜 너는 그토록 짧고 고통으로 가득한 존재에 그토록 매달리느냐? 너의 싸움의 의미는 무엇이냐?"

이 질문에 어떻게 대답해야 할지 모르는 사람은 운명이라고 체념하지만, 존재의 의미를 찾기 원하며 하느님이 정의롭지 못하다고 느끼는 사람은 자신의 운명에 도전한다. 바로 이때 하늘에서 다른 종류의 불이 내려온다. 사람을 죽이는 불이 아니라 오래된 벽을 무너뜨리고 각각의 인간에게 그의 진정한 가능성을 열어주는 불이다. 비겁한 자들은 이 불이 자신의 심장을 끓어오르게 내버려두지 못한다. 그들이 원하는 건 예전의 익숙한 방식대로 살아가고 생각할 수 있도록 달라진 상황이 어서 원래대로 돌아가는 것이다. 하지만 용감한 자들은 오래된 것들을 불태우고, 내면에 큰 고통이 찾아온다 해도 하느님을 비롯한 모든 것을 버리고 앞으로 나아간다.

"용감한 이들은 끝까지 굽히지 않는다."

하늘에서 주님이 만족스러워하며 미소를 지으신다. 주님은 각자 자신의 삶을 스스로 책임지기를 원하시기 때문이다. 요컨대 그분은 당신의 자녀들에게 가장 큰 은총을 내리셨고, 가장 큰 은

총은 자신의 행동을 스스로 선택하고 결정하는 능력이다.

자신의 심장에 성스러운 불을 간직한 사람들만이 하느님과 맞설 용기가 있다. 그리고 그들만이 하느님의 사랑으로 돌아가는 길을 알고 있다. 비극은 형벌이 아니라 그들에게 주어진 도전이란 걸 알고 있기 때문이다.

엘리야는 그가 걸어온 길을 마음속으로 되짚어보았다. 목공소를 떠나던 그날부터 그는 자신의 사명을 아무 의심 없이 받아들였다. 그가 진실이라고 믿었던 그 사명이 정말 진실이었다 하더라도, 그는 자신이 선택하지 않은 길을 갔더라면 어땠을지 궁금해한 적조차 없었다. 자신의 믿음과 헌신과 의지를 잃게 될까봐 두려웠기 때문이다. 평범한 사람들의 길을 가는 것은 위험하다고 생각했는데, 그 길에 익숙해지고 그 길에서 본 것들을 좋아하게 될까 두려웠기 때문이다. 그가 천사의 말을 듣고 간혹 하느님의 명을 받는다 할지라도 그 역시 다른 모든 사람과 마찬가지라는 사실을 알지 못했다. 자신이 원하는 것이 무엇인지 알고 있다고 너무나 확신했기에 그는 인생에서 중요한 결정을 한 번도 내려본 적 없는 사람들과 똑같이 행동했다.

그는 의심과 패배와 망설임의 순간으로부터 달아났다. 하지만 자비로운 하느님은 그를 피할 수 없는 심연으로 인도하셨고, 그렇게 인간은 자신의 운명을 받아들이는 것이 아니라 선택해야 한다는 걸 알려주셨다.

아주 오래전 지금과 같은 어느 날 밤, 야곱은 하느님이 그를 축복해주시지 않으면 놓아드리지 않겠다고 했다. 그때 주님이 물으셨다. "너의 이름이 무엇이냐?"

이름을 갖는 것, 그것이 핵심이었다. 야곱이 자신의 이름을 말하자 하느님은 그에게 '이스라엘'이라는 이름을 주며 축복을 내리셨다. 인간은 모두 태어나자마자 이름을 얻지만, 자신의 삶에 의미를 주는 말을 스스로 선택해 자기 삶에 새로운 이름을 부여하고 축복할 줄 알아야 한다.

"나는 아크바르입니다." 그 여인이 말했었다.

도시 하나가 파괴되고 사랑하는 여인을 잃은 후에야 엘리야는 자신에게 새로운 이름이 필요하다는 걸 깨달았다. 그리고 그 뜻을 깨닫는 순간 엘리야는 자신의 삶에 해방이라는 이름을 붙였다.

* * *

엘리야는 자리를 털고 일어나 눈앞의 광장을 응시했다. 목숨을 잃은 자들을 태운 잿더미에서는 아직 연기가 피어오르고 있었다. 시신 화장은 망자를 예법에 맞게 땅에 매장하는 그 나라의 오랜 관습에 도전하는 일이었다. 시신을 화장하며 하느님과 관습을 거스르게 되었지만, 새로운 문제에는 새로운 해결책이 필요하므로 아무런 죄책감도 느끼지 않았다. 하느님은 한없이 자비로운 동시에 그분께 맞설 용기가 없는 자에게는 가혹할 만큼 엄격한 분이었다.

그는 다시 한번 광장을 돌아보았다. 생존자 몇 명이 아직 잠들지 못하고 불길을 바라보고 있었다. 마치 그 불길이 그들의 기억과 과거, 평화를 누리며 타성에 젖어 있던 아크바르의 지난 이백 년을 함께 태워버리는 듯했다. 두려움과 희망이 공존하던 시간은 끝이었다. 이제 남은 것은 새로 일어서거나 패배하거나 둘 중 하나였다.

엘리야처럼 그들도 자신의 이름을 선택할 수 있었다. 화해, 지혜, 연인, 순례자 등 하늘의 별들만큼 선택의 여지는 많았다. 다만 각자 자신의 삶에 하나의 이름을 부여해야 했다.

엘리야는 자리에서 일어나 기도했다.

"주여, 저는 당신께 맞섰으나 부끄럽지 않습니다. 당신께 맞서며 저는 부모의 뜻이나 나라의 관습 때문이 아니라, 혹은 당신께서 주신 사명 때문이 아니라, 제가 스스로 원해서 저의 길에 서 있다는 것을 깨달았습니다.

지금 이 순간 저는 하느님 당신께로 돌아가고 싶습니다. 다른 길을 선택할 줄 모르는 사람의 비겁함 때문이 아니라 온전한 저의 의지로 당신을 찬양하고 싶습니다. 하지만 저는 당신께서 당신의 거룩한 사명을 제게 맡기시도록 당신께서 저를 축복하실 때까지 당신께 맞서는 이 싸움을 계속해야 합니다."

아크바르를 다시 세우는 일. 엘리야가 하느님에 대한 도전이라고 생각했던 그 일은 사실 하느님과 다시 만나는 일이었다.

음식을 달라고 청했던 여인이 다음날 다시 찾아왔다. 이번에는 다른 여인들과 함께였다.

"음식을 보관해놓은 곳을 여러 군데 발견했어요." 그녀가 말했다. "많은 사람들이 죽었고 또 많은 사람들이 총독과 함께 도주했으니, 우리가 일 년 동안 먹기에 충분한 양이에요."

"나이든 분들을 찾아가서 음식 나누는 일을 감독하게 하세요." 엘리야가 말했다. "어르신들은 이런 일을 할 만한 경험이 있어요."

"노인들은 살아갈 의욕을 잃었어요."

"그래도 그들을 불러오세요."

여인이 노인들을 부르러 가려는데 엘리야가 물었다.

"글을 읽고 쓸 줄 아세요?"

"아니요."

"나는 글을 배웠으니 당신에게 가르쳐줄 수 있어요. 글을 배워 두면 나를 도와서 도시를 운영하는 데 요긴할 겁니다."

"하지만 어차피 아시리아인들이 돌아올 텐데요."

"그들도 도시를 다스리려면 우리 도움이 필요할 겁니다."

"왜 우리가 적들을 위해 이런 일을 해야 하죠?"

"각자 자기 삶에 의미를 부여하고 이름을 붙이기 위해서지요. 적들은 우리의 힘을 시험해보는 과정 중의 한 요소에 불과합니다."

* * *

엘리야의 예상대로 잠시 후 노인들이 찾아왔다.

"아크바르에는 어르신들의 도움이 필요합니다." 그가 말했다. "그러니 이제부터는 연장자라는 이유로 일을 면제해드릴 수 없습니다. 지금은 잃어버리셨지만 한때 왕성했던 여러분의 젊은 힘이 지금 우리에게 필요하거든요."

"그 힘을 어디서 찾아야 할지 모르겠군." 노인 한 명이 대답했다. "젊음은 주름살과 환멸 너머로 사라져버렸는데."

"그렇지 않아요. 여러분은 한 번도 환상을 품어보지 않아서, 그래서 젊음이 숨어버린 거예요. 이제 젊음을 되찾을 시간입니다. 우리가 아크바르를 재건한다는 같은 꿈을 꾸고 있기 때문이죠."

"그런 불가능한 일을 어떻게 해낼 수 있겠나?"

"열정이 있으면 됩니다."

슬픔과 실의에 가려져 있던 눈들이 다시 빛날 듯했다. 이제 그들은 한마디 거들 화젯거리를 찾아 오후에 재판 구경을 다니던 쓸모없는 주민들이 아니었다. 지금 그에게는 중요한 사명이 주어졌고, 그들의 힘이 필요한 일이 있었다.

노인들 중 비교적 기력이 있는 이들은 심하게 파괴된 집들에서 아직 쓸 만한 재료들을 가져다가 덜 망가진 집들을 보수했다. 가장 연로한 이들은 희생자들의 시신을 화장한 재를 들판에 뿌렸다. 다음번 추수 때 그들의 죽음을 기억하기 위해서였다. 그리고 다른 이들은 도시 여기저기에 비축돼 있는 곡식들을 분류하고 빵을 만들고 우물에서 물을 길어오는 일을 맡았다.

이틀 밤이 지난 후 엘리야는 이제 전쟁의 잔해가 거의 다 정리된 광장에 거주민들을 모두 불러모았다. 횃불이 밝혀지고 그가 연설을 시작했다.

"우리에겐 선택의 여지가 없습니다. 도시를 재건하는 일을 이방인들 손에 넘길 수도 있을 겁니다. 하지만 그건 비극이 우리에게 남겨준 유일한 기회, 즉 우리의 삶을 다시 일으켜세울 기회를 포기하는 거나 다름없습니다.

며칠 전 화장한 희생자들의 재는 봄에 식물의 싹을 틔우고 자라게 해줄 것입니다. 적군이 침략해온 날 밤 잃어버린 아이는 이제 다른 아이들과 함께 파괴된 거리를 자유롭게 달리고, 금지됐던 장소나 한 번도 가보지 못했던 집들에 들어가 뛰놀게 되었습니다. 지금까지 오직 아이들만이 우리에게 닥친 비극을 딛고 일어섰습니다. 그들에게는 과거가 없고 현재의 이 순간만이 중요하기 때문이지요. 그러니 우리는 아이들처럼 행동해야 합니다."

"상실의 고통을 마음에서 지울 수 있을까요?" 한 여인이 물었다.

"그러긴 힘들 겁니다. 하지만 다른 뭔가를 얻으며 기쁨을 발견할 수는 있습니다."

엘리야는 돌아서서 언제나 구름에 덮여 있는 다섯번째 산의 정상을 가리켰다. 성벽이 무너진 터라 광장 중앙에서도 산이 잘보였다.

"저는 오직 한 분뿐인 주님을 믿습니다만, 여러분은 저 다섯번째 산 구름 속에 많은 신들이 살고 있다고 생각하지요. 누가 섬기는 신이 더 강하거나 전능한지 따지고 싶지 않습니다. 저는 서로의 차이점이 아니라 공통점에 대해 말하려고 합니다. 비극을 통해 우리는 절망이라는 같은 감정을 공유하게 되었습니다. 왜 그런 일이 일어난 걸까요? 우리가 우리의 영혼 속에서 모든 것의 해답을 찾았고 모두 해결되었다고 여기며 변화를 조금도 받아들이지 못했기 때문입니다.

여러분과 저는 주로 무역을 하는 나라에 살지만 전사들이 어떻게 행동하는지도 알고 있습니다. 전사는 싸울 만한 가치가 있는 일이 무엇인지 압니다. 자신에게 득이 되지 않을 전투에는 끼어들지 않으며 사소한 도발에 시간을 낭비하지 않습니다.

전사는 패배를 인정합니다. 패배를 무심히 넘겨버리지 않으며, 승리를 가장하려 애쓰지도 않습니다. 그는 패배의 고통을 쓰라리게 느끼고, 냉혹함을 마주하고, 외로움에 절망합니다. 이 모든 것을 겪어낸 후에는 자신의 상처를 치료하고서 모든 걸 다시 시작합니다. 전사는 전쟁이 수많은 전투로 이루어져 있다는 걸 알기에 언제나 앞을 향해 나아갑니다.

비극은 일어나기 마련입니다. 물론 우리는 비극의 원인을 찾아낼 수도, 누군가를 탓할 수도, 그 비극이 일어나지 않았더라면 우리 삶이 어떻게 달라졌을지 상상할 수도 있습니다. 하지만 모두 부질없는 일입니다. 비극은 이미 일어나버린 일입니다. 그다음부터는 그 비극으로 인한 두려움을 잊고 쓰러진 것을 다시 일으켜세우는 데 힘써야 합니다.

지금부터 여러분은 스스로에게 새 이름을 지어주시기 바랍니다. 여러분이 쟁취하길 꿈꾸는 모든 것이 담긴 한 단어로 된 신성한 이름을요. 저의 이름은 이제부터 '해방'입니다."

광장은 한동안 정적에 잠겼다. 이윽고 가장 먼저 엘리야를 도왔던 여인이 자리에서 일어섰다.

"내 이름은 '재회'예요." 그녀가 말했다.

"내 이름은 '지혜'일세." 어느 노인이 말했다.

엘리야가 사랑했던 과부의 아들이 외쳤다. "내 이름은 '알파벳'이에요."

그러자 사람들이 웃음을 터뜨렸다. 아이는 부끄러워하며 자리에 앉았다.

"'알파벳'이라니, 무슨 그런 이름이 있어?" 광장에 있던 다른 아이가 외쳤다.

엘리야가 끼어들 수도 있었지만 아이가 스스로를 변호하는 법을 배우는 편이 나을 것 같았다.

"왜냐하면 우리 엄마가 하던 일이니까." 아이가 대답했다. "글자를 볼 때마다 엄마를 기억할 거야."

이번에는 아무도 웃지 않았다. 아크바르의 고아들과 과부들과 노인들은 저마다 새로운 정체성이 담긴 이름을 하나씩 말했다. 의식이 다 끝나자 엘리야는 다음날 아침 다시 일을 시작해야 하니 모두 일찍 잠자리에 들라고 권했다.

그는 아이의 손을 잡고 광장 한구석에 천조각을 몇 개 이어 천막처럼 만들어놓은 곳으로 갔다.

그날 밤부터 그는 아이에게 비블로스 문자를 가르치기 시작했다.

몇 주가 흐르며 아크바르의 모습이 달라지고 있었다. 아이는 글을 빠르게 익혔고 의미가 통하는 단어들을 쓸 수 있게 되었다. 엘리야는 아이에게 도시 재건의 역사를 점토판에 기록하는 일을 맡겼다.

　임시로 마련한 화덕에서 점토판들을 구워 도자기처럼 단단하게 만들면 어느 노부부가 이를 정성스럽게 보관했다. 엘리야는 매일 저녁 노인들과 만나 그들에게 유년 시절 이야기를 들려달라고 청했고, 듣고 최대한 많이 기록했다.

　"불에 타 사라지지 않는 물질에 아크바르의 기억을 기록해나갈 겁니다." 엘리야가 설명했다. "언젠가 우리 아이들과 후손들은 우리가 패배에 굴하지 않고 피할 수 없었던 시련을 극복해냈다는 걸 알게 될 거예요. 그리고 그 사실이 그들에게 귀감이 될 거고요."

엘리야는 매일 밤 아이의 공부를 봐준 뒤 인적 없는 도시를 가로질러 예루살렘으로 향하는 길이 시작되는 지점까지 걸어갔다. 그리고 그 길로 곧장 떠나버릴까 생각만 하다가 그냥 돌아오곤 했다.

고된 노동 때문에 그는 오로지 현재에만 집중할 수 있었다. 아크바르의 주민들이 그가 도시를 재건해주리라 기대하고 있다는 걸 그도 알고 있었다. 포로로 잡혀왔던 적군 장군의 처형을 말리지 못하고 결국 전쟁을 막지 못해 그는 이미 그들을 실망시켰다. 하지만 하느님은 언제나 당신의 자녀들에게 두번째 기회를 주시니, 이번에는 기회를 잡아야 했다. 게다가 시간이 지날수록 아이에게 정이 들었고, 이제 비블로스 문자뿐 아니라 주님에 대한 신앙과 이스라엘 조상들의 지혜도 가르쳐주고 싶었다.

그러면서도 엘리야는 자신의 조국이 이방인 왕비와 그가 숭배하는 신의 영향력 아래 있음을 잊지 않았다. 불의 칼을 든 천사는 더이상 나타나지 않았다. 그러니 이제 그는 언제든 원할 때 떠날 수 있었고 원하는 일을 할 수 있었다.

매일 밤 그는 떠날 날을 생각했다. 그리고 매일 밤 하늘을 향해 손을 들어올리고 기도했다.

"야곱은 밤새도록 당신과 맞서다 동이 틀 무렵 당신에게 축복을 받았습니다. 저도 당신과 몇 달째 맞서고 있는데 당신은 제 말을 들으려 하지 않으십니다. 하지만 주위를 둘러보신다면 제가 이기고 있다는 걸 알게 되실 겁니다. 아크바르는 폐허가 된 땅에서 다시 일어나고 있고, 저는 당신께서 아시리아의 칼을 휘둘러 잿더미와 먼지로 만들어버리신 것을 다시 일으켜세우고 있습니다.

저를 축복하시고 제가 이룬 성과를 축복하실 때까지 저는 당신께 맞서겠습니다. 언젠가는 답을 주셔야 할 겁니다."

* * *

여인들과 아이들은 들판으로 물을 길어 나르며 끝나지 않을 것 같은 가뭄에 맞섰다. 작열하는 태양이 쨍쨍 내리쬐던 어느 날 엘리야는 누군가 이렇게 말하는 소리를 들었다. "쉬지 않고 일하느라 그날의 고통을 더이상 떠올리지 않게 되었어. 그리고 아시리아인들이 티레와 시돈과 비블로스 등 페니키아의 도시 전체를 약탈하고 나서 이곳으로 다시 돌아오리라는 것도 잊고 있었지. 우리에겐 좋은 일이야.

그런데 도시를 재건하는 일에 너무 열중하느라 모든 것이 늘 똑같아 보여. 우리는 우리가 노력한 결과를 보지 못하고 있어."

엘리야는 그 말을 곰곰이 되새겨보았다. 그러다 그는 마침내 매일 일이 끝나는 시간에 모두가 다섯번째 산 아래 모여 함께 노을을 바라보는 시간을 갖기로 했다.

다들 너무 피곤해서 대화는 거의 없었지만 하늘의 구름처럼 생각이 아무렇게나 흘러가게 놔두는 것이 얼마나 중요한지 차츰 깨달았다. 그렇게 멍하니 하늘을 바라보다보면 마음에서 근심이 사라지고, 내일을 살아갈 힘과 동기를 되찾곤 했다.

어느 날 엘리야는 아침에 눈을 뜨자마자 그날 하루는 일하지 않겠다고 말했다.

"오늘은 우리 나라에서 속죄의 날이에요."

"당신의 영혼은 아무런 죄를 짓지 않았는데요." 한 여인이 말했다. "당신은 최선을 다했잖아요."

"하지만 전통은 유지되어야 하니 나는 전통을 지키겠습니다."

여인들은 물을 길어 들판으로 갔고, 노인들은 벽을 세우고 문과 창문을 낼 나무를 다듬으며 하루 일과를 시작했다. 어린아이들은 벽돌을 불에 굽기 전 점토를 틀에 찍어내는 일을 도왔다. 엘리야는 더없이 기쁜 마음으로 그들을 지켜보았다. 그리고 아크바르를 벗어나 골짜기로 향했다.

그는 어린 시절에 배운 기도문을 외우며 정처 없이 걸어갔다. 태양은 아직 완전히 떠오르기 전이었고, 골짜기의 일부를 덮고 있는 다섯번째 산의 거대한 그림자가 그의 눈에 들어왔다. 엘리야는 끔찍한 예감이 들었다. 이스라엘의 하느님과 페니키아 신들의 전쟁은 앞으로 여러 세대에 걸쳐 수천 년 동안 계속될 것 같았다.

* * *

엘리야는 오래전 어느 날 밤에 다섯번째 산 정상에 올라 천사와 대화를 나누었던 기억을 떠올렸다. 하지만 아크바르가 무너진 후로 하늘의 목소리는 한 번도 들려오지 않았다.

"주님, 오늘은 속죄의 날이고 저는 당신께 지은 죄가 너무나 많습니다." 엘리야는 예루살렘 쪽으로 돌아서며 말했다. "저는 제게 힘이 있다는 사실을 잊고 나약해졌습니다. 단호해야 했을 때 연민에 빠졌습니다. 그릇된 결정을 하게 될까봐 두려워서 선택을 하지 못했습니다. 때가 되기도 전에 포기했고, 당신께 감사드려야 했을 때 당신을 모독하는 말을 했습니다.

그렇지만 주님, 당신께서 저에게 저지른 죄도 많습니다. 당신은 제가 사랑했던 사람을 데려가시어 제게 너무도 큰 고통을 주셨습니다. 저를 거둬주었던 도시를 무너뜨리셨고, 제가 찾아나가는 길을 혼란스럽게 만드셨고, 당신의 가혹함으로 인해 저는 당신을 향한 사랑을 잊게 되었습니다. 이 모든 세월 동안 저는 당신께 맞서왔으나 당신은 제 투쟁의 가치를 인정하지 않으십니다.

제가 지은 죄와 당신이 지은 죄를 비교해보면 당신께서 저에게 빚을 졌다는 걸 아실 겁니다. 하지만 오늘은 속죄의 날이니 당신은 저를 용서하시고 저는 당신을 용서하여 우리가 앞으로 함께 걸어나갈 수 있게 하옵소서."

그때 바람이 불어오고 엘리야에게 천사의 음성이 들렸다. "잘했구나, 엘리야. 하느님께서 너와의 싸움을 받아들이셨다."

엘리야는 눈물이 솟구쳤다. 그는 무릎 꿇고 앉아서 골짜기의 메마른 땅에 입을 맞췄다.

"와주셔서 감사합니다. 아직 묻고 싶은 게 있습니다. 그분께 맞서는 일이 죄가 되지는 않을까요?"

천사가 대답했다. "전사가 그의 스승과 맞서는 일이 스승을 욕되게 하는 것인가?"

"아닙니다. 그것은 전사가 자신에게 필요한 기술을 배우는 유일한 방법입니다."

"그렇다면 주님께서 너를 다시 이스라엘로 부르실 때까지 싸움을 계속해라." 천사가 말했다. "너는 피할 수 없는 일들이 거센 물살처럼 몰아칠 때 이겨내는 법을 알고 있으니, 자리에서 일어나 계속해서 너의 싸움이 의미 있는 일임을 증명해라. 많은 이들이 그 피할 수 없는 일들의 흐름을 거스르려다 침몰한다. 어떤 이들은 운명과 상관없는 먼 곳으로 쓸려가버리기도 한다. 하지만 너는 존엄을 지키면서 그 거센 물살을 헤치고 나아가고, 네가 탄 배를 잘 이끌고 있으며, 고통을 행동으로 변화시키려 노력하고 있구나."

"당신이 앞을 보지 못한다는 게 안타깝습니다." 엘리야가 말했다. "앞을 보실 수 있다면 고아와 과부와 노인 들이 얼마나 도시를 잘 재건했는지 아실 수 있을 텐데요. 곧 모든 것이 예전으로 돌아갈 것입니다."

"예전과 같지 않기를 바란다." 천사가 말했다. "달라진 삶을 위해 그들이 얼마나 비싼 대가를 치렀는지 기억해라."

천사의 말이 옳았으므로 엘리야는 미소 지었다.

"네가 앞으로 두번째 기회를 허락받은 사람답게 행동하기를 바란다. 같은 실수를 두 번 저지르지 말아라. 네 삶의 이유를 절대 잊지 말아라."

"잊지 않겠습니다." 엘리야는 천사가 돌아온 것에 기뻐하며 대답했다.

대상들은 더이상 골짜기를 지나다니지 않았다. 아시리아인들이 원래 무역로를 끊어 이제 다른 길로 다니는 게 틀림없었다. 아이들은 유일하게 무너지지 않은 성탑 위에 날마다 올라갔다. 그들은 지평선을 지켜보다가 적들이 나타나면 사람들에게 알려주었다. 엘리야는 적군이 돌아오면 그들을 당당하게 맞아 통치권을 넘길 계획이었다.

그러고 나서 길을 떠날 생각이었다.

하지만 날이 갈수록 아크바르가 그의 삶의 일부가 되어가고 있다는 느낌이 들었다. 어쩌면 그의 사명은 이세벨을 권좌에서 밀어내는 것이 아니라, 남은 평생 아시리아 정복자가 시키는 일을 하며 여기서 이곳 사람들과 살아가는 것인지도 몰랐다. 그렇다면 그는 무역로를 다시 닦는 일을 도울 수도 있고, 적들의 언어를 배울 수도 있을 것이며, 남는 시간에는 차츰 모양새를 갖춰가는 도서관을 관리할 수도 있을 것이다.

까마득한 시간 속에 잊힌 어느 날 밤, 종말을 맞은 것 같았던 도시는 이제 한층 더 아름다운 곳이 될 수 있을 것 같았다. 도시를 재건하는 일은 길들을 넓히고, 더욱 단단한 지붕을 얹고, 우물물을 더 멀리까지 끌어갈 기발한 방법을 고안하는 작업들이었다. 엘리야의 영혼도 회복되고 있었다. 그는 매일 노인들과 아이들과 여인들로부터 새로운 것을 배워나갔다. 도시를 떠날 힘이 없어서 남을 수밖에 없었던 그들은 이제 질서 있고 유능한 집단이 되어 있었다.

'이들에게서 이렇게 큰 도움을 받으리란 걸 총독이 알았다면 방어 전략을 달리 세웠을 것이고, 그랬다면 아크바르는 파괴되지 않았을 텐데.'

엘리야는 잠시 그런 생각에 잠겼다가 이내 자신의 생각이 틀렸다는 걸 깨달았다. 그들 모두가 각자 자기 안에 잠들어 있던 능력을 깨울 수 있었던 건 아크바르가 무너졌기 때문이었다.

몇 달이 지나도록 아시리아인들은 돌아올 기미도 보이지 않았다. 아크바르의 재건이 거의 완성되어가자 엘리야는 미래에 대해 생각할 수 있었다. 여인들은 천조각을 모아 새 옷을 만들었다. 노인들은 주거공간을 재편하고 도시 위생을 관리했다. 아이들은 필요할 때는 일을 도왔으나 하루의 대부분을 놀면서 보냈다. 그것이 아이들이 해야 하는 가장 중요한 일이었다.

엘리야는 예전에 상품 창고였던 터에 다시 지은 작은 돌집에서 과부의 아들과 기거했다. 매일 밤 아크바르의 주민들은 중앙광장에 모닥불을 피우고 둘러앉아 살아오는 동안 들었던 이야기들을 나누었고, 아이는 그걸 모두 점토판에 기록했다. 도서관의 규모는 눈에 띄게 커져갔다.

아들을 잃은 여인도 비블로스 문자를 배웠다. 여인이 단어와 문장을 쓸 수 있게 되자 엘리야는 그녀에게 다른 이들에게도 알파벳을 가르쳐달라고 부탁했다. 그렇게 문자를 배운 사람들은 아시리아인들이 돌아올 때쯤 통역이나 교사가 될 수 있을 터였다.

"이것이 바로 사제장이 막으려 했던 일이야." 바다처럼 넓은 마음을 갖고 싶다며 스스로 '대양'이라는 이름을 지은 노인이 어느 날 오후 말했다. "비블로스 문자가 계속 사용된다면 다섯번째 산의 신들을 위협할 거라고 했지."

"피할 수 없는 일을 그 누가 막을 수 있겠습니까?" 엘리야가 대답했다.

사람들은 낮 동안 열심히 일했고, 일과 후에는 모여서 지는 해를 바라보고 밤에는 서로에게 이야기를 들려줬다.

엘리야는 자신이 해낸 일이 자랑스러웠고 날이 갈수록 더욱 열정을 느끼게 됐다.

* * *

성벽에서 망을 보던 아이가 뛰어내려왔다.

"지평선에서 흙먼지가 이는 게 보여요!" 아이가 흥분해서 소리쳤다. "적들이 돌아오고 있어요!"

엘리야는 성벽에 올라가 그 말이 사실임을 확인했다. 어림잡아 다음날이면 아크바르 성문에 도착할 듯싶었다.

그날 오후 엘리야는 주민들을 광장에 불러모았다. 일을 마치고 지는 해를 보러 가는 대신 광장에 모인 사람들 앞에 선 엘리야는 그들이 두려움에 사로잡혀 있다는 걸 알아챘다.

"오늘은 과거에 대한 이야기도 아크바르의 미래에 대한 이야기도 하지 않겠습니다." 그가 말했다. "오늘은 우리 자신에 대해 이야기합시다."

하지만 아무도 말이 없었다.

* * *

"얼마 전 하늘에 보름달이 밝게 빛났습니다. 그날, 모두가 예상했지만 아무도 믿고 싶어하지 않던 일이 일어나 아크바르가 파괴되었습니다. 아시리아군이 물러갔을 때는 아크바르의 가장 혈기 넘치는 이들이 모두 죽은 후였습니다. 가까스로 목숨을 구한 이들은 이곳에 더 머물 가치가 없다고 여기고 다른 곳으로 떠나버렸습니다. 노인과 여인, 고아처럼 별 도움이 되지 않을 것 같은 이들만 남았지요.

하지만 주위를 둘러보세요. 광장은 그 어느 때보다 아름다워졌고, 집들은 한층 튼튼하게 지어졌으며, 서로 음식을 나눠 먹고, 모두들 비블로스 문자를 배우고 있습니다. 도시 어딘가에는 우리의 역사를 기록한 점토판들이 보관되어 있으니 후손들은 우리가 한 일을 기억하게 될 겁니다.

이제 노인과 여인, 부모 잃은 어린아이는 더이상 존재하지 않는다는 걸 우리는 잘 알고 있습니다. 대신에 그 자리엔 열정으로 가득찬 다양한 나이의 젊은이들, 자신의 삶에 새 이름과 의미를 부여한 젊은이들뿐이지요.

도시를 재건하는 매 순간 우리는 아시리아인들이 돌아오리라는 걸 알고 있었습니다. 언젠가 그들에게 우리의 도시를 넘겨줘야 하며, 도시와 함께 우리가 기울인 노력과 우리가 흘린 땀, 그리고 전보다 더 아름다워진 도시를 보는 행복까지 넘겨줘야 한다는 걸 알고 있었습니다."

사람들의 얼굴 위로 조용히 눈물이 흘러내렸다. 근처에서 놀던 아이들도 엘리야의 말에 가만히 귀기울이고 있었다. 엘리야가 말을 이었다.

"하지만 상관없습니다. 우리는 주님과의 대결을 받아들이고 영광스럽게 맞섰으니 그분이 주신 사명을 다한 것입니다. 그날 밤이 되기 전, 주님께선 우리에게 '앞으로 나아가라'고 계속 말씀하셨지만 우리는 그 말을 듣지 않았습니다. 왜 그랬을까요?

우리는 저마다 자신의 미래를 정해놓고 있었기 때문입니다. 저는 이세벨을 권좌에서 몰아내려고 했고, 이제 '재회'라는 새 이름을 가진 여인은 그녀의 아들이 뱃사람이 되길 원했으며, 스스로 '지혜'라는 이름을 붙인 저 어르신은 광장에서 포도주나 마시며 남은 날들을 보내길 원했지요. 우리는 삶의 거룩한 신비에 익숙해진 나머지 별 관심을 두지 않았습니다.

그러자 주님께선 이렇게 생각하신 겁니다. '이자들은 앞으로 나아갈 생각이 없는가? 그렇다면 제자리에 오랫동안 머물러 있게 될 것이다!'

그제야 우리는 주님의 메시지를 이해하게 되었지요. 아시리아의 칼날은 우리 젊은이들을 앗아갔고 비겁함은 어른들을 휩쓸어 갔습니다. 그들이 지금 어디에 있든 그들은 아직도 제자리에 머물러 있습니다. 그들은 하느님의 저주를 받아들인 것이지요.

하지만 우리는 주님께 맞서 싸웠습니다. 우리가 살아가는 동안 때로는 사랑하는 남자, 여자와 싸우듯 주님께 맞섰습니다. 이 싸움이 우리를 축복하고 성장시킬 것이기 때문이었습니다. 우리는 비극이 만들어낸 기회를 잡고 주님이 주신 사명을 다하며 '앞으로 나아가라'는 명령에 복종할 수 있다는 걸 증명했습니다. 가장 어려운 상황에서도 우리는 앞으로 나아갔습니다.

하느님께서 복종을 원하실 때가 있습니다. 하지만 우리의 의지를 시험하고, 우리가 당신의 사랑을 이해하는지 알아보고 싶어하실 때도 있습니다. 아크바르의 성벽이 무너졌을 때 우리는 그 뜻을 이해했습니다. 무너진 성벽이 우리 삶의 지평을 열고 우리에게 어떤 능력이 있는지 자각하게 해주었습니다. 그리고 우리는 마침내 인생에 대해 생각하기를 멈추고 인생을 그대로 살아내기로 했지요.

그 결과는 훌륭했습니다."

엘리야는 사람들의 눈이 다시 반짝이고 있는 걸 알아보았다. 그들은 그의 말을 이해하고 있었다.

"내일 저는 아시리아에 아크바르를 순순히 넘길 것입니다. 주님께서 맡기신 일을 해냈으니 저는 언제든 원할 때 떠날 수 있을 겁니다. 하지만 저는 제 피와 땀과 유일한 사랑이 배어든 이 땅이 다시는 파괴되지 않도록 여생을 여기서 보내기로 결정했습니다. 여러분도 각자 원하는 대로 결정을 내리되 이 사실을 결코 잊지 마십시오. 여러분은 여러분이 생각하는 것보다 훨씬 훌륭하다는 것을요.

비극이 만들어준 기회를 잘 이용하십시오. 그럴 수 있는 능력이 누구에게나 있는 건 아닙니다."

엘리야는 자리에서 일어나 모두에게 돌아가도 좋다고 말했다. 그리고 아이에게 집에 늦게 들어갈 것 같으니 기다리지 말고 먼저 잠자리에 들라고 일렀다.

* * *

엘리야는 신전으로 갔다. 아시리아인들이 신상을 가져가버리긴 했지만 아크바르에서 유일하게 파괴되지 않은 곳이라 재건이 필요하진 않았다. 그는 전설 속 어느 조상이 나뭇가지를 땅에 꽂았다가 뽑히지 않자 그 자리를 표시하기 위해 놓아두었다는 돌을 더없이 경건한 손길로 만졌다.

그는 이세벨이 자신의 조국에 이런 건축물을 세워놓고 그의 동족들 일부가 바알과 다른 신들 앞에 머리를 조아리던 장면을 떠올렸다. 이스라엘의 주님과 페니키아의 신들 사이의 전쟁은 그의 상상을 훨씬 뛰어넘어 아주 오랫동안 계속되리라는 예감이 다시 한번 머릿속을 스쳐지나갔다. 마치 환영을 보듯 별들이 태양을 가로질러 이스라엘과 페니키아에 파괴와 죽음을 퍼붓는 광경이 그의 눈앞에 그려졌다. 미지의 언어를 말하는 사람들이 무쇠로 된 짐승에 올라탄 채 구름들 사이에서 싸우고 있었다.

"아직은 때가 되지 않았으니 네가 지금 보아야 할 광경은 그게 아니다." 그의 천사가 말하는 소리가 들렸다. "창밖을 내다보아라."

엘리야는 천사가 시키는 대로 했다. 바깥에선 보름달이 아크바르의 집들과 거리를 비추고 있었고, 늦은 시간이었음에도 주민들이 웃고 떠드는 소리가 들려왔다. 아시리아군이 돌아오고 있었지만 그래도 사람들은 여전히 삶의 의지를 품고 새로운 국면을 맞을 준비를 하고 있었다.

그때 엘리야의 눈앞에 누군가의 형상이 나타났다. 그가 그토록 사랑했던 여인이었다. 그녀는 아크바르를 당당하게 걸어가고 있었다. 그는 자신의 얼굴을 만지는 그녀의 손길을 느끼며 미소지었다.

"난 자랑스러워요" 하고 그녀가 말하는 것 같았다. "아크바르는 여전히 무척 아름답네요."

그는 울음이 솟구쳤지만 엄마를 잃고 단 한 번도 눈물을 흘리지 않았던 아이를 기억했다. 그는 눈물을 삼키며 그녀를 성문 앞에서 처음 만났을 때부터 그녀가 점토판에 사랑이라는 단어를 새겼던 순간까지, 그들이 함께한 가장 아름다운 순간들을 떠올렸다. 그녀의 옷자락과 머리칼, 섬세한 콧날이 다시 한번 눈앞에 생생히 그려졌다.

"당신은 나에게 당신이 아크바르라고 말했어요. 그래서 나는 당신을 보살폈고, 당신의 상처를 치료했으며, 이제 당신을 살려낸 겁니다. 당신의 새 동반자들과 함께 행복하길 빌어요.

그리고 당신에게 하고 싶은 말이 있어요. 나 역시 아크바르였다는 거예요. 그런데 그걸 알지 못했죠."

엘리야는 그녀가 분명 미소 짓고 있다는 걸 알 수 있었다.

"사막의 바람은 우리가 모래 위에 남긴 발자국을 이미 오래전에 지워버렸어요. 하지만 나는 우리에게 있었던 일들을 살아 있는 매 순간 기억할 것이고, 당신은 나의 꿈속에서도 현실 속에서도 늘 걷고 있을 거예요. 나의 인생길에 나타나줘서 고마워요."

그는 머리칼을 쓰다듬어주는 여인의 손길을 느끼며 그 신전에서 잠이 들었다.

대상들을 이끌던 우두머리가 길 한복판에서 누더기를 걸친 사람들 무리를 발견했다. 그는 이들이 도적떼라고 생각하고 동료 상인들에게 무기를 챙기라고 일렀다.

"당신들은 누구요?" 우두머리가 물었다.

"우리는 아크바르 사람들입니다." 아크바르 사람들 가운데 수염이 덥수룩하고 눈빛이 살아 있는 한 남자가 대답했다. 대상 우두머리는 그 말을 듣고 그가 이방인이라는 걸 알아차렸다.

"아크바르는 파괴되었지요. 우리는 티레와 시돈의 통치자들로부터 대상들이 다시 이 골짜기를 지나다닐 수 있도록 우물을 찾아보라는 임무를 받고 가는 중입니다. 다른 지역과의 무역이 영영 끊어진 상태로 있을 수는 없으니까요."

"아크바르는 아직 건재합니다." 아크바르 남자가 말했다. "아시리아인들은 지금 어디 있습니까?"

"그들이 어디 있는지는 온 세상이 알고 있지요." 대상 우두머리가 소리 내어 웃으며 대답했다. "그들의 시신 덕분에 우리 땅이 더 비옥해지고 있소. 그들이 새들과 동물들의 먹이가 된 지한참 됐습니다."

"하지만 그들은 강력한 군대였는데요."

"언제 어디로 공격해올지 미리 알기만 하면 적군이 아무리 강해도 소용없는 법이오. 아크바르에서 아시리아군이 진격해오고 있다는 전갈을 보내자 티레와 시돈에서는 골짜기 반대쪽 끝에 복병을 배치했소. 아시리아인들 가운데 그 전투에서 죽지 않고 살아남은 이들은 우리 뱃사람들이 노예로 팔아넘겼지요."

누더기를 걸친 사람들은 환호성을 지르며 서로를 껴안았고 동시에 울고 웃었다.

"당신들은 누굽니까?" 대상 우두머리가 물었다. "그리고 당신은 누구죠?" 그가 처음에 대답한 남자를 지목하며 재차 물었다.

"우리는 아크바르의 젊은 전사들입니다." 그가 대답했다.

엘리야는 아크바르의 총독이 되었고, 세번째 수확철이 돌아왔다. 처음에는 저항이 만만치 않았다. 관습에 따라 예전 총독이 돌아와 자기 권좌를 되찾고 싶어했기 때문이었다. 하지만 아크바르 주민들은 그를 받아들이지 않았고 그가 돌아올 경우 우물에 독을 타겠다고 여러 날 동안 으름장을 놓으며 항의했다. 마침내 페니키아 권력자들은 주민들의 요구에 동의했는데, 사실 아크바르는 여행자들에게 물을 공급하는 장소라는 의미 말고는 크게 중요하지 않았고, 이스라엘 통치권이 시돈의 공주 손안에 있었기 때문이었다. 총독 자리를 이스라엘 사람에게 내어주는 대신 페니키아는 이스라엘과 상업적 우호 관계를 공고히 할 수 있었다.

다시 무역을 시작한 대상들의 이동을 통해 소식은 빠르게 지역 곳곳으로 퍼졌다. 이스라엘 사람들 중 일부는 엘리야를 최악의 반역자로 여겼지만 언젠가 적당한 때가 오면 이세벨이 그 반발 세력을 제거해버릴 터였고, 곧 평화가 다시 찾아올 것이었다. 이세벨은 가장 골치 아픈 적이었던 엘리야가 결국 최고의 동맹이 되자 만족스러워했다.

* * *

아시리아인들이 또다시 침략해올지도 모른다는 소문이 들려오자 아크바르는 성벽을 새로 쌓았다. 그리고 티레와 아크바르 사이 여기저기에 보초병들과 전초기지를 배치하는 새로운 방어 체계를 구축했다. 만일 한 도시가 포위되는 사태가 벌어지면 다른 도시에서 육로로 군대를 보내고 바닷길을 통해 식량을 조달할 수 있었다.

아크바르는 눈에 띄게 번영하고 있었다. 이스라엘인 새 총독은 문자 보급을 바탕으로 조세와 무역을 통제하는 엄격한 제도를 만들었다. 아크바르의 노인들이 이를 관리했고, 새로운 기술을 활용해가며 통상적으로 발생하는 문제들을 차근차근 해결했다.

여인들은 농사를 짓고 직물을 짰다. 무역이 끊겨 고립되었던 기간 동안 도시에 남은 소량의 천을 필요한 곳에 재활용하느라 그들은 새로운 자수 무늬를 만들어야 했다. 그런데 다시 무역로가 열리면서 그 디자인이 큰 인기를 끌었고 주문이 밀려들었다.

아이들은 비블로스 문자를 배웠다. 엘리야는 비블로스 문자가 언젠가 그들에게 도움이 될 거라고 확신했다.

수확 전에 으레 그래왔듯이 엘리야는 그날 오후도 들판을 가로질러 걸으면서 최근 몇 년간 그에게 수많은 축복을 내려주신 주님께 감사드렸다. 작물로 가득찬 바구니를 든 주민들과 주위에서 뛰어노는 아이들이 보였다. 엘리야는 사람들에게 손을 흔들어 인사했고 사람들도 똑같이 답해주었다.

그는 만면에 미소를 지으며 오래전 사랑하는 여인에게서 '사랑'이라는 단어가 새겨진 점토판을 받았던 바위를 향해 걸어갔다. 매일 그곳으로 가서 석양을 바라보며 그녀와 함께했던 모든 순간을 회상하는 것이 그의 일과였다.

"세월이 많이 흘러 삼 년째 되던 해에 주님의 말씀이 엘리야에게 내렸다. '가서 아합을 만나라. 내가 땅 위에 비를 내리겠다.'"

바위 위에 앉아 있던 엘리야는 그를 둘러싼 세상이 흔들리는 걸 느꼈다. 갑자기 하늘이 어두워지더니 다시 순식간에 해가 빛났다.

엘리야는 빛이 있는 곳을 쳐다봤다. 주님의 천사가 그 앞에 와 있었다.

"무슨 일입니까?" 엘리야가 놀라 물었다. "하느님께서 이스라엘을 용서하셨나요?"

"아니다." 천사가 대답했다. "주님은 네가 이스라엘로 돌아가 너의 백성들을 해방시키길 바라신다. 하느님과 너의 싸움은 이제 끝났으며 지금 이 순간 주님께서 너를 축복하셨다. 그리고 네가 이 땅에서 당신의 일을 대신하도록 허락하셨다."

엘리야는 크게 놀랐다.

"하지만 지금 말인가요? 제 마음이 마침내 평화를 얻은 바로 지금이요?"

"전에 한번 깨달음을 얻었던 교훈을 떠올려보아라." 천사가 말했다. "그리고 주님께서 모세에게 하신 말씀도 기억해보아라."

"주 너희 하느님께서 너희를 인도하신 모든 길을 기억해라. 그것은 너희를 낮추시고, 너희 마음속을 알아보시려고 너희를 시험하신 것이다.

너희가 배불리 먹으며 좋은 집들을 짓고 살게 될 때, 또 너희 소떼와 양떼가 불어날 때, 너희 마음이 교만해져 주 너희 하느님을 잊지 않도록 해라."

엘리야는 천사를 돌아보며 물었다. "하지만 아크바르는요?"

"네가 후계자를 남겼으니 아크바르는 너 없이도 살아남으리라. 앞으로 오랫동안 살아남으리라."

주님의 천사는 그 말을 남기고 떠났다.

엘리야와 아이는 다섯번째 산 아래에 도착했다. 제단의 돌들 사이에 잡초가 무성했다. 사제장이 죽은 후로 아무도 와보지 않았기 때문이다.

"산 정상으로 올라가자." 엘리야가 말했다.

"그건 금지돼 있잖아요."

"그래, 금지돼 있지. 하지만 위험하다는 뜻은 아니란다."

엘리야는 아이의 손을 잡고 함께 산을 오르기 시작했다. 그리고 가끔씩 쉬면서 발아래 펼쳐진 골짜기를 바라봤다. 가뭄의 흔적이 풍경 곳곳에 드러났고, 아크바르 근처의 경작지를 제외하고 나머지는 이집트의 메마른 사막처럼 보였다.

"친구들이 그러는데 아시리아군이 돌아올 거래요." 아이가 말했다.

"그럴 수도 있지. 하지만 우리가 한 일들은 가치 있는 일들이었단다. 우리에게 가르침을 주시려고 주님께서 선택하신 방법이야."

"주님께서 우리를 많이 걱정해주는지 사실 난 잘 모르겠어요." 아이가 말했다. "그렇게까지 가혹하실 필요는 없었잖아요."

"우리가 그분의 말에 귀기울이지 않는다고 판단하기 전에는 다른 방법들을 써보셨을 거야. 그런데 우리는 각자 삶에 너무 익숙해져서 주님의 말씀을 읽지 못했지."

"그 말씀이 어디에 쓰여 있는데요?"

"주님의 말씀은 네 주변의 온 세상에 쓰여 있단다. 네 삶에 일어나는 일에 주의를 기울여보면 너는 하루의 순간순간 주님께서 당신의 말씀과 뜻을 숨겨놓으신 곳을 찾을 수 있을 거야. 주님이 시키시는 일을 해내도록 노력하렴. 그것이 네가 이 세상을 살아가는 유일한 이유란다."

"주님의 말씀을 발견하면 그걸 점토판에 새길래요."

"그러려무나. 하지만 그분의 말씀을 먼저 네 마음에 새겨놓도록 해. 그러면 그분의 말씀이 불타 없어지거나 파괴되지 않고 네가 어디를 가든 함께할 테니까."

두 사람은 정상을 향해 한동안 더 걸어갔다. 이제 구름이 아주 가까이에 있었다.

"나는 저곳에 가고 싶지 않아요." 아이가 구름을 가리키며 말했다.

"그저 구름일 뿐이야. 너한테 아무런 해도 끼치지 않을 거야. 나와 함께 가자."

엘리야는 다시 아이의 손을 잡고 산 정상으로 오르기 시작했다. 그들은 조금씩 안개 속으로 들어갔다. 아이는 엘리야에게 꼭 달라붙었고, 이따금 그가 말을 걸어도 한마디도 하지 않았다. 그들은 산 정상의 메마른 바위 사이로 걸어갔다.

"그만 돌아가요." 아이가 애원했다.

엘리야는 더 고집하지 않기로 했다. 아이는 짧은 생애 동안 이미 수많은 시련과 두려움을 겪었다. 아이가 원하는 대로 그들은 안개 속을 빠져나왔고 발아래로 다시 골짜기가 보였다.

"언젠가 아크바르 도서관에 가서 내가 너를 위해 써놓은 글을 찾아보렴. '빛의 전사를 위한 입문서'라는 글이란다."

"내가 빛의 전사군요." 아이가 대답했다.

"내 이름이 뭔지 알고 있지?" 엘리야가 물었다.

"'해방'이요."

"여기 내 옆에 앉아보거라." 엘리야가 바위 하나를 가리키며 말했다. "나는 내 이름을 잊을 수 없단다. 지금 이 순간 내가 가장 바라는 건 네 곁에 있는 거지만, 나는 앞으로 나에게 주어진 사명을 다해야 해. 아크바르가 재건된 건 아무리 어려워 보이는 일이 닥치더라도 앞으로 나아가야 한다는 걸 우리에게 가르쳐주기 위해서란다."

"아저씨는 떠나는군요."

"어떻게 알았지?" 엘리야가 놀라 물었다.

"아저씨가 떠날 거라고 어젯밤에 내가 점토판에 새겨놓았어요. 누군가가 내게 말해줬거든요. 엄마였을 수도 있고 천사였을 수도 있어요. 하지만 난 그전부터 이미 느끼고 있었어요."

엘리야는 아이의 머리를 쓰다듬었다.

"너는 주님의 뜻을 읽을 줄 아는구나." 그가 흐뭇한 심정으로 말했다. "그렇다면 이제 너에게 설명해줄 게 없구나."

"난 아저씨의 눈에서 슬픔을 읽었어요. 그건 어렵지 않았어요. 내 친구들도 알아챈걸요."

"네가 내 눈에서 읽은 슬픔은 내 지난 인생의 일부란다. 하지만 그건 며칠이면 사라질 아주 작은 부분이야. 내일 내가 예루살렘으로 떠날 때면 그 슬픔은 전처럼 심하지 않을 거고 조금씩 사라져갈 거야. 우리가 항상 바라던 방향으로 나아간다면 슬픔은 영원히 지속되지 않아."

"꼭 떠나야만 하나요?"

"자기 인생에서 한 단계가 끝났을 때를 알아야 해. 이미 끝나버린 단계에 너무 오래 머물러 있으면 그다음 단계의 행복과 의미를 잃어버리게 되거든. 그러면 주님께서 네 존재를 흔들어 깨우치게 하실 수도 있어."

"주님은 엄격하시군요."

"주님은 선택한 자들에게만 그러신단다."

* * *

엘리야는 산 아래 아크바르를 바라보았다. 그렇다, 주님은 때로 무척 엄격하셨다. 그러나 절대 각자의 능력 이상을 요구하지는 않으셨다. 지금 그들이 앉아 있는 바로 그 자리에서 엘리야가 주님의 천사를 만나 죽은 자들의 땅에서 이 아이를 데려오는 방법을 배웠다는 것을 아이는 알지 못했다.

"내가 그리워질 것 같니?" 엘리야가 물었다.

"우리가 앞으로 나아간다면 슬픔은 사라질 거라고 했잖아요." 아이가 대답했다. "아크바르를 우리 엄마에게 어울릴 만큼 아름답게 만들려면 아직도 할일이 많아요. 엄마는 지금도 아크바르의 거리를 걷고 있어요."

"내 도움이 필요하거나 내가 그리워지면 이곳을 찾으렴. 그리고 예루살렘 쪽을 바라봐. 그곳에서 나는 '해방'이라는 이름에 걸맞은 일을 하려고 애쓰고 있을 거야. 이제 우리의 마음은 영원히 이어져 있는 거야."

"그래서 나를 다섯번째 산 정상에 데려온 건가요? 내가 이스라엘을 볼 수 있게 하려고요?"

"네게 골짜기와 아크바르와 다른 산들과 바위와 구름을 보여주려고 데려온 거지. 주님은 예언자들이 당신과 이야기할 수 있도록 산 위로 부르곤 하셨어. 주님이 왜 그러셨는지 항상 궁금했는데 이제 그 이유를 알겠구나. 높은 곳에 오르니 모든 것을 자그맣게 볼 수 있어.

산에 오르면 우리의 영광도 우리의 슬픔도 대단치 않아진단다. 우리가 얻은 것이나 잃은 것이 무엇이든 그저 저 아래에 남아 있지. 산 정상에 서면 세상이 얼마나 광활하고 지평선이 얼마나 멀리 뻗어 있는지 알 수 있게 돼."

아이가 주위를 둘러보았다. 다섯번째 산 정상에서 그는 티레 해안가의 바다 냄새를 맡을 수 있었다. 또 이집트에서 불어오는 사막의 바람소리도 들을 수 있었다.

"난 언젠가 아크바르를 다스릴 거예요." 아이가 엘리야에게 말했다. "난 무엇이 거대한지 알아요. 하지만 아크바르의 구석구석도 알고 있죠. 무엇을 변화시켜야 하는지도 잘 알고요."

"그렇다면 달라지게 만들어야지. 멈춰서 굳어버리지 않게 하렴."

"하느님은 우리에게 이 모든 것을 알려주기 위해 더 나은 방법을 선택하실 수 없었을까요? 한때는 하느님이 너무 악하다고 생각한 적도 있어요."

엘리야는 대답하지 않았다. 그는 여러 해 전에 레위 사람인 예언자와 둘이서 그들을 처형할 이세벨의 병사들이 들이닥치기를 기다리며 나눴던 대화를 떠올렸다.

"하느님은 악할 수도 있나요?" 아이가 재차 물었다.

"하느님은 전지전능하시지." 엘리야가 대답했다. "그분은 뭐든 하실 수 있고, 그분께 금지된 일은 아무것도 없어. 그분께서 뭐든 하실 수 있는 게 아니라면, 그분이 하려는 일을 막을 수 있는 더 막강한 존재가 있다는 말일 테니까. 그분보다 막강한 존재가 있다면 나는 그 더 막강한 존재를 섬길 거야."

엘리야는 아이가 자신의 말뜻을 헤아려볼 수 있도록 잠시 뜸을 들였다가 말을 이었다.

"하지만 주님은 무한한 권능을 가지고 계시기에 오로지 선한 일만 택하신단다. 우리가 각자 역사의 결말에 이르면 알게 될 거야. 때로는 선한 일이 악한 일로 둔갑하기도 하지만 그래도 여전히 선한 일이며, 그 또한 그분께서 인류를 위해 창조한 계획의 일부였다고."

엘리야는 아이의 손을 잡았고 그들은 말없이 산을 내려왔다.

* * *

그날 밤 아이는 엘리야의 품에 안겨 잠들었다. 날이 밝아오자 엘리야는 아이가 깨지 않도록 조심스럽게 품에서 떼어놓았다.

그는 한 벌뿐인 옷을 차려입고 밖으로 나왔다. 길을 걷다가 땅에 떨어진 나뭇가지를 하나 주워 지팡이로 삼았다. 그리고 앞으로는 그 지팡이를 항상 지니고 다니기로 결심했다. 그것은 그가 하느님과 벌인 싸움을, 그리고 아크바르의 파괴와 재건을 떠올려줄 기념품이었다.

그는 뒤돌아보지 않고 이스라엘을 향해 나아갔다.

에필로그

오 년 후 아시리아는 또다시 침략해 들어왔다. 이번에는 더욱 용맹스러운 장군들이 더욱 철저히 무장한 병사들을 이끌었다. 페니키아 전역이 이방의 세력에 점령되었으나 주민들이 아크바르라고 부르는 사렙타와 티레만은 예외였다.

아이는 어른이 되었고 도시를 다스렸으며 그 시대 사람들로부터 현자라는 평가를 받았다. 그는 천수를 누리고 사랑하는 이들에게 둘러싸여 임종을 맞았다. 사람들은 늘 이렇게 말했다. "아크바르를 아름답고 강성하게 유지해야 해. 그의 어머니가 여전히 이 도시의 거리거리를 걷고 있으니까." 티레와 사렙타는 협력 방어 체계를 구축한 덕분에 오랫동안 자치를 유지하다 이 책에 기록된 사건들로부터 약 백육십 년 후인 기원전 701년 아시리아의 왕 산헤립에 의해 점령되었다.

그후로 페니키아의 도시들은 두 번 다시 예전의 영화를 되찾지 못하고 연이어 신바빌로니아, 페르시아, 마케도니아, 셀레우코스, 그리고 마지막으로 로마의 침략을 받았다. 그럼에도 불구하고 과거 페니키아의 도시들은 오늘날까지 존속되고 있다. 아주 오래전부터 전해내려오는 말씀처럼, 하느님은 인간이 살아가기를 바라는 장소를 결코 허투루 선택하지 않으셨기 때문이다. 티레와 시돈과 비블로스는 현재 레바논의 일부이며 현재도 여전히 무력 충돌이 발생하고 있다.

엘리야는 이스라엘로 돌아와 예언자들을 카르멜산으로 불러모았다. 그리고 그곳에서 바알을 숭배하는 자와 주님을 믿는 자 양편으로 나누었다. 천사의 지시에 따라 그는 바알을 숭배하는 예언자들에게 황소 한 마리를 주면서, 그들의 신이 제물을 받도록 하늘을 향해 소리쳐 기도하라고 요청했다. 그 내용이 성경에는 이렇게 적혀 있다.

"한낮이 되자 엘리야가 그들을 놀리며 말했다. '큰 소리로 불러보시오. 바알은 신이지 않소. 다른 볼일을 보고 있는지, 자리를 비우거나 여행을 떠났는지, 아니면 잠이 들어 깨워야 할지 모르지 않소?'

그러자 그들은 더 큰 소리로 부르며, 자기들의 관습에 따라 피가 흐를 때까지 칼과 창으로 자기들 몸을 찔러댔다.

그러나 아무 소리도 대답도 응답도 없었다."

그러자 이번에는 엘리야가 주님의 천사가 지시한 대로 황소를 잡아다 제물로 바쳤다. 그 순간 하늘에서 불이 내려왔고 "번제물과 장작과 돌을 삼켜버렸다." 그리고 잠시 후 폭우가 쏟아져서 사 년간의 가뭄이 종식되었다.

그때부터 전쟁이 시작되었다. 엘리야는 주님을 배반한 예언자들을 처형하라는 명령을 내렸고, 이세벨은 엘리야를 잡아죽이려고 사방으로 추적했다. 하지만 엘리야는 이스라엘이 내려다보이는 다섯번째 산의 동쪽으로 도망쳤다.

시리아인들이 침략해 들어왔고, 시돈 공주의 남편인 아합왕은 갑옷을 입고 있었으나 그 틈새에 시리아인들이 쏜 화살을 맞고 죽었다. 이세벨은 자신의 궁전으로 피신했고, 몇 번의 폭동이 일어나고 몇 차례 통치 권력이 바뀐 후 붙잡혔다. 이세벨은 그녀를 체포하러 간 사람들에게 항복하지 않았고, 창밖으로 몸을 내던졌다.

엘리야는 죽는 날까지 산에서 머물렀다. 성경에는 어느 날 오후 엘리야가 그의 후계자로 삼은 예언자 엘리사와 말하고 있을 때, "갑자기 불 수레와 불 말이 나타나서 그 두 사람을 갈라놓았다. 그러자 엘리야가 회오리바람에 실려 하늘로 올라갔다"고 적혀 있다.

팔백여 년 후 예수그리스도가 베드로와 야고보와 요한을 데리고 산에 올랐다. 「마태복음」에는 이렇게 적혀 있다. "(예수께서는) 그들 앞에서 모습이 변하셨는데, 그분의 얼굴은 해처럼 빛나고 그분의 옷은 빛처럼 하얘졌다. 그때에 모세와 엘리야가 그들 앞에 나타나 예수님과 이야기를 나누었다."

예수는 제자들에게, '사람의 아들'이 죽은 자 가운데서 살아나기 전에는 지금 본 것을 아무에게도 말하지 말라고 하였는데, 제자들은 죽은 자가 살아나는 건 엘리야가 돌아와야만 일어나는 일이라고 대답했다.

「마태복음」 17장 10~13절에는 그후의 이야기가 다음과 같이 적혀 있다.

"제자들이 예수님께, '율법 학자들은 어찌하여 엘리야가 먼저 와야 한다고 말합니까?' 하고 물었다.

그러자 예수님께서 대답하셨다. '과연 엘리야가 와서 모든 것을 바로잡을 것이다.

내가 너희에게 말한다. 엘리야는 이미 왔지만, 사람들은 그를 알아보지 못하고 제멋대로 다루었다. 그처럼 사람의 아들도 그들에게 고난을 받을 것이다.'

그제야 제자들은 그것이 세례자 요한을 두고 하신 말씀인 줄을 깨달았다."

지은이 **파울로 코엘료**

전 세계 170개국 이상 88개 언어로 번역되어 3억 2천만 부가 넘는 판매고를 기록한 우리 시대 가장 사랑받는 작가. 1986년, 산티아고데콤포스텔라 순례에 감화되어 첫 작품 『순례자』를 썼고, 이듬해 자아의 연금술을 신비롭게 그려낸 『연금술사』로 세계적 작가의 반열에 올랐다. 이후 『브리다』『베로니카, 죽기로 결심하다』『피에트라 강가에서 나는 울었네』『악마와 미스 프랭』『11분』『오 자히르』『포르토벨로의 마녀』『승자는 혼자다』『알레프』『아크라 문서』『불륜』『스파이』『히피』『아처』 등 발표하는 작품마다 전 세계적으로 큰 반향을 일으켰다. 2009년 『연금술사』로 '한 권의 책이 가장 많은 언어로 번역된 작가'로 기네스북에 기록되었다.

옮긴이 **오진영**

서울대학교 인류학과를 졸업했고 브라질 상파울루 주립대학교(UNICAMP)에서 인류학 석사과정을 수료했다. 자유기고가이자 번역가로 활동하고 있으며, 파울로 코엘료의 『알레프』『스파이』, 네우송 호드리게스의 『결혼식 전날 생긴 일』, 페르난두 페소아의 『불안의 책』, 페르난도 빌렐라의 『비 너머』, 카롤리나 셀라스의 『어디에 있을까 지평선』, 마달레나 모니스의 『우리의 이야기는 반짝일 거야』 등을 우리말로 옮겼다.

문학동네 세계문학
다섯번째 산

1판 1쇄 2022년 7월 12일 | 1판 4쇄 2022년 12월 22일

지은이 파울로 코엘료 | 옮긴이 오진영
책임편집 김미혜 | 편집 이희연 김혜정 염현숙
디자인 강혜림 최미영 | 저작권 박지영 형소진 이영은 김하림
마케팅 정민호 이숙재 박치우 한민아 이민경 안남영 왕지경 김수현 정경주
브랜딩 함유지 함근아 김희숙 고보미 박민재 박진희 정승민
제작 강신은 김동욱 임현식 | 제작처 한영문화사(인쇄) 경일제책(제본)

펴낸곳 (주)문학동네 | 펴낸이 김소영
출판등록 1993년 10월 22일 제2003-000045호
주소 10881 경기도 파주시 회동길 210
전자우편 editor@munhak.com | 대표전화 031) 955-8888 | 팩스 031) 955-8855
문의전화 031) 955-2689(마케팅) 031) 955-8860(편집)
문학동네카페 http://cafe.naver.com/mhdn
인스타그램 @munhakdongne | 트위터 @munhakdongne
북클럽문학동네 http://bookclubmunhak.com

ISBN 978-89-546-8748-5 03870

www.munhak.com

**자신의 생을 성취로 이끈 사람들,
치열한 열정으로 자신의 길을 개척한 이들이
소중한 이에게 추천하는 책!**

연금술사

연주여행을 가기 위해 비행기에서 긴 시간을 보낼 때면 이 책을 거듭 손에 잡게 된다. 성악가로서 세계를 떠돌다보니 왜 난 이렇게 집시처럼 떠돌아다녀야 하는지 생각을 많이 했다. 그런데 『연금술사』를 읽고 나서 인생은 자아를 발견하기 위한 영원한 여행이라는 생각에 위안을 얻게 됐다. 내가 찾아 헤매던 답을 찾아준 책이라고나 할까. **조수미** (성악가)

인생에서 진정 찾고자 하는 것은 무엇인지 차분히 생각해볼 기회를 주는 책. 주인공 산티아고의 여정을 통해 그동안 잊고 지내던 인생을 살아가는 진리를 다시 한번 되새기게 된다. **한완상** (전 대한적십자사 총재)

『연금술사』를 읽으면 자기 앞에 놓인 빈 공간을 새로운 색깔들로 채워나가고 싶은 마음이 든다. **최윤영** (아나운서)

기막히게 멋진 영혼의 모험이다. **폴 진델** (퓰리처상 수상 작가)

아름다운 문체, 결 고운 이야기, 마음을 움직이는 감동… 코엘료는 혼탁한 생의 현실 속에서도 참 자아를 지켜갈 수 있는 힘을 보여준다. **정진홍** (서울대 종교학과 명예교수)

첫출발을 하는 신인 배우들에게, 인생에서 다소 혼란스러워하고 다시 방향을 잡기를 바라는 사람들에게 내가 늘 추천하는 책이다. 매우 베이직하고 풍부하며 철학적인 알레고리가 담겨 있다. **러셀 크로** (영화배우)